中国文学名家散文精选丛书

# 大地山河微有影

芷妍　著

江西高校出版社
JIANGXI UNIVERSITIES AND COLLEGES PRESS

南　昌

## 图书在版编目（CIP）数据

大地山河微有影 / 芷妍著 . -- 南昌 : 江西高校出版社 , 2025. 6. --（中国文学名家散文精选丛书）.
ISBN 978-7-5762-5617-8

Ⅰ . I267

中国国家版本馆 CIP 数据核字第 20247WC106 号

责 任 编 辑　李　晔
装 帧 设 计　夏梓郡

- - - - - - - - - - - - - - - - - - - - - - - - - - - - - - - - - - - - - - - - - - - -

出 版 发 行　江西高校出版社
社　　　址　江西省南昌市新建区工业二路 508 号
邮 政 编 码　330100
总编室电话　0791-88504319
销 售 电 话　0791-88505090
网　　　址　www. juacp. com
印　　　刷　鸿鹄（唐山）印务有限公司
经　　　销　全国新华书店
开　　　本　650 mm×920 mm　1/16
印　　　张　13
字　　　数　160 千字
版　　　次　2025 年 6 月第 1 版
印　　　次　2025 年 6 月第 1 次印刷
书　　　号　ISBN 978-7-5762-5617-8
定　　　价　58.00 元

赣版权登字 -07-2024-994

图书若有印装问题，请随时联系本社 (0791-88821581) 退换

# 目　录
CONTENTS

第二辑
神钓杂说

第三辑
天下一皮

第一辑

闲章

# 秋之糜

## 一

秋天，只有在北方才能感觉到这个季节的真实眉目。天空经过锻造，蓝色是被千百遍过滤出来的。窗外燕山余脉，草色已经褪去，山体裸露出自己的本色，筋骨璀璨。风声苍劲刺进树梢，零落的树叶在风中抖动着睫毛，舔着天空。树影行走，与我耳鬓厮磨。

一直觉得秋天是四季中最特别的，总想定义一下秋天的性状，秋天为糜。糜这个词是有意思的。糜，作名词，是粥的意思，作动词，有粉碎，捣烂，消耗的意思。糜应该还有成熟到极致的意思。秋天就是消耗尽了能量，开始蓄养的过程。能量在此时已经释放干净。按易经的说法，凡事极致应该是有变化的时候，否极泰来，或者日渐式微都是规律。

秋天是个耐人寻味的季节。庄稼成熟，成熟即是圆满，圆满就是结果与结束。看似圆满，又瓦解了所有的激烈，温暖，浓艳。其实秋天是个解构的过程。立秋后的节气就是处暑，"处"是终止的意思，表示炎热即将过去，暑气将于这一天结束，大部分地区气温逐渐下降，天地间万物开始凋零。处暑前后民间会有一些民俗活动，俗称"作七月半"或"中元节"。可这不是给人间过节，这个节日要放河灯，也叫"荷花灯"，一般是在底座上放灯盏或蜡烛，中元夜放在江河湖海之中，任其漂泛。放河灯是为了超度水中的落水鬼和其他孤魂野鬼。死鬼借着一盏河灯，就能托生。生与死到底隔着什么，人类探究的生命神秘，终究没有结果，只能在这样的季节，有这样一个节日，婉转的抚慰一下生者的悲凉与无奈。洪荒之间都是生者，天地苍茫都是亡人。秋天所含的悲凉之意一点点渗透上来。

处暑之后是白露，由于天气逐渐转凉，白昼阳光尚热，但太阳一归山，气温便很快下降，至夜间空气中的水汽便遇冷凝结成细小的水滴，非常密集地附着在花草树木的绿色茎叶或花瓣上，呈白色。尤其是经早晨的太阳光照射，看上去更加晶亮，而得名"白露"。再过秋分，昼夜平分之后，白昼就开始被一点点吃短。寒露与白露一字之差，却把露水变得更凉。及到了霜降，夜里散热很快，温度会降到零度以下，白露就凝成六角形的霜花，形成入冬前的初霜景象。古人以为霜是从天上降下来的，所以就把初霜时的节气取名霜降。秋天的六个节气，都是动态的节点，都是向下的过程。

天气一天天变冷，万物开始萧条。其实能量总是如此，已经索取，收获了那么多，却不允许冷落下去，这也不符合客观规律。我们时常称呼秋天为金秋，这最初来源于五行和气候的关系。金者刀，是克制生命的工具，刀是用来"收割"的，代表秋天。秋风一起，树上的叶子往下掉，秋风像刀一样把土地里的生命收割，落叶归根，护根。万物很快凋零了，因为要抑制它的生长过度，所以要克制。这种克制同样是一种轮回，保护。

《礼记》里"乃命有司，申严百刑，斩杀必当，毋或枉桡。枉桡不当，反受其殃。"命令官吏，申明并严格执行各种刑罚，斩杀罪犯一定要恰当，不要有人被枉曲，枉曲人而量刑不当，自己反而会遭受灾殃。春天象征新生，夏季万物正蓬勃生长，因此较不适宜取人性命。天有四时，王有四政，庆、赏、刑、罚与春、夏、秋、冬以类相应"。天意是"任德不任刑"，"先德而后刑"的，所以应当春夏行赏，秋冬行刑。一个无情，充满理性又抑恶护善的季节。

## 二

秋天回到老宅是最适合的。春天大风，沙尘严重，冬日太冷，夏季很热闹，老街道胡同都是乘凉的，打牌的，孩子吵闹，声音繁茂，到了秋天一切安静下来。在老宅的眼里我还是一个稚子，梳着马尾辫的黄毛丫头。那么多零碎的烟火的秋天，我都不曾特意留意过。

老宅是二层楼房，有个院子，院子里有水泥楼梯。就愿意把水泥楼梯的侧面当黑板，喜欢父亲随手用粉笔画个公鸡，舍不得擦，不过一场大雨就给公鸡洗没了。旧的酱菜坛子，青花瓷胆瓶落满了灰尘，木制的窗户早已如干涸的河床裂开了嘴唇，油漆剥落，露出的原木色跳跃着，一块一块，古老的图腾样子，膜拜着秋天的天空。所有静物的魂儿都很重。风吹过，木窗依然压着嗓子喊：吱悠，吱悠。没有二十多年前吹糖人的吆喝声，也没有父亲在窗下劈柴的声音。

秋天庭院里凉了，小板凳，马扎和蒲扇都收起来了，渐渐的茉莉花也不再开花，大片大片的梧桐树叶子经过一夜风雨会几乎都落光，叶脉凸出，肉身枯黄，这个颜色就代表了秋天，如同老年斑一样覆盖了这个季节。脚下会有几寸深，我会去院子里跑一圈，把叶子都踩一遍。街道落叶更多环卫工人根本收拾不过来，他们就会把树叶都集中到垃圾池，堆成山一样，集中焚烧。早晨出门就会淹没在燃烧树叶的烟雾中，弥漫着呛人的味道。

现在环卫工人清理街道都及时，而且有了清扫机器，落叶只能存活一个夜晚，早晨再想踩已经被清理干净。难再听到踩在落叶上的咔咔的声响，也有二十多年没有闻到过烧树叶的味道了。老宅的院子也安静了很多年，灰尘和蛛网在角落里都不再伪装，流露出本来面目，不算狰狞，也没有獠牙却让人不忍直视。这是我的院子啊，我的童年，我在它面前永远是个小朋友。院子上的墙皮已经脱落，有些严重的地方甚至已经露出了水泥墙的颜色，灰色水泥和白色墙皮之间的交界地带有着很美妙的样子，如同墙皮被煮沸腾，有些白色的泡泡，轻轻用指甲一碰就脱落了。那些泡泡些像小时候看到的不知名的白色虫卵。裸露出的水泥墙显出水墨色的中国画轮廓，如一滴墨汁滴落在水中慢慢晕染开，还来不及发散的镜头。千里江山图就如此简单的被勾勒出来。这些痕迹没有谁去干涉，就是用时间，用潮湿的空气自然加工而成。时间为刀，墙壁为石料，就这样安静的沉默着。

那些墙角的蜘蛛网形象残破，也落满了灰尘，还有蜘蛛蜕下的皮。这成为了恐怖的印迹，虽然只是个空壳，依然对我有强大的震慑里，总怕里面还藏着一只蜘蛛随时会爬出来，蜘蛛壳成为一只小生命成熟的标志或者胜利者的旗子，对于我却是个不太欢喜的印记，随风在地面上的滚动的蜘蛛皮还都有些怕人。乃至现在看到那些河蟹都不太喜欢，总觉得它们像蜘蛛的样子。

秋雨的日子最让人难忘。秋雨与春雨是不同，落下时的样子，声音一样，情态眼神却不同，一场春雨后，叶子新绿，泥土都有了血液，眼见着各种颜色生命在蜕皮，生长，伸出犄角。所有生命都在赶来的路上，众神活跃，有心思打理人间，到处都安排的恰好，有序又有力量。秋雨后，一切血管开始干瘪，脆弱，连平时常见的蚂蚁，虫子都没有了，灰色的僧袍覆盖土地，大地就是道场，雨声是梵音。一下人看清所有繁华的真面目，清醒的打个冷战。秋天的雨，不像夏天那么凶猛。只要下雨，我就把撑好的塑料伞放在地面上，自己钻到里面，象小猫一样蜷缩着。小蜗牛的触角刚刚新鲜的探出头，这里碰碰，那里碰碰，到处都新鲜都是趣味。听着雨滴落在伞面上，外面不管怎样，伞里都是安全踏实的。

最喜欢下雨的夜里上楼，穿着拖鞋，撑着一把塑料木柄伞，雨滴打在伞面的声音滴答滴答，塑料雨伞的好处是能把声音放大，伞面好像被一下一下的砸疼。如果雨太大，还有风，就不好了，伞会轻易的就被吹喇叭，睡裙上也会瞬间被打湿。大雨会淹没到小脚脖，走到楼梯前，一步一步小心上楼，隐隐的茉莉花香刺透大雨，这是我记忆深处最深厚的香气。偶尔闪电浓艳，紫红色身形突然露出牙齿和利爪，这并不可怕，可怕的是雷声紧接着就来了，想着着急上楼猫进房间，却又怕滑，不敢快跑。不停的和自己说话，不害怕，不害怕。到了楼上进屋，用毛巾擦干净腿脚，终于踏实下来。

楼上是我的卧室也是书房，父亲的很多书都放在这里，什么古文，现代散文，文言文诗词集都喜欢。看到的第一篇诗词是他的《大学语文》里诗经的一篇《氓》，有注解有讲解。日久时间长，他的《大学语文》都被我翻遍了，可能我对文字的喜欢源于雨夜的小欢喜。

听雨中一切会被放慢，一切都被透视，才有许多细腻与通透。所有看似重要的，不舍的，万般追求的，都被稀释，慢慢溶解，散落在雨中，变得单薄而拾捡不起来。人在雨中变得又小又轻，可以忽略存在。长大成年后，一直隐约地追寻着那种让自己心灵安定下来的归属，却在辗转奔波中伸长了触角去不停试探，哪里有温暖柔软的墙壁搭建起来的小窝，收留我多年零碎散乱却执着的期盼。其实乐于听雨甚于看雨是因为视觉给你的画面是拘于眼前，听觉更给人无限想象，可以无尽的信马由缰。尤其夜中看不到，只能听，思绪就更不受束缚了，是自己的王。许多故人旧事都会在夜雨中生长出来，枝繁叶茂，细碎满地。

陡峭的楼梯上依然折叠着几十年前窗外的树影，这是安静的小世界中唯一在动的形状。旧床，旧沙发，旧书，旧大衣柜瘫在时光和灰尘中没有一点声响。尤其那旧的大衣柜是父亲自己动手纯手工打制的。

父亲去世也在秋天，雨落在灵棚顶上和落在屋檐上的声音一样，一点都不新奇，像个普通人平淡乏味的一生。秋虫鸣叫声正在开花，让黑夜睁开眼睛。烧纸的火苗是个登徒子，轻浮孟浪从最空虚的纸钱孔钻出来，瞬间照亮人脸，做个欢呼状，立刻颓废下去。灰烬随风飞进灵堂。落在纸人，纸马，纸的金元宝和摇钱树上。时光用了六十八年吃尽了我的父亲。我也看到了最新鲜的死亡。原来这么简单。风吹，山不动。世上的人向东行走，向西行走，向南行走，向北行走。收割过的田野，这时才是个真正的处子，准备明年的嫁衣。秋虫鸣叫声铺开阵地，亮出刀剑，黑夜垂垂老矣。花影重叠在墙上，默诵经文，是面壁的达摩。梦里雨声和三十年前一样落在荷叶上，等待雨过天青。万物如糜，已经辨不清眉目。琐碎的片段如荒原，很难再缝补成细密平整的田野。我觉得我这些没条理，混乱的文字，也许正适合我这野马一样的性格。以前从不听他的话，随着年龄的长大，有许多后悔与内疚，但我嘴上从不向他致歉。秋天越来越浓，父亲离开的越来越远。

"少年听雨歌楼上，红烛混罗帐，壮年听雨客舟中江阔云低，断雁叫西风，而今听雨僧庐下，鬓已星星"不知等我两鬓白发的时候再听雨会是什么样子。不过还要回到老宅居住。我的庭院，阳台，楼梯，依然会在。回到老宅的怀里我就依然是个孩子，坐在庭院里听窗外的梧桐树在雨中，一生的欢喜，委屈都被溶解的没有了模样，只剩下冷落的筋骨。漂泊的落叶在水洼中没有方向却从不迷茫或者孤单，没有目的都会很快乐。即使满头白发，我也不会剪短头发，一定是挽了发髻，坐在庭院中央。一直想养一只猫，但我从没有养过，怕照顾不好，反而让它受苦。估计那时我会有一只猫卧在脚下，窗外的东山不知还会不会在，胡同里会不会还有叫卖的吆喝声，想着就很开心，我就又变成了孩子。我会煮小米粥，吃清淡的小菜，依然站在我的小房间前的阳台上看茉莉花，摘满一手捧，放在房间。下雨时有微风，雨滴会从纱窗滴落在阳台的茶几上。我的书依然打开着，不知是哪一页，干了会留下雨痕。我总是很粗心，书页经常弄脏，要不雨滴，要不茶渍，或者吃着巧克力或者糖果的好看的小包装纸也会顺便夹在书里。现在极其喜欢这些书上留下的痕迹，我会记起那时的环境，旧时光和身边的人。

雨过天晴时，有浅洼的积水处，喜鹊踱着脚散步，它们并不需要迁徙，来来去去浮躁的奔波一生，它们是笃定与踏实的。这是我见过的最绅士的鸟了，并不像其他的鸟儿只会蹦跳。而是悠闲的迈着方步，时而俯下身子喝口水。彩虹挂在东山上，好像我能一步就能跨上彩虹桥登到东山顶。修整花草的小铲子斜插在花盆里，影子一点点抻长了身子，慢慢溶解，淹没在落日里，它很奇妙，永远没有年龄，每天都健硕的生长重生，虽然有所依赖，但从来只是一个节奏，没有情绪，不需要繁殖与播种。随着生死来去，也没有痛苦与喜乐，如果都有了影子一样的境界，世上所谓烦恼喜悦都被打磨平整而没有犄角。不过存在的过程也就没有了意义。

旧日子在老宅里还是原来模样，不曾长高变老。粘稠的时光已经被稀释，过往支离破碎像泡在水里的信纸，分辨不清笔迹和日期，记忆如糜。

# 三

秋天不看看田野实在是浪费，一切棱角分明，脉络清晰，天地对视空旷，一览无余。坟包可见，黄土铺张又放肆，到处是直率坦荡与清白。田野像个纨绔子弟，炫耀张扬，等着许多农人来伺候，玉米田亮出刀锋，收割天空，日出渐高，一阵阵陷入流云搭建的深井，树荫隐没出现，遍地薄情流年。村庄舒展开眉毛，神在审视着芸芸众生。收割过的土地已经闭关入定。又收又种，又种又收，平淡又神奇。

坐在火车上，飞速穿过田野。邻座的女人在不停的讲电话，我看不清楚她的年龄，戴着帽子，口罩，身上穿着墨绿色的薄羽绒服，黑靴子。她和一个女人视频通话，称呼那个人大姐，和她倾诉自己的遭遇。她的老公不喜欢她现在工作，和一群男人工作在一起，她想穿的漂亮些上班都不敢，怕老公多心。还每天加班，辛苦不堪。老公的工作也很危险，她也担心。每天忙忙碌碌，孩子也没人管，结婚以后什么都变了。她的额头有站立着的皱纹，蹙眉的痕迹有清晰的线条和轨迹，细小也有形状。

她的手机屏保护膜已经坏了，很多裂痕，像墙角结的蛛网，像她倾诉的炸裂的情绪，任凭放射倾泻。我怕她手机里的颜色，图案，声音会流淌出来。她结束了和大姐的视频，又接通了一个视频电话。她称呼对方老四，应该就是她的老公。我非常小人的斜撇了一眼。觉得自己在窥探别人隐私，是个突然变窄的小女人。老四是个四十左右岁的中年男子，样子倒是还好。原谅我以貌取人，看到样子好看的人，心中就不厌了。她和老四又说什么我也不想再听了，也揣测不出老四的工作是什么，带上耳机，放大歌曲音量，任凭树影飞快的路过我的脸。

成年人的爱情都被浸泡在现实的生理盐水中反复消毒，即使他们的血液彼此交换过。曾经热恋，如今却像一朵桃花开在了秋天，开在已经错过的季节。人们都把爱情的初见开始比作春天，经过夏日热恋，到了秋天终于收获，好像故事就此结束，王子公主过上了幸福生活，可是这才是刚刚开始。

情感弥漫，摊开也如同秋天降临而开始显露原形。田野是田野，村庄是村庄，都没有了绿色的遮掩。经过荡气回肠的折腾，才了解到底自己想要的是什么。所有的尘埃落定，踏实，反而成就了平淡。所有的不安倒是欣欣向荣，充满变数和希望，人类多奇怪。秋天是揭露真相的时候，真相又大多乏味，干枯，失望。生命本身都是向死而生，结局注定是世俗认可的悲剧。人类童年的一切美好到中年如同到了秋天，所有感性的认知开始瓦解。

# 四

记得有一篇文章把秋比作"徐娘半老的风韵"，我却觉得比作成熟的女人是不适合的，因为比作女人多会联想到脂粉气太重，太感性，缺少阳刚之气。秋应该更像是一位绅士，"讷于言，敏于行"的男士更适合。经历了春的稚嫩，夏的火热，积淀后的成熟，淡定。是对春夏的回应，是体味过酸甜苦辣的宠辱不惊。

秋天这个季节总会想起几句诗"采菊东篱下，悠然现南山""三径就荒，松菊犹存。"陶渊明留下的作品中，见到最多的就是菊花，被称为花中君子。菊花是秋天最常见的，在花中也不算漂亮，也没有香气，美艳更谈不上。除去人文赋予它的情怀，我并不喜欢。而人文赋予的这种情怀，终究是对于成熟后的坚韧，坚忍的一种认可。陶渊明，东晋末年的诗人，去世时他的好友颜延之所做的《陶征士诔》是对陶渊明一生的总结和评价。征士，不就朝廷征辟的士人。一位不愿做官的隐士，诗人，在中国历史上有着水墨色的记载。二十岁时，陶渊明开始了他的游宦生涯，以谋生路。二十九岁入仕，出任江州祭酒、镇军参军。后任彭泽县令。因不事权贵，弃官隐居。官做的不算大，动荡于仕与耕之间半生，反反复复，也表现了他的矛盾性。

其实五柳先生的性格是代表了一种中国古典士人的自觉性，而这种自觉性来源于当时的政治环境，更来自于他本身个体在时间流转中的心灵认知的成长而形成的无奈与成熟。这是与秋天这个季节相契合，一个成熟的，豁达的略有无奈接受的，自觉向内心深处追求的季节。中国历史文化的气质与修为在秋天这个季节才真正的展现出来。

秋风吹过，一群叶子又成了落叶，叶片被空气吸掉了所有水分，变得脆弱而不堪一击，如同摒弃了一生的爱恨情仇，终究烟消云散，不必记忆初长成的稚嫩和热烈，魂归安享。仅存的树叶忽明忽暗的在地上画出影子。站在天地的中央，好像一切乐趣都不似最初欢乐，一切悲哀也不像最初那么透彻。灵魂已经很旧，经过了不停折腾，洗礼。最先学会的是顺应，执着固然是人生奋斗的必然，破除执着更需要勇气和信心。个人价值的重新评估，执着状态的软化与重新认知，都有了新的打开方式。其实四季阴晴雪雨都是规律，退步与转弯也是必然。

看不惯的指鹿为马一点点溶解成舒缓的河流。不再追求完全的公平，一点点与这世界妥协。爱恨情仇也都收敛了犄角，悲凉中有自我安抚的温暖。春天夏天是感性的，更适合激情与青春，时光流逝，天气温度的降低冷静了人的头脑，更理性沉静，现实。

秋天是个器皿，能装下的悲欢离合，不会再溢出什么。这是个有弹性的器皿。就像一个成熟的中年人，走过了青年热血的时候，心智成熟，锋芒开始收敛遁藏，不再刻意取悦于人，年轻的愤青状态，也变成了淡定与从容。

理解了秋天，理解了如縻的秋天，可能会活得坦然些。

## 缠绵

坐在公交车上，阳光和树影在衣衫上流走，我和这些影子静默相对甚欢。在它们的包裹里柔软飘摇，这是我与世界愉悦相处的秘密。这么多年来对影子总是情有独钟，不知是一种习惯还是爱好，或者说是生活的一部分。

每天在阳台上喝茶时并不觉得什么，可站起来离开，瞬间转身，看到茶壶，茶杯，藤椅的影子依然安静坐在那里，心生留恋与缠绵之心。它们却没有表情，丝毫没有改变自己的形状。该弯曲的地方弯曲，该松散的松散，士大夫模样不动声色。只是随着云在天上掠过的情形，颜色深一点，浅一些，或浓墨色，或淡墨色，点燃留白处的寂静。猜想影子是不是中国水墨画的雏形或灵感来源出处。

我时常胡思乱想，如果我不再坐在这里，没人惊动他们，这些静物就会一直是现在的样子。就像武侠小说里，发现藏着武林秘籍的百年前密室，书和椅子都已经随着时间腐败，杯子，茶壶，在厚厚的尘埃中撑着自己的骨架，而影子却是永远新鲜，每天来了又去，从不见衰老。无情是最大的深情与长久。

元代人杨载有一首诗《宗阳宫望月》："老君堂上凉如水，坐看冰轮转二更。大地山河微有影。九天风露寂无声……"这首诗放在整个中国古典文学中只能算是一般，异族统治下的文化经历了大唐，美宋的巅峰审美时刻，回落低潮也是规律常态。但唯独这一句"大地山河微有影"异常的大气丰满却不粗糙。古典文学中描写到的影子多是底色与陪衬，铺设一种风花雪月中的氛围，什么"隔墙花影动，疑是玉人来"。待月西厢的人们怎么会注意到花影，更多关注的是玉人，这未免是一种遗憾。而杨载这句诗完全不同，人间万物，山河壮阔，任有多少豪迈，总有那一低头的温柔，缠绵之态如同手中提着剑的壮士有柔软的恻隐之心从中渗透出来。

## 冬日

冬日大雪过后，天晴刺眼。把雪铲干净堆在树下，等太阳出来，向阳之处开始融化，慢慢形成利剑模样斜插在土地上。柔软的雪此时抵达了锋芒尖利的巅峰，好像一生最辉煌有力的时刻攒着一起，在生命垂危之际迸发出来。北方游侠豪迈之气从柔软中跳脱出来。一位温柔内敛的武林高手平时并不愿显露身手，只有被逼无奈亮剑而出，转身又消失在苍茫之中，不要真切地让你看清楚他的真实面目，早已远离了江湖。这种看似平静的向死而生让人欢喜。树已经落光了叶子，倘若是早晨或傍晚最好，树影落在地面上，墙壁上。我的影子站在它们中央，好像被捧在手心，是个宝，被收藏，珍视，包裹，暗自的欣喜不可名状。而被阳光拉长影子的我终于变得如此苗条，修长。上学时同宿舍一共六个人，大家一起减肥。晚饭只吃苹果，不去食堂。结果半夜饿得受不了，不敢平躺着睡觉，感觉腹腔是空的要贴在一起，被黑夜挤压得整个身体如同纸片，只能侧卧着睡。吃苹果运动只坚持了三天就破灭了，体重也没有减轻。而此时轻而易举就实现了。这种喜悦，并不需要难受的努力，或一种用力的人情关系，或者爱恋关系去得到，很普遍而容易，虽然如柳絮做的棉衣，空有着澎湃而喧腾的厚度并没有温度，但依然有瞬间的热流冲刷而过，带动细胞惺惺作态地表演出一幕人间薄爱的欢愉。画饼充饥依然有力，就像月上窗纱，落英缤纷，虽不能抵得银钱，也让灵魂舒缓着浸泡在海市蜃楼的过眼云烟中。

在考研的那段时光，常一个人躲在没人的教室看书，墙角蛛丝在从门缝和窗户缝里吹进来的风中轻微颤抖，看到的天空只有玻璃窗子那么大。而那个冬天又是极其寒冷，陪伴我最多的是落在墙壁上的那些影子。浓淡总相宜。早晨，窗影斜着身子清楚地绣在西面墙壁，中午完整方正地印在北面墙壁，傍晚，窗影成了软软的菱形描在东面墙壁。舍不得说早安和晚安，剩下的半生不够用。可能长期自己独处的时候，这种对影子的依恋最强烈，莫名地产生一种亲切与亲密感，仿佛他才是生命中最好的伴侣。这可能源于自己性格的孤独与对这个世界的排斥，更喜欢一种游离的安全感。太多地融入人群，喧闹的商场电影院，车站，机场，聚会，总会让人在过于热烈的氛围中更有一种对人群陌生而要保护自己的情怀。恰好这种游离状态对影子产生了很强的依赖。甚至这是一种和灵魂深度对话的桥梁，更放松自由，可以毫无戒备地倾诉流淌自己。

## 赤子

第一次离开父母的房间，单独自己睡觉，不记得是几岁。窗外安静大于星空。觉得时间怎么那么厚，那么多，堆积在一起，一直通天望不到边际。茉莉花在没人欣赏的夜里开到沸点，香气如海啸破窗而入，这是想要点燃天空的气势。它们已经顾不上大家闺秀的矜持，完全展开了身体。有那种老式的电镀地灯衣架，一人多高，大大的玻璃球灯罩顶在上面，可挂衣服外套。夜里关灯后，地灯衣架轮廓被月光勾画出来，印在衣柜上，正对着我的床，很吓人，好像传说中的坏人站在那儿看着我。翻身向里面睡，可是一个人站在背后比站在眼前更要害怕。

这可能来源于黑色是一种独特恐怖的颜色。我们把许多未知，或未曾经验的神秘物质想象成黑色，比如地狱，小说里妖魔出入的深山，悲哀到底的绝望。这种颜色吞没了阳光，看不到周围的生命，而且和灵魂和宗教有着隐秘的瓜葛。所有宗教中都有相通的一点，就是如果今生作恶，死后会落入地狱或阴间，周围一片黑暗。这是对恶的惩罚，人性的约束，生命的敬畏。其实黑夜就是一种让人颓废，暴露人性清澈柔软的清洗剂。人会突然很感性，莫名的伤感惆怅，清洗自己的灵魂。等到天亮，太阳登上祭坛，又一种满血复活的情态。骑着猛虎，嘴里叼着桃花。至于昨夜那种看淡功名利禄的心一下子被淹没，趁着花样年华，所有君临天下之心都砸过来吧，都能接受。

现在不害怕黑夜，也不怕黑色的影子，我也不再是个小孩。这种无畏惧的感觉反而是一种对生活疲惫，没有任何新鲜能够刺到神经的退缩式中年情态。一枚中年妇女包裹在家庭与工作中的两条平行线中央，赤子之心恐怕早已被吞噬得只能挤在墙角，偶尔探出一下蜗牛的触角。

## 收藏

喜欢站在槐树的树荫里，好像积雪下的河流遇到了春天刺眼的阳光开始偷偷融化。用手指遮住眼睛，指缝间溢入的阳光把人带回到老照片的黑白岁月。只回忆美好的镜头，却不许自己有半点虚无的伤感。

静谧午后阳光斜着照在书页上，文字在阳光或在阴暗处。把鼻子贴近书页去闻那油墨的味道，印着花藤图案的圆珠笔，手握的部分有些掉色，依然喜欢。好像又听到操场上踢球的男生打碎玻璃的声响。努力回忆写过的小纸条到底是些什么内容。校园里有好多槐树，叶片是小巧的，落在地面的影子也是最温柔浅淡的，这是婴儿试探着人间的虚实，那些大杨树的叶子就完全不同了，到了秋天厚厚的落一层，踩上去咔嚓咔嚓地响，这是一种豪爽的味道。早晨一夜的落叶被扫干净后，总会有一片或几片被遗落在树根或角落里，好像经过积淀的中年人突然变得安静。不用捡起来，细看它的身体向着叶片中心收缩，卷起了四周的边缘。这时叶片就和地上它自己的影子有了夹角，正好这个夹角能放进我的小手指。转眼风一吹，叶子就不见了。当时应该抓一把影子装在衣兜里收藏。也许现在翻出来，还有当年的风声。

青年时代的理想被意淫过多少年，如同旧棉袄已经破烂不堪，四季皆不合时宜。时间是个漏斗，岁月一点点漏尽，唯茫茫与空白渐渐生长。此长彼消，正好完美。那些经年的影子就是时间分泌的毒液，不会直接侵害你，只是一层层涌上来压榨你，等到人生历经沧桑，每个生命会单薄如它。

## 细碎

夕阳照在对面楼玻璃墙壁上，反射进厨房餐厅，北面的房间，居然也有了阳光，把窗台上兰花的影子描绘在锅铲和吸油烟机上。一种阳春白雪和下里巴人相互缠绵的感觉。好像这世上并没有什么是不可以接受融合的。儿子指着盘子里的炒菜问，怎么现在炒菜总是用肉丝炒，而不是用肉馅。

十几年前还是到处搬家，租房的日子。对于搬家是很熟悉的。搬家前一天搬家公司的人会叮嘱，把所有橱柜的门，用胶条全粘起来，免得下楼时橱门打开不便。所有包衣服的包裹不能放在家具里要单独搬。细小的东西最好整理在一起放在纸箱或者整理箱，也用胶条封好。搬家公司都是强壮的小伙子，他们有着你难以想象的力量。冰箱（那时只是小冰箱，不同于如今又宽又大，但也很笨重）就是一个人背下楼，背上楼。包衣服的包袱也是一只手可以拿两三个。干起活来，又快又麻利。从搬动到装车，到卸车再搬到楼上，除去路程时间有一个小时就能干净利索地弄完。由于那时居处时常变更，不敢准备太多东西，所以尽量一切从简。就有了独特的炒肉馅。那些细碎的肉馅，是儿子小时候熟悉的。到如今可能也不太清楚为什么他小时候吃的是肉馅炒菜，而不是肉片或肉丝。我从来不想让他知道。我愿意他的回忆里都是温暖，而不存在着细碎。

2004 年租住在一栋老楼。楼道破旧，这种老房两间也就五十平方米，进门是很窄的客厅，老式的装修，贴着又旧又暗的壁纸，装修的暖气盒板材已经翘起来边角。厨房倒是灶具齐全，就是那种食堂油腻的感觉一层层涌上来。室内显得很暗。洗手间很窄，只有一米宽左右，有个热水器，贴满了锈色。说是洗手间其实就是厕所，并没有洗手洗脸的地方，洗漱只能在厨房。过年时一场大雪，是记忆里最大的雪，国防道上的梧桐树上积满了雪，整个天地全都白了。步行去超市买过年的东西，一路走，一路踩雪，专门找没有人踩过的最干净的地方踩。全家一起好开心。这样的生活也不能长久，后来还有搬家，租住的房子很大，两个阳面房间，一个很大的客厅。洗手间，厨房也不小，可是什么都没有的毛坯房，只有一白到底的墙壁。水泥地面很粗糙，一走路就起烟尘。于是想出了个匪夷所思的办法，买了最便宜的大红色地毯，把客厅两个卧室都铺上了。厨房地方因为怕有水，所以铺的是塑料革，铺地毯的地方绝对不能允许蹦跳，如果蹦跳，烟尘就会从地毯下升起来。客厅也不便再准备沙发，到时搬走更不便。弄了一块四米见方的海绵垫，用布包裹了铺在地毯上，倒是显得宽敞明亮。一张折叠饭桌和四个塑料凳子，是房东家唯一给留下的。一间卧室里是一张床一个写字台。另一间卧室里是一张床和一个小书桌，都是自己准备的。我的书没处安放，都堆在墙角。有一台洗衣机，还是结婚时买的，后来排水坏了。觉得反正还要搬家，就不买新洗衣机了，搬家时把所有扔掉就好。每次洗完只能用脸盆先把水淘出一半，然后再把洗衣机搬倒，让水流出来。有一次水太多，太沉搬不动，我一个人坐在地毯上哭了。儿子不停问我，妈妈你怎么了，我却一句话也回答不出来。

每天儿子睡着了，一个人坐在阳台上，月光下有几只流浪猫在对面平房顶上行走，最喜欢的是毛色黄白相间的一只，我觉得它也许能看到我，总是和我对视。直到杯冷茶凉，夜如浓墨。

## 表现主义

一个来路不明的土地测量员 K 受命赴某城上任，不料却受阻于城堡大门外，于是主人公 K 同城堡当局围绕能否进入城堡之事展开了持久烦琐的拉锯战。城堡就位于眼前一座小山上，可它可望而不可即。它是那样冷漠、威严，像一头巨兽俯视着 K。那里等级森严，有数不尽的部门和数不尽的官吏，可又有数不尽的文书尘封在那里，长年累月无人过目，得不到处理。面对这座强大的城堡，K 很无奈，直到最后也没有进入城堡，也没有见到城堡当权者。一个看似不是故事的故事，古怪离奇的情节，怪诞的陌生人，卡夫卡用文字写作了伟大的《城堡》，画出了人类世界孤独绝望的影子。

其实，世上很多事物是没有影子的。比如，高兴，欢喜，悲伤，淡然，无奈，等等。凡是由情而生的隐秘内心在外界的挤压碰撞下产生的情感，从来不会站在阳光下去制造出影子。但是聪明的人类却能用各种手段把这些没有影子的情感展示出来。19世纪末20世纪初产成的表现主义就是人类对自身拷问的飞跃。突破事物表象而凸显其内在本质，突破对人类的行为的描写而楔入其内在灵魂。由于强调描写永恒品质，笔下人物往往是某种共性的抽象与象征。从写实到内心，把所有人类最崎岖隐蔽的内心通过变形的手段像影子一样呈现出来，涉及人类文化的各个领域——绘画，文学，音乐，戏剧。

一个极其痛苦的表情在血红色映衬下，脸部已经挤压得变形，无声的画布发出歇斯底里的呐喊。《呐喊》是挪威画家爱德华·蒙克1893年创作的绘画作品，是表现主义绘画的代表作。蒙克所用的颜色虽然与自然颜色的真实性是一致的，但表现方式上却极度夸张，展现出了他自己的感受，画作里的线条扭曲，与桥的粗壮挺直，形成鲜明对比。

这让我想起一年前带父亲在阜外医院看病时的镜头片段，如同种在脑子里一样，不论梦里还是偶尔时间的碎缝隙中都会生长出来。父亲那时已经病重。早晨阳光穿过玻璃窗，阜外医院醒过来，人的声音和面容开始层叠编织，荡漾，反刍。这是个收集疾病、呻吟、血液、苍白、无奈的地方，疼痛太多，已经不够珍贵。医院是一台X光机器，能看到人间的病灶和骨头，人更像动物标本。一呼一吸，画个生命的圆只是瞬间，钟表走过一圈，夕阳向下滑，走廊里的影子开始生长。白日的热闹已经退去，早晨长出来的人群开始慢慢枯萎。我的绝望、无奈、恐慌要从身体里被压榨出来，但我却无能为力用文字的平铺直叙或者绘画的匪夷所思去表现那种情感。

蒙克却能把人间这些情感绘画出来，这就是沉闷、焦虑、恐慌的影子。

## 摇摆

落在水里的光影是魔术师，在苏州的几日有一晚是夜游古运河，这是京杭运河的一部分。作为中国古典文化的灵魂城市，运河应该是苏州衣袖上的薄纱。可惜今人过度消耗那种应该细细品味的美，变成了快速的商业资金流转，多少软语吴侬的琵琶小曲都溶解在气垫船和喧闹的人声鼎沸中。倒是最喜欢两岸无尽奢华的彩灯溶解在水中的光影。随着水波摇荡，折叠，弯曲，变形，翻滚。随着船行，船头切开本来连在一起的色彩，五颜六色的碎影像个逃难的贵妇人，此时已经不再顾忌什么容颜与钗环，流苏散落，只能待到兵荒马乱散尽，再整理衣衫。一切都会恢复华丽平静的摇荡。人生的境遇很多时候如此，大多数人的一生都是平淡乏味的，但这种平静平淡却是一种摇荡的平衡，永远不存在绝对的平静，看似总有规律，但每一次波浪的涌动都有着细微的差别，不过是一直在动，难以分辨其中的细节了。看似美好的很多理想其实都像水波很容易变形的，奔向那理想去的路上，已经失去很多色彩与趣味，而追求唯美与完美可能随时被破坏，唯有破坏本身却是没有被解构，永远没有被破坏。虽然道理知道很多，改不了骚动的意念。

这时是风是烟，随物赋形，没有归宿的游荡。我能看到自己灵魂的影子。灵魂此时透明又单薄，在枝叶间淡淡的，就像一条丝巾的影子。我浮在云端已久，随风渐落，汩汩水流轻缓，以为水是绿色，捧在手心还是无色。灵魂微微刺眼。

突兀的洪流没有任何征兆，看似温柔浪花是所有力量推到极致末梢的释放。爱那强悍力量和那浪花隐没。喜欢现在一切慢慢地变成尘埃落在书的封面或者藤椅的缝隙的光阴。

原谅我这么不着边际地跳跃。

# 冬日闲章

## 枯

经历过北方的冬天，才能真真正正感觉到北方的魅力。北方存在的意义就在于北方的秋冬。

到了深秋，大片的叶子落光，树木开始显露出他的筋骨和血脉。这时候天空更加清澈明朗，没有任何的遮挡，天空离地面更加遥远。所有的枯枝在寒风中颤抖着自己的睫毛、手臂、眼神，也露出了自己的灵魂与元神。尤其风从燕山的脚下吹过来，那种强劲与硬朗呼啸的声音在墙角屋檐下呜咽。最初只在课本中听到过"呜咽"这个词语，人们日常很少说这两个字。风声怎么能哭呢？可是静下来仔细去听的话，真的能听到风在墙角盘旋着哭泣，这才是北方的灵魂。

那些站在寒风中颤抖的杨树、柳树、柿子树、苹果树、梨树，很难想象它们怎么能够隐忍几个月的时间，任凭干枯，狂风，积雪。看起来如同死亡一般的沉寂与灰褐色，又能在春天到来的时候重新长出他的枝丫。可能树木也需要冬眠，想起一个成语，否极泰来。"否"和"泰"两个字来源于易经的两卦。否卦泰卦，事物走向极端，就会向它的反方向发展。这在北方的四季节序如流中得到证明。

许多年前的秋天，去西安旅行。在终南山下见到一片枯荷，折了一只枯了的莲蓬回来。带她坐火车，穿越了华北平原。几个小时带到了家中，当时的莲蓬还没有彻底地干枯，掉在青绿色与褐色之间。把它插到花瓶里面，慢慢到了冬天，大雪弥漫，快要过年了。她已经彻底枯了，就放在我的茶桌旁边。这样一只枯莲蓬保持着她最原始的样子，微微低垂着头。就这样一直站在我的茶桌旁，已经有好多年。这些枯萎的东西看似已经死亡了，却是一种永恒的状态，保持了最终的样子。还有新鲜的玫瑰花，过了几天之后，就要呈现出枯萎的枝条垂下来。我把他们从瓶子里面拿出来，倒垂着挂在阳台上，让它自然风干，保持花瓣下垂。但是这些枯萎的花瓣虽然有颜色地褪去，却呈现出宁静与永恒的美。

枯干的植物都有永恒之美，那些喝过的茶叶晾晒在阳台上，干枯之后卷曲着身子，光照射在它们身上，闪着金色的光。收集起来装在小小的布袋里，做成腕枕。用鼠标的时候，手腕也不觉得酸疼，也有淡的茶香。或者研成粉末和着沉香搅拌在一起，也是冬天有趣的事情。看着那些干枯的茶叶粉在瓷罐中慢慢变成细粉，和着粘土再晾干成香，燃起来，是种无比安宁沉稳的喜悦。简单的材质，细心专注制作，能让物与心通连在一起，是一种不可言说的喜悦。可以什么都不想不做，静坐一个午后，看阳光一点点淡下来，对面的楼群亮起灯光，自在又舒展。

干枯是一种终点与踏实安宁，尘埃落定的美。

## 弃

冬日的午后适合整理房间，最喜欢清理衣橱里的衣物。许多年前的超短裙，颜色艳丽，流行过的季节性衣服，过时的高跟儿鞋，已经起球的毛衫。整理出来，洗晒干净，或放进捐赠箱，或放进垃圾桶，感谢陪伴我和家人，也感谢曾经给我的温暖与时尚。

不执着于任何非要留恋的东西，丢弃也是一种很美的过程，愿他们都能找到自己新的归宿，开启新的循环。最难舍弃的是一些旧书，即使几次搬家，也没舍得丢弃，基本整理出来一部分曾经的专业课的书或工具书。或赠人，或卖废品。看到它们循环起来，比放在家中积满灰尘要幸福。曾有一本《红楼梦》，总是放在卫生间里，那时还没有手机，如厕时总要翻看不知哪一页随手翻到是哪一页就看哪一页。多少年？这本红楼梦已经过于破旧，卷了边，封皮也早就没有了，就丢掉了。不过，现在依然能想起它衰老的样子。

整理孩子小时候的衣物，小毛背心，运动裤，可爱的小黄鸡的图案，撅着屁股。想起儿子小时候可爱的样子，还想搂在怀里亲个不停，可转头看，已经是个小伙子，早已脱了奶白色的稚气。喜悦里有淡淡伤感一丝穿过，又被风吹散。

孩子总要长大，我也会老去。消失在这个世界，沉入泥土。这个过程流动的体验已经很难得了，值得去珍惜。留下一些孩子的小衣服做纪念，也是很有意思的。母亲就一直留着我儿时的红色小兔帽，是毛呢的，略微有些虫蛀的地方，如同帽子生了斑秃，但并不影响那句话"戴小兔帽和爸爸挑水去"。四五岁时刚地震没几年，还需要挑水吃，可每次挑水我都像个小尾巴，跟着说那句经典的"戴小兔帽挑水去"就被父母记住了。留下一些有记忆的衣物也是难得的美好，人类需要这些记忆来维护心灵，缝缝补补，这并不是一时喜悦所能替代，虽然清淡却历久弥新。幸福与美好，感恩，人与物的情感联系。它们虽然静静地躺在衣柜的角落里，只是存在着，就有着力量带给生活喜悦。

静物之美，是美到极致，大道至简的体现。一株草，一朵花，一架钢琴，曲谱，头发，书籍，它们就静静地存在着，也不需要谁去回应。不悲不喜的样子，状态像一个人到了中年，已经彻悟了很多，什么都能接受，什么都能理解，不管怎么都能泰然处之的样子。那些丢弃的文字书本中最让人感慨的是上学时蓝色圆珠笔写的书信，笔记，经过时间的冲刷，蓝色字迹已经晕染开了，模糊地分辨不出模样，字迹单纯方正，而没有勾连的地方，幼稚地可爱，记录着青春的羞涩。喜欢整理这些信件、笔记，仍然不舍得丢弃，打扫过灰尘继续放回书柜原位。

放弃，提到这个字，想到最多的是对物的舍弃，丢掉。对于内心的舍弃更加隐秘而艰难，时间流淌又安静，沉淀下来的有皱纹智慧，还有泥沙。舍弃比坚持还需要勇气。臣服的勇气更珍贵，我们从小就被教育灌输，坚强勇敢，拼搏进取。放弃往往被认为是软弱的表现。恰恰上善若水，随物赋形才是真正的大智慧。臣服于欲望膨胀带来的残局，臣服于被理想化的理想不能实现。让执念不再侵害一颗温暖柔软的心，一切因上努力，果上随缘，不再纠结于结果。尽力后得不到的就随风散去，只记录下曾经的过程也是一种美好，一切都是人生中不可复制的经历。而且看起来是失败丢弃，放弃，目的却是为了保存，保留，韬光养晦，以退为进，是真正地爱自己。

一杯红茶煮沸，午后，短浅，来不及有一点出神发呆就飘忽而过，抓都抓不住。茶已沸腾，气泡翻滚着消失，没有静止的样子，却是不变的。倒入茶杯，安静下来谁也不知它的前身是那么折腾而没有方向，如今这种安静才是最后的归宿

## 静

日常有时看到那些旧物在阳光里，从早晨到午后，到夜里，从日光里到月光里，不叹息，也不欢呼，平静为之，油然而生出一种敬畏之情。今日我在，它们也在，不知多年以后彼此是什么状态。现在安稳享受这一切，就是幸福。

一个人静下来的时候，可以冥想，燃起一炷香。最喜欢的是鸭梨帐中香，或者是沉香、檀香怎样都好。不用桂花香、茉莉香，这种花香太浓重。只喜欢那种淡淡的，用崖柏香也很好。燃香静坐，观呼吸。一吸一呼之间，能够体验到真正的自己，隔绝了与世界的纠缠，感觉自己是自己了。

鸭梨帐中香是一种历史悠久的香品，它的名字本身就充满了诗意和传奇色彩。这种香品最早出现在南唐后主李煜的时代，据说是由他专门为自己的妻子周娥皇所调制的。因此，鸭梨帐中香也被称为"江南李主帐中香"。方法颇为讲究，它采用了沉香、檀香等香材，以及鸭梨等天然原料。传统的制作过程中，首先需要将鸭梨顶部削掉，然后挖去中心的核，将其做成一个小小的容器。接着，将沉香粉、檀香粉按比例填入鸭梨内，再盖上顶部。接下来，将处理好的鸭梨放入锅中蒸三次，每次蒸过后都需要去皮。最后，将梨肉与香粉一同研磨成泥，制成香线或香饼，晾晒烘干后即可使用。

看了这个法子也不想弄，太麻烦，自己尝试过简单的制香。可以把柚子皮晒干，或者是荔枝壳，看着它们一天天地干瘪下来，翘起了边角，水分已经完全蒸发，然后在小石罐里碾碎。研磨的时候，就有细小的粉末在阳光里跳跃，那种天然植物的香气可以呼吸到，这种无需花费银钱的原材料经过细心的呵护与爱，能显现出温柔的香气。然后和上粘土混合在一起就可以制成了香粉，用塔形模具直接脱模最简单。一呼一吸之间，全世界只有自己，我就是自己的王。所有的纠缠纷扰都已经远离了我，我与这个世界只是平行相遇，没有任何的瓜葛与纠缠。感恩上天赐予这世界上万物之美，等待人们去发现。

# 观

既然有了"看"字，为什么还要有"观"这个字呢，翻看了一些资料，略有认知。

"看"是普通用法，可以表示各种各样的看。"观"有目的、有准备地看，暗示看之后还有所行动。运用我们的各种感官——眼、耳、鼻、舌、身体去接触、认识、思考客观事物。这样，"观"的含义就包含了听、看、想等丰富的内容，它不是心不在焉地随便东瞅西望，而是科学地察看。"观"和"看"有本质区别，"观"包括身体各种器官的感受。所以我们叫世界观，而"看"就更随意了些。"观"应该是成年人的专属，青年时期很少有专注地看和思考，更流于春风得意，随意地抓取，总被热烈所吸引，大多流于"看"的表层，很少进入"观"的深刻。

观香，观雪，是冬日里的专属。雪落下后，万物失了他们的面目，参差不齐的人间变得整洁，干净。很多旧日子，镜头，颜色容易涌出来。几年前，大雪日，走在北新道上，路旁有黑色树干的槐树，树枝上也落满了雪。有一棵树在枝丫纽结处，落雪借着虬枝凹凸制造出一张白狐的脸。天意自然的艺术作品就在无意间，最近沿着北新道来回走了一遍，有残雪还没融化，并没有找到那张旧年白狐的脸。那美丽的脸庞只要看一眼就能雕刻在心里。难免有些失望，时过境迁，不能勉强。我与之相遇，观赏，心生美好愉悦，已经是福气了，还是不能贪。一阵风吹过，卷起细雪如烟，白色烟雾弥漫，人如在仙境。

庄子与惠子游于濠梁之上，见鲦鱼出游从容，因辩论鱼知乐否。"子非鱼，安知鱼之乐"的句子流传下来。这也是"观"进入哲学思辨的一个故事，引子。我没有什么哲学思辨的心思，倒是买了一个很大的庭院鱼缸，放进几枚铜钱，养了几条金鱼。喜欢看鱼抢食吃，只要我晃动鱼食袋子的声音，它们就聚过来，不停地张嘴，可爱的样子。雪和鱼都在冬天里游动，枯寂的北方，有了趣味。

观物容易，观心难。内观，反省，即内视是道家的修养方法之一，不观外物，绝念无想。它是透过观察自身来净化身心的一个过程，开始的时候，借着观察自然的呼吸来提升专注力，等到觉知渐渐变得敏锐之后，接着就观察身和心不断在变化的特性。内观是往内观察自己身心实相的一个方法，以智慧洞见一切烦恼的根源，从中解脱。使人能以安详的心态去面对生命的起伏，是治疗身心痛苦的一剂良药，让内心达到完全的净化。

"观"应该把自己作为一个局外人，平行于这个世界存在，让自己看自己。可能这些让人费解，应该有两个自己存在。一个自己实实在在地在这个世界上生活，另一个自己看着那个存在生活，看着自己的悲欢，喜怒，看着世界发生的种种事情，看着来来去去的人。不去评价，只是看着，认识到这就是人间，这就是人类，这就是生命存在的状态，然后让两个自己融合为一。很多生命中的问题都不需要解决了，一切都变成了体验，只是体验的过程，充满各种滋味。

"观"的最大意义就是平衡自己，把生命体验的敏感降低，钝感力提升。世界充满各种需要维系的东西，钝感力是最好的保护。心被打扫干净，灵魂被稀释，一切都变得轻松，整个人都变得自由，这是一种变得简单轻松的情绪气息，很难用文字说清楚。

睁开眼睛，看眼前的一切，钢琴曲谱、窗帘，茶杯，都变得更加清澈明亮。感觉自己也成了一个全新的自己。

冬日主藏，安静地关注着所有枯萎流变，也是生命中的幸福。

# 朴素一日

终于这一天完全属于自己。

早晨的光线穿过阳台落在地板上，木纹地板亮起来。我一直看它们更像石子坠入湖水荡起的水晕，一点点扩散开，不过它比水要坚硬，更像水波的化石，却比化石柔润。这种尺度很美妙，值得百看不厌。

赖床是一种享受，看阳光有脚，慢慢地走着，从钢琴上到壁纸上。被子上的小花有的在光亮处，有的在暗的褶皱处。雪柳已经发出了小嫩芽，一瓶水足以养活它，也不用其他额外的营养，这种简单很适合我。凡是简单的，让人不用费心经营，都有着天然的亲近感，没入水中的枝条在水中折射显得健壮有生机。喜欢这样的生命，沉静温和又倔强有力。

起床洗漱过，开始煮小米粥，我并不喜欢用高压锅，那些快速成就的几乎没有饭香，只要有时间，就用慢火仔细地熬。熬的过程缓慢而有趣，看金黄色的米粒一点点膨胀起来，从中间翻滚上来，又转瞬淹没下去，来回同样的折腾，而不知疲惫，就像表演人的一生一样。慢慢地它们黏稠在一起，模糊了最初的样子。煮着小米粥的时候，要切一些咸菜，拌上蒜末和香油，准备一些核桃坚果，简单的早餐，简单的温暖，一天的开始更清澈。

整理房间是个愉悦的过程，其实家里并不乱，只是书随便乱丢的习惯总也改不了。客厅里，阳台上，房间里都有，整理好放回书架。阳光里跳跃的灰尘太欢乐了。我从不知道它们来自哪里，又去向哪里，茶几，窗台，钢琴，地板上无处不在。它们是有佛性的，佛祖于菩提树下，初成正觉，第一句话即说："奇哉！奇哉！大地众生，皆具如来智慧德相，但因妄想执着，而不能证得。"这些灰尘如同有了智慧德相，没有任何妄想执着。超越了一切生命，人类，动物，植物。它们没有想过要存在，却存在，没有任何念想，擦拭干净，它们还会回来。我们认为它们不够洁净，它们也从来不回应。

整理好房间开始煮白茶，朋友送的月光白。我其实是个不怎么懂茶的人，有什么茶就喝什么茶。我喜欢月光白的原因，就是因为这个名字。原谅我是个肤浅的人。月光白又名月光美人，也被称为月光白茶、月光茶，是白茶中的特色茶，产于云南省思茅地区。其名来历说法不一，一种说法是：此茶采用特殊制作工艺制成的茶，叶面呈黑色，叶背呈白色，黑白相间，叶芽显毫白亮像一轮弯弯的月亮，一芽二叶整体看起来就像黑夜中的月亮，故得名"月光白"。另一种说法是：此茶在夜里，就着明月的光亮，采摘嫩芽为原料，并且从采收到加工完成，均不能见阳光，而仅在月光下慢慢晾干，且采树的均为当地美貌年轻少女，故得名"月光美人"。虽然为了畅销，有了这么雅致的名字和噱头，但还是喜欢被这样温柔的诱惑，一边喝茶一边写作，不管阳光怎么在地板上走，不管花是否开了。窗外有喜鹊来回散步，冲着窗子叫了几声就消失了，就让这些自然的流淌，发生，消失，就是很美妙的事情。看着电脑屏幕上的文字多起来，一页一页翻过，就是我这一个人独处的美妙状态之一。这是没有办法用语言形容的。

茶的颜色变淡，阳光越来越热烈，明晃晃地映照在地板上。写累了，可以在地板上放个小垫子，静坐，冥想一会，让冬日的阳光，浸透头发，手指，身体，我现在就是王。放空自己，只观照呼吸，感觉身体开始向下沉，向下沉。所有的部分都是柔软的。这样没有任何思维的冥想能溶解所有内置的冲突，矛盾，让自己和自己和解。这是一个简单修整的过程，却能让生命能量得到补充。

我知道阳光在我的身上滚动着，热闹而且执着，喜欢它们这样地爱我，包围我，给予我，却没有要求报酬。最伟大的恩赐，从来不需要回报，感恩之心蓦然涌起。现在比较流行感恩这个词语，可惜啊，很多人都把感恩和利益交换混同在一起。

我又忘记了不应该评价这一切，各自有各自的因缘。温习旧年弹奏过的几首钢琴曲子。弹琴如今对于我来说，是记忆的工具，弹琴已经不是小时候被父亲逼着练习枯燥的练习曲，窗外其他孩子欢笑的极大诱惑。弹琴更是一种回忆，我只要坐下弹琴，就觉得父亲就在旁边，指导着哪个小节弹错了，哪里节拍错了，好像一帧帧影像是黑白色的，已经落在水里，模糊了细节，轮廓倒是清晰。那些音符都被过滤掉了汁液。父亲那时还很瘦，衣服都显得宽松肥大，阳光照着他，树影和他的影子投影在墙壁上，重叠在一起，彼此凌乱了彼此。那些影子是枯燥中唯一的灵动。

快到中午，开始准备午饭。白菜洗干净，切好，豆腐切成小块，油热，翻炒，这种一清二白不适合这个世界，总是分得这么清楚。粉丝冬瓜海米汤的味道是浅白色，味道在淡泊中向内伸展，绵延渗透，清淡能更把失去的味蕾捡起来。好好珍惜每一种味道，最简单而单纯的味道，感觉很神圣，简单能永恒。这样的饭菜最大的优点就是洗碗很容易。

喜欢在阳台的小床上午睡，阳光能渗透进每一根毛发。午睡醒来恍如隔世，时间停止下来凝固成水里的丝绸，人从世界的边缘走来，好像一个旁观者，和这个世界没有什么关系，过来看看，玩玩，既觉得新鲜又让人颓废厌倦，一边欣赏一边厌倦，总在寻找着平衡而偶尔失去了位置。建盏在旁边的茶几上，建盏有意思，曾经写过一首诗《午后的建盏》。

午后的建盏

我们的一生会遇到过 8263563 人

会打招呼的是 39778 人，会和 3619 人熟悉，会和 275 人亲近，

但最终，都会失散在人海

午睡醒来已近傍晚，看到这句话

半卧在榻上不想起床

灰尘在阳光的缝隙里游荡

建盏在窗台上，包裹着薄薄的橘红暮色

小时候放学回家，窗台上的花叶都是被染成这种颜色

母亲在厨房做晚饭，饭香也是橘红色

羡慕这枚来自闽地的物件，穿过人群，河流，山峦

现在安静得像对面屋顶上的雪

这难免是个尴尬的时辰，既有睡醒的满足又有些许小无奈，看阳光斜射，房间里逐渐暗下来，如同人过中年总有些兴奋不起来。赶快把自己带回来，每个成年人很少有机会能真正地说话表达，总在一些委曲求全中掩盖了一些真实的情绪。好像一束花，开放时间只是它生命的很小一部分，多数时间都是准备开花和枯萎的永恒，才是真正的本来面目。

继续写作，这是一个与世界孤立的状态，终于可以把自己拿出来了，也不用顾忌什么，看文字在屏幕上跳跃，开始新鲜的排列组合，好像每一刻毛孔都是无底的深渊，可以无限地深入探究，到底还有多少自己看不清的。太阳一点点向西垂下去，我与它的两点一线与地面的夹角越来越小，直到我们彼此告别，雪柳小巧的影子一点点在墙壁上变成淡灰色，阳台上也暗下来，屏幕明亮起来，已经看不到光线如剑，那些剑光里的灰尘也消失了，如今只有纯粹的一个人。香燃尽，茶见底，我开始如同使用魔法一样，把舒展开的自己收拾，打起包裹，又回到人间。

落日的魅力可能因为它的颜色是橘红色，以至于电脑、茶杯、书籍，都被染成了同样的颜色，它的感染力，弥漫了万物。在这样的流淌之间，落日，残雪被染成了橘色，安静一边生长，一边溶解，生命都在这里消亡又出生，雪总有让人喜欢的所有状态，随风落下时强悍霸道，好像要消除所有黑暗和罪恶，而一落下又好像突然爱上了这个人间，温柔地融化，浸透，消散。

下楼去买花，路旁的积雪样子已经很老成，灰色应该是最成熟的颜色，不黑不白，不是出生，不是死亡，应该是最高境界，看穿世事，能笑而不语，残雪的境界应该是最高的，而灰色应该是在流动中能保持长久的最佳颜色。随时的评价分辨总在随意之间，这是个坏习惯，应该改掉。抬头看树枝枝干上也有积雪，突然想出一个念头，北方的树木到了冬天都要落光叶子，不是因为天气冷，而是因为它们想和雪纯粹的在一起，不需要叶子的遮遮掩掩。买了小向日葵和野雏菊，有耐久的生命，简单而平静的花草，没有香味，还有些野气，她们最适合我。

晚饭就更简单，一晚菠菜素面，一个苹果就好，开始瑜伽练习，稍看电视，睡前祷告冥想。我只愿我不再有愿望，让自己空下来。没有自己，很舒服，心念之中有了憎恨，嫉妒，分别，都一概清理出来。褶皱熨烫平整，好像弄脏的衣物，清洗晾晒干净，还有了阳光的味道，一切都干净清爽了。这个过程能让身体柔软下来，从头顶到脚趾，而且不需要花费力气。

这样一天，露着纹理的时间，能清晰地看到一点点生长起来，长出它该有的样子，树枝叶子繁茂，但并没有花朵的惊艳。朴素的，明亮的淡灰色的一天，能触摸到自己在这个世界上平安的，温暖的生活，存在。很普通，很简单，无人注视而独自欢喜，很满足。

感恩。

## 白　菜

过了秋分，天气渐凉，下班时天色已经黯淡下来，夹着风声，蘸着夜色的汁液，有了秋天的眉目色彩。超市买了一棵白菜，这时的白菜，和冬天的白菜模样不太一样，矮胖矮胖的，味道也不太相同，总没有冬天的白菜好吃。记得祖母以前说过，霜打过的白菜才好。北方人冬天最熟悉的白菜，如今一年四季都能吃到，就是总觉得差点什么。其实真正让我对白菜有兴趣的倒是上中学后，学了植物学，才知道白菜原来是可以开花的，十字花科，只有四瓣花朵。回家后为了仔细观察十字花科的特点就把一块白菜根泡在盘子里，放少许水，等到白菜长出茎，开出黄色小花，让人无比惊讶，这么普通的白菜，原来开花这样娇艳，低调到难以置信。

到了冬天，北方人买白菜，储存白菜是头等大事，关系到一家人冬天的吃食。买白菜是很啰唆麻烦的，尤其周末买白菜的人更多，有的家都是买几百斤，我家人口少，也要买一百斤。第一道程序就是过秤，那种地秤现在很少见了，大大小小的秤砣摆在一起。一棵棵白菜搬运到秤上。够了一百斤再一棵棵拿下来，光是来回搬运折腾，就能让人满头是汗。每次买白菜我都要跟着去，父亲总会称完白菜后把我抱到秤上也称称，看看多少斤。然后用自行车或排子车运回家，那时父亲和单位借用排子车，还是比较高级的交通工具，一次就能运走。最高兴的就是运完白菜，要把排子车送回单位，我也要跟着去，我坐在车上，父亲推着走，很好玩。这么多年我都在头脑中勾勒那个形象，一个五六岁的小女孩，戴着棉帽子，连线的巴掌棉手套，穿着厚厚的棉衣棉裤，蠢笨的棉鞋，其他时代的场景，背景都已经模糊了，只有高兴。

白菜的储存也是个大问题，我家就是用棉被把白菜盖好，放在院子里。邻居有很讲究的，在院子里挖个小地窖，放个小梯子就能下去，地窖里面有几平方米，堆满白菜，在地窖里玩也有意思，点着灯，昏暗的黄色灯光在冬天里有着一种超级的温暖，躲在里面也有一种新奇的安全感。

家家的院子里都有一口缸，有大有小，有粗有细，是冬天用来做酸菜的。一缸白菜，注满开水，找一块大石头压在上面，免得白菜漂浮着。选作酸菜的白菜也是有讲究的，要选那些瘦小干瘪些的，容易更快地变成酸菜。一个月后，缸里的白菜已经变得蔫吧了，好像变少了一半，缸里的水变得浑浊，鲜亮的白菜变得低调而温柔，像做旧的古董，破旧的黄绿色，叶片散乱，还散发着腐朽的酸味。捞出挤出水分，清洗几次，就可以炒着吃，炖着吃。

冬日里每天就是白菜炖豆腐，白菜，酸菜炖粉条，酸菜炖冻豆腐，白菜炒豆片，白菜炒饹馇，白菜猪肉饺子，总之白菜是每天必有的。晚上的汤面也是白菜汤面。炒菜的时候也没有多少油，说是炒菜其实和煮菜差不多，祖母还要攒着肉票留着快过年了的时候多买些肉。冬末白菜变得干瘪，祖母要把白菜穿起来晾晒，做成干白菜。初春，储存的大白菜吃得差不多，就把干白菜摘下来，用水浸泡一段时间，干白菜一下子就活过来了。用来做包子，饺子，有点像南方的霉干菜。冻了的白菜帮子不能吃的，不过冻了很好看，好像玉石的颜色，硬邦邦的。想起很多店铺，都会有玉器白菜的摆件，取"百财"之意。百财不知能否，但是白菜却能让人平安，少欲。

　　我的记忆里祖母总是站在炉火旁炒着白菜豆腐，蒸馒头，熬稀饭的样子。她的小脚来回地踱着。我的祖母的小脚啊，那时晚上总躺在她的身旁，拨弄着那已经被弯曲到脚掌中心的小脚趾，整个的小脚像个粽子。祖母生于1911年，辛亥革命那年，1999年去世，享年88岁。经历过颠沛流离的战乱年代，生存都艰难，居然从没有生过什么大病，寿终正寝，是个福德深厚的人。从没有和人争吵过，母亲也待祖母极好，长期和我们生活在一起，即使去了伯父家也只是暂住，我的童年少年时光，祖母总在对我笑。她总说，白菜豆腐保平安啊，确实如此，祖母对一切都是淡然的，如同白菜豆腐一样清淡的一生，少灾祸，无欲求，得平安。素食的清爽，有一清二白颜色，让那个年代的人没有肥胖的，但每个人都健康有精神。寡淡的岁月，寡淡的白菜。日子在其中游走，简单的幸福不用很多色彩，保存着最纯朴的形状和滋味。

　　粗茶淡饭沉浸在北方冬日的寒冷中。父亲，母亲年轻，祖母健在，身体康健。夜里昏黄的灯光在雪中闪着光，我是个公主，我的幸福沉浸在其中，贯穿我的童年，少年，直到离开家出外上学。所以，现在我对于白菜豆腐一直有着难以割舍的情结，也时常会白菜炖豆腐，也很少放油，感觉这样更有祖母做饭时的味道。她是最爱我的，佑护我的。虽然我的前半生也如同白菜一样清淡，但是也算康健，平安，幸福。

# 苹 果

苹果是北方秋冬最常见的水果，能够适应大多数的气候。冬天没有什么水果，苹果算是易于储存的。一个冬天总要储存几筐苹果，当然那筐子并不大，荆条编制，只有一米来高，直径两尺宽，苹果装进去之前会在里面铺满干叶子，现在我也不知道那些铺在筐里面的叶子是什么叶子，大大的，有手掌那么大。苹果放在里面，一冬天都不腐烂。小时候最普遍的苹果品种是国光苹果，个头都不大，但酸酸甜甜的，饭后来一个真的舒服。储存的时间久了，苹果会干瘪，水分少了，苹果皮皱皱巴巴，好像没牙老太太的脸。不过这时的苹果才是最甜的。直接洗干净，不用削皮。第一口冰牙，越吃越好吃。

苹果价钱也便宜，是大众水果，不知为什么现在的苹果那么贵，而且都不是本地苹果，要么是烟台苹果，要么是四川苹果，本地的却很少了。

老宅附近的东山下，曾经有一片苹果园。开春了，天暖了，苹果园子里开满了苹果花，我们一群小孩子关了一冬天，兴奋地每天去玩耍。可是我小时候并不喜欢苹果花，纯白色的，大大的，看着有些傻，总不如桃花颜色好看，模样俊俏。现在才越来越喜欢苹果花，简单的，朴素的，才足够大气，端庄。在果园中央还有一间看着苹果园的小房子，有一位老爷爷住在那里，防着小偷。那位老爷爷总是不闲着，要么拔草要么施肥。会有小孩爬到苹果树上去摘那些没有成熟的苹果，担心会被老爷爷发现，以后就不让我们来园子玩，那时总庆幸，一次也没有被老爷爷逮到过。现在才明白，老爷爷肯定早就看到过了，只是从来没有批评过我们。他喜欢我们在他的园子里乱跑，打闹的，想来他也不是特别在意他的苹果，有时他一个人坐在园子里的石头凳子上抽烟，我们从来不知道他在想些什么。

我喜欢看老爷爷干活，施肥的肥料是牛粪或马粪，我们一群小孩都会拧着鼻子喊，真臭真臭。施肥后就是浇水，老爷爷有个旧铁皮的大水箱放在排水车上，一根很长的黑色胶皮水管连接出来，给每一棵果树浇水，黄色的泥土在水流的冲击下变得温顺了，小漩涡里翻着白沫。每一棵果树的周围都用泥土围了个圈，防止浇水流到外面，总有讨厌的小孩会把那围好的小土圈弄个小豁口，水就流到外面，流水的形状乱七八糟的，河道崎岖。老爷爷却不生气，总说这群小孩太调皮了，我们就笑。

苹果树还要剪枝，疏蕾。这能节省营养，利于果实膨大。同时，增强树势，促使春梢生长。多余花全疏除，但必保留"簇叶"。被剪下了的小枝条，我们会当成马鞭，拍着自己的屁股，嘴里喊着"驾——"在苹果树下乱跑，自己就是一只小马驹。老爷爷还要把每一棵苹果树的枝条拴上绳子，下面坠个砖头，我总奇怪好好的果树为什么不让它使劲地长呢，原来这是要抑制顶端优势，增加光照通风性，长得苹果也多。

现在冬天水果品种多，苹果依然常见。但再没吃过国光苹果。

## 山　楂

北方的冬天水果除了苹果，酸梨，就是山楂了。

煮山楂，做山楂罐头是冬天常做的。但我只喜欢吃，不喜欢做，抠山楂核是最麻烦的。把山楂横着切开，露出山楂核是梅花的形状，很优雅，秀气的形状。再把山楂核抠出来，而山楂核也不要扔掉，洗干净晒干，用来装枕头最好，就是太沉，枕着清凉。我一直想，在书上看到过瓷枕，是不是就像枕着山楂核枕头一样的感觉。

最喜欢冬天吃山楂糕。尤其放寒假下着大雪时最好，耳朵竖着，听着街道上有吆喝"山楂糕，山楂糕——"飞快跑出去，一毛钱一块，总要买两小块，卖山楂糕的戴着破棉帽子，大棉袄，大棉鞋，很不讲究的老头儿。他有事先裁好的小纸块，还是报纸的，裁成手掌大小切一小块，大概小手掌那么大，一厘米厚，两块，正好俩手拖着，就把山楂糕直接放在那方块的小报纸片上，吸溜一口就进口了。那山楂糕流出的红色汁液会把小报纸片浸透，手上也会染上红色。小报纸片半分钟就完成了生命，被抛在风里面，吃完就快跑回家，雪会不停地往脖子里灌。祖母总会在门口说，又去买那破山楂糕，你看那卖山楂糕的多邋遢，破皮帽子，破大衣，手那么脏，你还买，那山楂糕里都是食色，家里苹果，梨子，罐头也有，非要吃那个。

不管祖母怎么说，就是觉得外面的山楂糕好吃。还有那个山楂果酱的大爆花也好吃，是每个小孩在街上跑的标配，玉米面的爆花有一米来长，擀面杖粗细，中间是空心的，这太普通，灵魂是要刷上一层山楂果酱，北方的秋冬是大风不断的，风中举着山楂果酱的大爆花满街跑，显摆着在街上吃才好。或者一边跳皮筋一边吃，这些都是祖母看不惯的，但我从来不听她的话。如果单单是爆花没有什么吃的兴趣，只有有了山楂酱才好像注入了灵魂，一道光让最普通的爆花闪亮起来。那时的网红食品，应该非它莫属。

山楂棒在北方的风中奔跑着，粘着沙粒，孩子们的快乐从来和这些没有关系，大人不让吃的，偏偏是觉得口感好，又好玩的。我不知道什么是食色，应该比现在的防腐剂和添加剂还安全些。而我也从没有因此拉过肚子。没有任何包装，爆花是装在一个厚塑料袋子里，放在筐子里面，另一个筐里装着一桶山楂酱，孩子们挤着买，抽出一根玉米棒，拿勺子挖一勺山楂酱就往棒子上抹，有的地方抹得不均匀，小孩们都会说，那里太少，再多抹一点。卖爆花的老头就再加上一些，直到整根玉米爆花看不出本色，只看到一通深红色的山楂酱。

燕山静默着，应该有千年了。我的老宅，祖母，苹果园子早已经不是原来的样子，燕山还会继续静默。曾经给我那么美的旧时光，素年锦时，已经很满足了。

# 沿着寒冷逆流而上

## 一

天阴沉，懒懒的。还是站在北方初春的门楣，桌上茶杯，杂志，草稿，琴谱，如同标本，喜欢它们将要苍老的样子。就像钟爱千年前的句子："晚来天欲雪，能饮一杯无？"

我能发呆整个午后，窗外已经飘起雪花，房间里暗下来，一切已经看不清细节，只有轮廓的模样，天地灰蒙蒙的，车辆和路人缓慢地在雪地上行走。茶有些凉了。雪还在继续落，对面枯树上的两只喜鹊，对视着叫着，转身飞落到雪地上，凝神注视着前方，偶尔晃一下头，抖抖尾巴，悠闲地踱着步，不知它们在想些什么，又忽然飞到了对面的树枝上。一颗冻僵的柿子在风中摇摆着忽然落下，橘红色落入雪中没有了踪迹，好像什么都没有发生过。就这么看着，风吹，雪飞，果落，流动的人和车辆。

楼下停车的车顶已经有了一尺厚的积雪，保持着最初降落的纯洁，也不急着融化。未出嫁的格格一样高傲又可爱，有人在上面画了笑脸的图案，又有新雪落下，笑脸逐渐地模糊。对面的小学校操场只一对篮球筐孤零零地相对，伸展着手臂，释放出空旷的藤蔓。

檀香升起烟雾，回旋着身子迂回缭绕，左顾右盼的，没有骨头和信心，一味地让偶然成为方向，不过一会儿就稀释在空气中。翻开的书还是前天的书页，我的坏毛病也实在是多，残茶总懒得收拾，隔夜放着，本来颜色清淡的绿茶，经过了一夜，如同炼狱的烧烤，追问着前世今生，全部变得老辣浓烈，一副市侩的嘴脸，完全没有了小姑娘的清纯羞涩。

不知我燕山下的老宅现在可好，此时是什么样子，那些门口的柿子树站在雪地里，孤零零的没有摘下的柿子应该已经冻僵在枝头，偶尔几声喜鹊叫声戳破天空。对于雪，幼年时从没认真欣赏过，也只是堆雪人，打雪仗。棉鞋里总是渗透进很多雪水，袜子全被浸透，全然不顾，依然在雪地里乱跑。雪团抓在手里化成水，却从来没有细腻地观察过雪花的形状，那时都是匆忙的跳跃的喜悦，从不会观察或者安静地思考。原来还有很多美就站在身边。一切看似平常的日子，细节，都难以再复制，我羞愧那时从未好好端详过燕山雪落的大气苍茫。

最喜欢是早晨一睁眼拉开窗帘，玻璃上长满了冰花。惊喜院子里一片白，好像老天意外恩赐的礼物，从褥子下面拽出棉裤棉袄，棉袄棉裤要压到褥子下面，要不起床的时候冰凉不敢往里面穿。父亲已经在扫雪了，我会站在炕上大喊，不要把雪都铲到外面给我留着堆雪人，父亲就会把雪都堆在墙角，可是院子里的雪终究是太少了，开门看街道上邻居也都在扫雪，这回雪可就足够了，还不用我去铲雪，雪堆已经在大树根下堆了老高老高，只是那些雪都已经脏了，我拿着小桶，专门找墙根下没人踩的雪装满一桶，把这些干净的雪撒在那参差黑白的雪堆上，雪堆变得干净了，这是我的雪人的身子。做雪人的头是有难度的，先要搓个结实的雪球，搓的雪球不大，我的手很小已经攥不过来了。就在地上推着雪球滚，可这些白雪都是虚张声势的，雪球也是虚头巴脑的，需要滚一会儿，拍瓷实了，再滚一圈。雪球大了，再拍瓷实，再滚，雪会向毛线手套里渗透，手会被冻僵，这个过程是耗费体力的，累得不行要半个小时左右。不过我的雪人的头终究是比别人的要圆要大，这总是让我骄傲的。挑拣煤块做雪人眼睛的时候，总要挑半天，我不喜欢我的雪人的眼睛大小不一，或者形状难看，可是要找到两个大小形状相近的煤块是要费好长时间的，总会弄得我的手套都是黑。手指也被渗透成黑色。很多年直到现在我都很难戒掉这种强迫症一样的追求完美。这种天真幼稚的情绪，虽然我自己并不讨厌自己这样，甚至喜欢，终究难免被这世界妥协，总要去平均很多不能的执着，只把这些堆雪人的情绪埋在雪堆里就好了。

矫情的事现在想来在童年就种下了种子。冷渗透到曾经的每个冬天，每个寒假，炉火正旺，那时电力不足，时常会被限电，不过我却很高兴，一定要趁着燃起蜡烛来读书，昏黄的灯光随着火苗的跳跃忽闪忽闪，小心思里却有着小欢喜。好像这样就是古典的样子，这样才是文人的样子。现在翻开的那些旧诗集，纸张上还有蜡滴的痕迹。那时的我真是可笑到极点，偏要寻一些好像和那些唯美的诗词相匹配的环境才能欢喜，这种狭小从此就种下了，难免总是放不开心境，不愿与世界与人群接近，沉入自己的世界，而带着所谓孤傲的情怀，这是要不得的，直到多少年后，才逐渐戒掉了这种可怕的少女情怀。但是遗落的星星点点如同破镜难再圆一样，总是留有破坏的痕迹。

## 二

很多年前的一个冬天，渤海结冰，冻出了很远，走在海边空无一人，雪落在海上，天地人间为我所有。生命就在这里一点点被挤压出来成为膏状，风干，变硬，成为时间里的标本。第一次见到雪落在海上，是最神奇的，好像那些雪都白白地落下来，在这世上没有什么痕迹就消失了，无用而无意义，这恰好与正常思维的模式相悖。凡事都要意义，这落在海上的雪却是从容的，正好给人们做一下模范，免得成天追问什么人生的意义，奋斗的结果，追求的目标，看看落在海上的雪应该淡然从容些了。且它的妙处在更深处，来来去去，因循往复，很像被人间使用的灵魂，从生到死，或者说从死到生，看起来吵吵闹闹不过如雪落下没有什么声息。尤其夜晚海上升起烟花，这个镜头更难忘。热烈的烟花和落在海上的雪是最完美的搭配，烟花转瞬即逝，颜色在天空绽开，雪花落入海上也来不及肮脏，像不用体会什么世态炎凉就匆匆转身，也就消散了，都是在顶级璀璨时定格一下，事了拂衣去，潇洒的态度与神采让人仰视。

前几天独自去龙泉寺，正门并没有开放，院中没有游人，雪已经落了一层，有稀疏脚印留下。转过正门，西边小门开着，隐身而入，松树在雪里站着，北方唯一的一点绿色，显得干瘪而没有水分。雪的莹润正好和它相互补充。穿着褐色棉僧袍的僧人在廊拿着手机打电话，时常把眼镜向上推推，转身向大殿深处走去，大殿中烟雾缭绕，佛像庄严慈悲。呆呆地站着庭院中央，诵经声和飞雪一起落下，雪花落在头发上，一片孤零零的在发梢的雪花，晶晶亮看到了六瓣的形状，想放在手心仔细端详，我一动念，它就消失得没有痕迹。惊鸿一瞥总是最让人怀念，从眼神到灵魂中闪过，就此别过，没有任何痕迹，也不用留恋，万物在覆盖中。这个镜头鲜亮又恍惚，欢喜又略有哀伤。

# 三

站在雪中想起王维曾有一幅画《雪中芭蕉》是中国绘画史里争论极多的一幅画，他在大雪里画了一株翠绿芭蕉。大雪是北方寒地才有的，芭蕉则又是南方热带的植物，一棵芭蕉如何能在大雪里不死呢？这是历来画论所争执的重心。其实《雪中芭蕉》多少有些油画印象派，表现主义的风格，画面不追求现实的真实，只是用形象的画面表达抽象的内心世界。国画的手法却是表现主义的深邃，这是王维已经超脱出同时代文人的妙处。王维的内心终究是一片诗人情怀的青龙翠绿，而追求纯粹的诗人总是与中庸的现实世界相互矛盾冲突，呼唤的就是一种澡雪精神。王维是天地大才，少年鲜衣怒马，经历了风光无限，轻狂得意时坠入低谷，又经过安史之乱的风口浪尖，已经不再是少年。四十多岁的时候，他在长安东南的辋川营造了别墅，过着半官半隐的生活，看山是山，看水是水。分辨清楚了腐肉与筋骨，回归到无我的纯真。不过我们很多人一生都没有这样的机会和过程。

落在海上的雪和烟花、发梢的雪、王维的《雪中芭蕉》都是一样的。

已经过了立春，北方并没有春天的感觉，还是停留在寒冷的辐射里。北方人的春天应该是在清明节气之后才会有柔软的触觉呼应。春雪这个词怎么都不会有寒冷的感觉，可这只是妖媚的假象。大片的雪花虽然稀疏与这个世界平行，但她是有骨头的，依然手持凌厉的刀锋，寒冷彻骨。来也无声，睥睨天下。这冷风中的春雪就是劝勉人间的偈子。上帝是否在空中摇着骰子，我们皓首穷经地去探索的，研究得出所谓惊人的科学规律和所谓定律都是上帝或神很随机的游戏，人类是他的玩具或者道具或者随意的手笔。看我们在人间谈恋爱，奔波，生活，享受又痛苦，是不是在嘲笑我们？

午后的阳光从阳台上射进来，我的左手明亮，右手阴暗，桌布的古典花纹，也在明暗之间。手指被阳光拉长，正是我想要的样子。影子在花纹上叠加，窗外雪落无声，这已经是很舒服的人生，底气十足的胸无大志。窗外干枯白玉兰枝丫在风中摇摆，小小的花苞毛茸茸的，像一只只袖珍的猴子抱紧枝头，我知道等到它们活起来，展开生命还要等到北方的春天，还有三四个月后才会渗透上来，它们的血液和灵魂连同经历的喧闹热烈暂时封印冬眠。

# 四

崇祯五年，江河破碎的崇祯五年，大明王朝已经漏洞百出。张岱却在《湖心亭看雪》中描绘了一幅决胜白雪的纯真。

这篇文字心境纯粹、简洁的小文，纯白描的手法，勾勒的线条却不用任何色彩，水墨色留白空间很大，恰好是与现代这个丰满快节奏世界逆行。白茫茫大地一片真干净。其中一句"惟长堤一痕、湖心亭一点、与余舟一芥、舟中人两三粒"最有神韵，抓得准确的几个字铺设了大世界，小人间。我们每个人都如颗粒一样，在广阔的天地中，世界空旷，生命如豆。而且我一直遗憾，文中并没有记叙那位已在亭中的人，我对那个人更感兴趣。一直想作者后来有没有再和那人联系，不像现在加个微信，留下电话，不论相隔多远，相聚只在一张飞机票、一张火车票就能解决。古老的年代，青灯黄卷，书信漫长，离别是最长久的形式，相聚应该是奢侈的，不过两位相逢何必曾相识的公子可能并不在意这些，众生皆偶然。

张岱生前给自己写作的《自为墓志铭》中曾这样评价自己："少为

纨绔子弟，极爱繁华，好精舍，好美婢……"历尽繁华，又尝尽悲凉，有些红楼梦中贾宝玉的原型色彩。声色犬马的事情他都爱，玩物丧志的东西他都行。世人看到的只是他的玩世不恭。但单单从仅存传世的他的作品中就可以窥见他文字的凝练精准，性情的随意不羁，洒脱放浪形骸，看透自己，看通人间。

雪能浇灌赤子之心，夜能释放纯真情怀。再能让人在雪夜想起的就是王子猷。"王子猷居山阴。夜大雪，眠觉，开室，命酌酒。四望皎然，因起彷徨，咏左思《招隐》诗。忽忆戴安道；时戴在剡，即便夜乘小船就之。经宿方至，造门不前而返。人问其故，王曰：'吾本乘兴而行，兴尽而返，何必见戴？'"

"眠觉""皎然"，这两个词语真好，简洁凝练，又不干枯，润泽而不拖拉。"皎然"还是个和尚的名字。僧人皎然，俗姓谢，字清昼，唐代诗僧，自说谢灵运的十世孙。而皎然是明亮洁白的样子，用在文中正是恰好，用为法号也是非常好的名字，没有刻意的痕迹。那些"悟""觉""弘"这些字让人感觉有些累。夜半醒来酌酒，本身就很有意思，然后又雪夜访戴，即将见到反而折回，率性任情的个性正是魏晋风骨的精华。

任性向来被认为是幼稚与不成熟，成人的世界就是该做什么就做什么，狠狠地把自己的任性丢在童年，这才算个大人，可恨的大人啊。可是夜就是大人的漏洞，会让人从白天回归到自我，落雪的夜能让人瞬间瓦解理性程序的人生规则，挑拣出自己深埋的感性。雪的魅力可能是让人回到最本真的时刻，释放自己的天性，雪制造的没有秩序的空间，让人忘掉规矩，做自己想做的，退回童真时期。

有雪真好。

# 春日正当时

一

北方春天总像个三心二意的人不能拿定主意，飘忽而迟疑。春雪与细雨皆在天地之间。这样的春光乍现，有惊艳的眉眼。小区里的桃花已经开到沸腾，点燃天空，细看花树下还有零星的野菜小心翼翼地长出来。

春季阳气开始生发，草木发芽，枝叶舒展，春是五行的"木"又对应肝，所以春天容易肝火旺盛。春天的野菜大多有清火降噪的功能。吃野菜也就成了春天的时尚，不过买来的没有意思，需要到田野里亲自去挖才好。每个春天都要陪母亲去挖野菜。踩着软软的泥土，田野里总有三三两两挖野菜的人。风筝与天空都成了陪衬，眼睛只会盯着哪里有野菜。最常见的是苦丁菜和荠菜，和车前草。小铲子在田野的阳光里翻动，风在身边吹过，虽然还带着些丝丝寒意，但春天终究是柔软的，不再有冬日的利刃。其实也未必就是要吃野菜，就像母亲说的，这样在田地里走走，一会儿蹲下一会儿站起来，就好像把冬天储藏的僵硬都赶走了。车前草最好看，叶子肥大，样子柔婉，像贴着泥土开在地上的绿色花朵。苦丁菜的根是白色，掐断的时候会冒出白浆，母亲说这是最好的，最败火的。吃苦丁菜是最好，用清水洗干净，也不用焯水，直接蘸酱吃，最好是黄豆酱。面酱甜甜的总觉得味道不够强悍，黄豆酱要自己家做的酸黄酱最好。原来家里还有一个小小的酱缸，是祖母用来做酱的，她的小脚总在春天里忙。经过一个月的发酵，酸黄酱就做好了。酱酸味与苦丁的苦味编织在一起，先是经纬纵横，然后混合在一起。打开尘封的味蕾，惊醒了整个味觉，好像整个春天都被吃进了嘴里。不过毕竟生吃苦丁菜还是有些寒凉。我最爱吃的是荠菜馅饺子，把荠菜洗干净，倒进锅里焯水，然后滤干净水分，切碎，配以鸡蛋，鲜虾，肉馅，就可以包起来了，可惜我包饺子的水平一直都很差，每次母亲都会说我，你要让饺子站起来，别都躺着。可是我的饺子都躺了二十年了，就是改不过来。我倒不在乎母亲嫌我不会做饭，笨手笨脚。她叨咕多了，我就回应一句，反正有你给我做。然后母亲就会说，你就是有指望啊，这种指望真的很幸福。

## 二

"柴米油盐酱醋茶"，茶在国人的生活中有着重要位置。春光正好，窗明几净，一杯清茶是多好的福报，不过春天不适合独自饮茶，独饮适合雪夜。春茶更适合挚友一枚，茶食糕点少许。很想和"大侠"一起在春天里喝茶了。

"大侠"是一位很洒脱，有趣的朋友，我的闺蜜。她的头发不长扎在脑后，整齐的一寸长的小马尾辫子，好像一只小麻雀的尾巴，样子很可爱。我叫她大侠，这个名字是当之无愧的。她穿衣很有特点，尤其是夏天，都是宽大的棉麻系列，绣花的布鞋，上身是白色麻布或红花绿叶的纯被面上衣，下边搭极其宽大肥腿的或绵或麻的九分裤，裤腿也是大胆撞色的大绣花。从不介意谁会评论她的衣着。她家儿子学武术，我也常去参观，她天天陪学，比孩子还积极，武功大进，服装也是最合适，也正合大侠的称号。当然这都是浮在水面云朵的影像。

喜欢与"大侠"在春日里坐在窗下喝茶，说话。春天是一年中最好的季节，一切都刚刚开始，有了新鲜的力量，但眉目轮廓，都不够清晰，这样最好，一切都在准备中。玻璃壶煮水，看着平静的水面一点点升起小气泡，慢慢越来越多，升腾起烟雾，直到清水沸腾，稍等十分钟，让沸腾安静下来，让沸水变成温水，一切恢复平静，如同已经忘记前世的热烈锋芒。茶壶放入新茶，这个季节适合绿茶、花茶。碧螺春或者龙井或者雀舌，春天采摘的芽头或一芽一叶的茶鲜叶，叶嫩汁淡，出水芙蓉的小姑娘一样。倒进温水，卷曲的叶片舒展出本来面目，旋转着的绿色打开触角，碰撞着呼吸和眼神，转眼落定沉入杯底。窗外树枝长出新叶，它们一定不知道现在它们有多美，只是挂在枝头，觉得日子本来就该如此，平常不过，可这已经让我羡慕不已，愿它们好好享受珍惜而不会有任何遗憾。残留的雨滴挂在叶片身体上，是被贬谪的最小的神仙，有清秀的眉目。今生它们与我只是一面之缘。风穿过窗纱飘进来，湿润清爽，呼吸也是简单而幸福的。零食绿茶，一切安静流淌，舒缓自然，如此"偷得浮生半日闲"。缓慢的一个上午就虚度过去，一切都很丰满。

没有目的的闲聊也是一种享受，"大侠"是个海纳百川的包容性的听众，我是神经的写作者。有时写东西高兴时，她就被我拉来忍受当我的听众。任由我自高自大，海阔天空。每次必须要她评论，而且先要说句，"你不许虚伪，夸我的话可以放在后面让我美，先说哪写得不好"。

她也绝对得起"大侠"这个称号，褒贬各半，只是苦了她的耳朵。我是乱章，她却能在烂麻团中缕出一些头绪。就像铺满落叶的森林里能辨出几乎没有人迹的偏僻小路。

聊到兴致浓时"大侠"则是眼睛瞪圆，夸张的表情，声调高扬，手舞足蹈，聒噪得要命，仿佛此时她讲的每句话称起来都要几斤重。我是怎么都高不过她的音调。其实单单是这个镜头我已经很满足了，到了四十岁还有无话不谈，随时能约，毫无顾忌的朋友已经很难得了。"大侠"清澈的眼神与声音编织在一起，美就蔓延生长起来。

时常想若有一小块田地多好，植瓜种菜，花草，有大侠这样的朋友来访，把酒言欢，藤阴斑斑处，只要看着那些小藤蔓在春天的阳光里生长就好。它们身上细小的毛绒小刺逆着阳光会显得很威武，卷曲的新触角像熟睡的婴儿小手，偷偷地小心地把手指舒展开，它会慢慢地再回到原状，反复如此，也不会气恼，足够温柔。而各种草木花树的影子各有不同，肥大，纤细，庄严，厚重，浅薄，只要有风看着它们摇摆，颜色如日子一样加深渐变浓重，心就如深潭，一片安然。

## 三

春日赏花当然是不用说的，但春天不同地方，欣赏不同类型的花，有不同的美妙。

玉兰是常见的花树，但并不因随处可见减少她的美。她的花骨朵是在冬天就酝酿了，小小的毛茸茸的，像个极其微小的猴子站在枝头，等到花期，就在那干枯的枝干上绽开了，花瓣像个小汤匙。有时我就站在钢琴边能与她对视发呆半天，我愿意以琴音养她。玉兰花树只要一株就好，只要她孤傲地站在那，气场与魅力就已经升腾起来。

桃花，梨花，就应该在天地间铺展开，连接成片的最美。去年春天，我和慧姐姐还有几位朋友驱车到迁西花香果巷梨花节赏花。好像穿越了，汉服，茶香，花瓣，泥土，都被制作成古典的模样，"陌上花开，可缓缓归矣"。成片的梨花海把我们淹没了，气息，眼神都被春天占领，风中落花无数，星星点点落在泥土上。想起杜甫的句子"江上被花恼不彻，无处告诉只癫狂"原来赏花能到癫狂的地步，可见赏花的魅力。

　　"苔花如米小，也学牡丹开。"那些美艳的花朵自然招人喜欢，可是那些小花，野花，也有她们的味道。比如野甘菊花，最不起眼，干干巴巴的白花，也没有什么水分，矮矮地在田野上摇摆。小时候在老宅住的时候，时常去采这种花，田野里随处可见，采回家一束，养在瓶子里，她能坚持近一个月。就自己在那里开，她也不管你看不看她，理不理她，她就做自己，没有香味，不够鲜艳，却能花期持久。过于浓烈的，终究不长久，流光溢彩转瞬即逝。

　　站在春天里，春日正当时。一切都是最美的颜色。

第二辑

燕山

# 印章

## 一

　　午睡醒来习惯坐在藤椅上发呆，好像与前世的自己再次重逢，尽管我只与我分离了几十分钟。炉中香已燃尽，灰烬在动荡的烟雾中返璞归真。白日梦是青铜色，一场古老的花事。繁花如设想的前程如锦，阳光倚着门楣折叠进茶杯，一副中年人的态度。茶叶在杯底和我睡着时一样。呆坐半小时。许多年来，对于一些瞬间图案与形状记忆鲜明，时间已经折叠成一张薄纸，也会明确地想出当时的情状。旧日子就是一枚又一枚落在纸上的印章。

## 二

　　雪夜最适合火锅。拌火锅料，这种自制火锅蘸料虽然麻烦，味道却很好，过程充满仪式感。也是一种搅拌生活的感觉。首先，麻酱加水搅拌成稀糊，再放入韭菜花，酱豆腐，少许芥末，小葱花，少许辣椒油，蒜汁，每次搅拌时，我都感觉是在搅拌我的前半生。五颜六色，各种味道。而这些佐料里以前吃得最多的就是酱豆腐。

下雪的夜晚，可以涌上来无数可以清点的印章图案。儿时住在老宅，冬日傍晚总有叫卖零散装酱豆腐的，那时没有瓶装，都是一个大坛子里面装了上百块小小的红色腐乳。天一黑也就五点钟，就来串街道吆喝了。"臭豆腐，酱豆腐，辣豆腐，萝卜咸菜，腌蒜。"卖者是位六十多岁的大爷，穿着厚厚的棉大衣，戴着棉帽子，围脖，大棉手套，骑着三轮车。三轮车前面绑个手电筒。车上是五六个酱菜坛子，每个坛子有半米高，虽然一切都很简陋，但有一样很讲究，大爷会准备不同几双筷子，每一种酱菜用一种筷子夹。谁想买就得赶紧出门喊："卖酱菜的等等。"如果找零钱，穿鞋，找小碗的时间久了，卖者就已经路过很远，还得循着吆喝声追赶。每晚总会有老太太们拿小碗出来买，她们棉鞋会落上雪。那时棉鞋都是家做的。胖胖的，布面里面填充了棉花，如果在雪地里站久，鞋里也会进雪水。我一直到现在都认为，鞋面缝合的形状像糖三角捏起的一条棱。此时还会伴随着邻居间相互寒暄的几句，"这天气真冷啊，路滑，小心点"。家家晚餐都很简单，不过是一锅面汤几个馒头，或是一锅米粥，馒头饼和这些吆喝的酱菜。如果祖母出去买酱菜，我也必须跟着，戴上我的大红色酱不冷的帽子。父亲总说这帽子像酱不冷（大概是这三个字）。我问什么是酱不冷，父亲说就是盖酱缸的盖子，尖顶的。我从来没有见过这种盖子，也不知道是什么样子。最近在网上查了一下，应该是酱斗篷。一般是用秫秸或芦苇编织而成的，形状像一顶大草帽，用来盖在酱缸上，既透气又防雨水。如果大酱里落入了雨水，酱就变味甚至不能食用。可是我这半生也没有见过酱斗篷，酱不冷。

　　冬夜简单像白水煮面，没有现在街灯明亮，店铺林立，全家猫在窝里看电视。刚地震后的平房没有暖气，父亲在屋里搭起洋炉子，就是铸铁的半米来高的铁炉子，搬拆方便，立在屋子中央，现在很少见到了。还要搭起近 2 米长的烟囱，把一块窗户玻璃摘掉换上铁板，抠一个烟囱粗细的圆孔，把烟囱通到窗外。烟囱是生锈旧的，两节拼接成。炉子火烧旺后，烟囱里的水蒸气就会在两节烟囱拼接处滴下来。我会站在炕上喊："爸，烟囱里的水滴在炕上了，滴在床单上了，都是锈。"

等到母亲生气地洗干净，晾到院子里，就会被冻上，好像骨折的病号都被绑着夹板。我来回折它们，总会被母亲呵斥"这样折会折坏的"。可是真的没有折坏过，而锈水很顽强，任凭母亲怎么洗，总会留下痕迹。那些锈水开出的暗红色的花，来到这个世界，从没有开在枝头，也没有长在田野，不能插在鬓间，让人生厌，不能栽种也不会繁衍，随着母亲的唠叨早就成了旧时光睫毛上的露水一眨眼就不见了。我却喜欢瞬间顽强的生命颜色成为永恒。

寒夜在少年时代是深厚宁静与黑暗的集合。窗外大雪落下，万物为刍狗，窗户玻璃上已经开满了冰花。真不可思议，不需要任何工具与准备，而开出什么形状也完全随心所欲。不停抓挠白天已经冻伤红肿的小脚趾，不停把被子在脖子周围使劲掖好。听不到雪落的声音，却已经偷着落在鸡窝上，水缸上，所有当日寻常却不可再触摸的温度。恍惚寒夜深处传来轰隆火车开动的声音，远方好像一下子从书中拉近，并不遥远，熄灯的房间如坠入墨中，一个北方的偏僻小城，少年梦，雪夜编织在一起，各自有各自的脉络，又彼此晕染，直到多年后才知道，那轰隆的蒸汽火车的声音，只是短途的货运车，并不会抵达书中的远方，儿时不知梦到何处，年少无知如白纸。

再冷的冬天都会过年，再冷也会期盼，欢喜。小时候过年放烟花也并没有禁令，盼到除夕那天下午，五点多天一擦黑，就开始有放烟花的，也不知道什么空气污染，各种颜色的烟花，在六七点钟是最热闹的。也是包饺子的时候，时常要到院子里的小屋去取东西。房间里有炉火暖暖的，一到院子冻得就哆嗦。鞭炮的声音会响成一个，烟气呛得人咳嗽，院子里说话都要嚷着说，偶尔还有鞭炮皮子会蹦进来。烟花一层层涌上来，点亮枯枝的影子，一遍遍在庭院里的地面上浮现，又淹没下去。年是深不见底的喜悦。

小屋其实就是放杂物的储物间。擀面棍，面粉，面板，都放在小屋里，小屋里没有炉火，适合储存杂物，粮食，白菜。母亲会在每年腊月二十六，二十七，过年之前把鱼和肉炖好，然后装在碗碟中，再把碗碟装到一个大号儿的铝制蒸锅里，放在小屋。等到年后会有人来拜年，要算计好会有多少张桌，要用几条鱼，几碗肉。肉都会冻得很硬，上面结着冰霜。我时常会跑到小屋，掀开锅盖，趁母亲不在家拣一块瘦肉，然后过两天再换另一碗里拣一块瘦肉，这样不会被发现。但想偷吃鱼就麻烦了，只好捡着边边角角的鱼皮鱼子吃，要确保整条鱼的完整。母亲给买的新衣服，要等到除夕那天中午吃完饭再穿上，怕把新衣服弄上油。晚上要早早包饺子，只有一样馅儿，就是白菜猪肉大葱。母亲会把一分钱的钢镚儿洗干净以后包在饺子里，谁吃到带钢蹦儿的饺子，谁就是来年运气最好。

所谓的年货都是现在最普通的东西。包括松花蛋，腊肠儿，蒜苗，西红柿。西红柿是装在输液瓶子里保存下来的。输液瓶子是托关系从医院找来，夏天西红柿最便宜的时候，买很多西红柿，把西红柿洗干净了，用开水烫，容易把西红柿皮剥掉，然后切成小块，装在输液瓶子里面，再上锅蒸熟，趁热盖好橡胶瓶盖，放在阴凉角落里就好了。这种瓶装的西红柿会留到过年来吃，只为了凑齐来客时桌子上十个菜。可还有一个麻烦，装在输液瓶子里的西红柿不好往外倒。要耐心地用细铁丝做的小钩子把西红柿从里面掏出来。所以墙上一直挂这个细铁丝做的一尺来长的小钩子，虽然一年到头的落满灰尘，一年只有过年时用几次，还是必须的。

现在最简单的最常见的饭菜在那时都是奢侈。人情世故会在这样小小的小到尘埃的利益趣味中呈现。多和医院的朋友亲戚，甚至邻居街坊搞好关系总是件好事。哪怕为了几个存西红柿的瓶子。仿佛所有的红色都是野性的，需要被人类驯服。乖乖地能留到冬天再食用，已经是改变了这种番果的历史，生命。

## 三

记忆是个筛网，只能拦住那些大块又坚硬的美。而这些美，并不是成人认为的大事。

小孩子很多时候也是容易被忽略的。实在闲得无聊，没人理我，就看院子里的鸡掐架。家里养着几只鸡，两只芦花鸡和三只大白鸡。它们追着乱跑，一会儿跳到鸡窝顶上，一会儿又站在院墙上，咯咯地乱叫，顶烦人呢。喜欢的是去鸡窝里取刚刚下出来的蛋，有红皮，有白皮，热乎乎的，不过有时会沾上鸡粪，我会打一下刚下过蛋的鸡屁股。院子里有旧菜刀和旧菜板，专门做鸡食用的。把菠菜或野菜切碎和着玉米面加水给它们搅拌好，放在小盆里，只要把小盆放下，它们就会跑过来抢着吃。别看抢得热闹，其实它们是很挑剔的，只愿意吃菜。叼到一根菜上面沾着玉米面，它们不会用爪子弄，就不停地甩头，把玉米面甩掉再把菜吞下去，最后盆子里只会剩下玉米面糊，它们的身上也会沾上好多玉米面渣。其实更喜欢小鸡，毛茸茸的。焦黄色，喜欢得爱不释手。祖母总说，别总攥在手心里，小鸡怕热。找一个大的纸箱，里面几只小鸡来回跑，可是纸箱总要不停地清理。它们来回跑着，随时就会拉便便，里面一个小水碗，还要撒上些小米。那些柔软的黄色之间，仍然在记忆中偶然呈现，被风一吹就吹散了。

那时墙壁上一年到头地挂着纸质的年画，胖胖的小孩骑着大红鲤鱼。我总用铅笔涂那鲤鱼的眼睛。炕上除了布娃娃就是叠好的杯子整齐地码放在炕尾。我从炕头开始助跑，到了被垛前向上一跳，整个被垛就会倒下来，然后满炕地跑着笑。祖母肯定会掀起门帘对我喊"别跳了，再跳炕就塌了"。她越说我就越想跳，好像争取到了大人的注意力就很开心。有意思的是陪祖母蒸馒头。祖母颤颤巍巍的小脚来回地拿面盆，和面，湿屉布，添煤。炉火里总繁殖着春天。用瓷盆和好的面加盖发酵几小时，有气孔，面盆里的面长高了一寸，然后用小勺蒯碱面放在小碗里再用清水化开。却总不知放多少碱才好，碱大了馒头会黄黄的，碱小了，会发酸，面会死死的。祖母就会找一根细小的劈柴，弄一块玻璃球大小的面团插在劈柴上然后放在炉火上烤，小面团一点点变大发黄，有的地方会烤煳。如果面团能发起来，说明放的碱正好，如果发不起来就是碱小，还要再放些，但是这样可爱的试验品我总要抢过来一口吃掉。

午后和祖母坐在炕上，我就玩她的小脚。祖母个子矮矮的，略微有些驼背，手臂上的皮肤已经褶皱松垮，长满了老年斑。父亲是她最小的儿子，所以我有记忆以来，祖母就七十多了，但身体精神一直都好，也一直和我们一家生活在一起。她的脚是缠足的牺牲品，小脚趾在脚心处，且已经和脚心持平了。整个脚就像个粽子形状。那时总问祖母："脚趾在脚心处多膈得慌啊，不能一点点再把它矫正过来吗？""这么多年了，骨头都变形了，哪还回过来啊。""不疼吗？缠这个。""早不疼了，刚开始缠时疼，可不缠脚又怕嫁不出去。""谢天谢地，我没生在那个年代，要不我长个大脚可怎么办啊，我可不缠，给哪位公子一看，完了嫁不出去了。"然后祖母就笑个不停。

她的小脚只能穿着她自己做的小棉鞋。棉鞋是条绒布面，棉布里塞满厚厚棉花。那些宽条的条绒布现在几乎绝迹。条绒布是极其有意思的一种布料，因绒条像一条条灯草芯，所以又称为灯芯绒，这名字倒是挺浪漫。院子里落满雪的时候，她的小脚印留在雪地上的形状也是个"小粽子"。我也总要跟着到院子里踩雪，把那些"小粽子"用我的脚盖住。祖母总是喊我快进屋里，这么冷感冒了，打针还得哭。那些"小粽子"啊，我有几十年没有看到了，只能相逢在梦里，眼泪也曾把枕巾弄湿。午后祖母总要午睡，白发安静，窗外白雪，这些白都很柔软，却有着坚硬的记忆。

家里有两个深红色板柜，是祖母盛放她的衣物的。里面都是些陈年旧物，但都是些稀奇的玩意。有祖父照片，祖母出嫁时的银簪子，戒指，香炉，雪花膏盒子，线织的长筒袜。而这种长筒袜和现在的不一样，弹性很小，但针织水平却很高，腿肚部分有向外凸起的弧度，大腿部分也渐渐加粗，制作很精致。还有各种清朝道光年间和同治年间的地契，买卖合同。买家，卖家，保人写得清楚明了，纸张已经黑黄，有水渍的图案，折叠处已经能透过光亮，边角也被老鼠嗑了，虽然已经破烂模糊，可是墨色字迹清秀工整，比我写的要好得多，难得留存了这么久。

我不敢让记忆泛滥成灾，安静有如此强大的力量。

四

如云的日子都是很遥远，曾经以为一切都不会改变，豆浆油条的早餐，自行车不紧不慢地在街道上行走，坐在门口择菜的老太太，各种颜色形状都储存完好。唯一保存不够完整的是那些街道胡同里遥远的吆喝叫卖的声音，各种高低远近，参差不齐的言语，已经看不到，是压在最底层的记忆，偶尔在深处汩汩翻滚。

每天早晨骑着三轮车卖豆浆的人，总会把人喊醒。"豆—浆—哩—"最后的语气词总要拖腔很长很长，再拐个弯收回。而盛着豆浆的铁桶左右颠簸，十几年都是一个样子，好像那铁桶就是时间的钟摆，而卖豆浆的人从不用喇叭录音来反复播放，全靠嗓子喊，声音洪亮能穿透几个街道。他的两只帆布手套用线连着挂在脖子上，来回摇晃着，身上总罩着洗不出白颜色的围裙。围裙中央有两个兜，用来装钱，一个装纸币，一个装钢镚。脏的，干净的，花花绿绿的钱，已经被折磨得破了边角的钱，或者叫作毛票，都会瞬间塞到兜里，钢镚在里面也会哗啦地响。很快他的围裙兜就会鼓起来。打豆浆的街坊邻居拿着暖瓶，有些暖瓶是铁皮的已经见了锈迹，从底部腐蚀向上蔓延出藤蔓，把原本的牡丹图案或动物图案都搅拌成了锈色，破坏了那种僵硬又土气的颜色，反而有点生命的跳跃感。

夏日傍晚，月亮刚刚升起，偶尔有些薄云行走过，花影、树影浓淡参差，阳台上茉莉花到入夜时开花近百朵，花香鼎沸。我穿着宽大的睡袍，一手兜起两个裙角成一个布兜，另一只手摘花，布兜里装着满满的花香月光，放进我的卧室。每到这个季节，每晚都在花香里特别满足地睡着，觉得自己像个公主。现在想起这个镜头，总会想起日本小说《源氏物语》里有个女子的名字叫末摘花。末摘花在日文中，是指一种用来作为红色染料的红色花朵，花发于茎的末端。而日文中的花（はな，Hana）和鼻子的鼻（HANA）同音，因为她的鼻梢末端有着明显的红点，小说主人公源氏曾赋诗一首"明知此色无人爱，何必栽培末摘花"，便称此女为末摘花。不过解释为日暮时，橘红色夕阳里有女孩摘花更美。

窗外却是热闹，乘凉聊天的人们拿着蒲扇不停地扇着，驱蚊的蒿子编成的火绳，在夜里闪着红色星光，一股股蒿子味道浓重，隐约有一丝清香，从敞开的门窗涌进，这种味道是夏天的印章。升腾缠绕，随风分解又降落匍匐。衣衫上身上也都会染上。

各种声音在夏天会被发酵放大。婴儿啼哭声，聊天说笑声，下棋的人时常会被嘲笑为臭棋篓子，观棋的人总比下棋人还热闹。支招的，悔棋的，大声喊着应该跳马，而不应该打炮，应该最明白的人都是观棋人。时常还有蚊子落在身上，拍打胳膊或大腿的响亮声音。路灯下的飞蛾到处乱撞，我一直觉得它们并没有什么方向，如同小孩子们只是兴奋，只是喜欢光。没有目的而能量充沛，原始的力量总让人欣赏它的纯粹，而感叹它的容易夭折。

天气越热，街道里的声音越高，作为小孩也可以不用被大人叫着早早睡觉，还可以吃冰棍儿，三分钱的红糖的，最便宜，是贫农款，五分的奶油的是一般平民款，直径五厘米左右圆冰棍儿，一毛的冰砖就是贵族了，又大又甜，吃起来总有些得意之色。储钱罐里的钢镚会时常被倒出来数数，还够买多少根冰棍儿。那时没有冰箱、冰柜，卖冰棍的人把冰棍儿放进包裹着毛巾的箱子，或者暖瓶。背着箱子，暖瓶叫卖，"奶油冰棍——"在路灯下，一群小孩围着买。吃着，玩着，乱跑撒欢。夏日穿着短裙，跑闹时摔倒是常事，膝盖时常摔破，结痂，而结痂该好的时候总会痒痒的，就会手闲地把刚刚长好新肉的血痂边缘尅掉，一不小心，又会弄破流血。

夏天的夜晚，能看到满天的星星，繁茂，清澈，像一个人的童年，扎着小辫子总喜欢在人群中到处招摇。我喜欢拿着手电筒对着天空照射，总想让手电筒的光把星星照得更亮，也许会有人回应我的光亮，然后对着天空不停地转动手臂，画圈。我想捣乱，把天空搅动得乱七八糟，却永远不能实现这个理想。等到夜深，凉风生长出来，人们打着哈欠，各种声音一点点熄灭，人们拿着板凳，马扎回家，留下烟头，西瓜皮，冰棍筷子，垃圾堆在墙角。夏夜里一切都很浅，好像才睡着，翻个身就又到了早晨，日头高照，很早就会被街道里的问早安的，放音乐练太极拳的声音吵醒，一切只是眨眼一下就重新恢复了能量。

我家后一排有一户人家。姓白，夫妻两人，有个女儿叫白静，经常一起玩耍，也经常到彼此家中玩，大人们都说她母亲是精神病，可我去她家的时候总觉得她人很好，说话温柔，面容也好，还给我水果吃，她没有工作不上班，家里也收拾得干净。白静父亲却是个古怪的人，黄色胡须，眉目英俊却从来不笑，听说他会武功还会气功针灸，而且从来没有和我说过话，确实像个武侠小说里的大侠。我也从来不敢和他说话。白静也常去我家玩，可是每次玩完，我的小玩具、小贴纸什么都会少，我去找她问，她倒承认，全部归还给我。白静是个很野的孩子，平时就爱在外面街上跑，她妈妈偏偏就是见不到一会儿就找，站在胡同口大声喊："白静—，白静—"那声音却远远不同于平日说话的温柔，总听起来很着急，声音也很大，而且喊着喊着就变成了"白界"，我还和其他的小孩一起笑话她。日子总在过，不知什么原因，白静的父亲没几年就病逝了，正当壮年，正是秋天，叶子落下的时候。她们娘俩也不知搬到了哪里，好像季节收割了她们全家。从此就再也没有见过白静和她母亲，而这一家人终究是恍惚而飘摇的，可能年龄尚小，记忆也不清晰，碎片一样的故人，碎片一样拼接的人脸，是否真的存在过。而只有"白界——"的呼喊声音特别明确而清澈。

# 五

我的记忆能追溯最久远最早的一段时间，是在幼儿园。其实那真的不敢说是幼儿园，是大地震后没几年，用木板围成院墙的小院子。就几间简易尖顶平房，地面恍惚记得都不是水泥，而是露着泥土。有几十个同龄的小孩。每天父亲都会骑着自行车把我送到幼儿园，笨重的自行车前面的车梁上绑着一个铁骨架的小座位，我就坐在前面，是开在父亲胸前的一朵小花。因为每天要在幼儿园吃一顿午饭。每个周一，我怀里都抱着一个极其秀珍的白布做的小粮食口袋，里面装着大米，米袋上面用蓝油笔写着我的名字，到了幼儿园交给阿姨。

在幼儿园都做些什么都已经很模糊了，有一次运动会，在白土地的操场上开运动会，有骑小自行车比赛，我得了奖，是一块格子小手绢。记不起当时的心情，也不记得其他小朋友的样子表情，独记忆最深刻的每天午睡。几十个孩子睡在一铺大炕上，墙壁上粘着印花的一尺多高的墙纸。我从来没有午睡的习惯，而中午阿姨要求必须午睡，不让到院子里玩耍，这是每天最无聊的时候，我就数墙纸上有多少朵花，在我视线范围内的都数完了，还没到起床时间。没有墙纸的地方，白色墙壁有些地方墙皮已经剥落了，那些剥落墙皮的形状很好玩，有的像云朵，有的像个恐龙，有的像只狐狸，反正我是总能给它们找到合适的形状。每天午睡起床后，我总再剥掉几块墙皮。

周末不去幼儿园却是很开心了。我会和母亲去粮店买粮食，粮店是我唯一见的大世面。记得那粮店的大门是深绿色，那名字叫南场粮店。那时粮店很热闹，有运粮的车来最好，都是大麻袋装着米或豆子，有工人来回搬。所有的米或面或豆子都是从大麻袋里倒出来散装在卖粮的机器里。那卖粮机器还分出 1、2、3、4 号口，1 号是卖面，2 号是米，3 号是豆子。想要多少，一按钮，粮食就从簸箕大小的出口中冲出来，这时你的双手一定要抓紧米袋或面袋，要不足够的冲力会把粮食泻到袋子外。每次看到这些机器都兴奋，极其羡慕操作按钮的叔叔阿姨，只是他们穿的棕色工作服颜色太难看。卖油也是机器，不管是花生油还是豆油，都是散装在白铁皮的大桶里，有半人来高，桶上面伸出细长弯曲的脖颈，向下垂着。有打油的人自己从家拿油瓶子来，想要多少，一按钮就好了。看着粮店进进出出的人们，觉得特别热闹繁华。买好后，把米或面放在自行车的后座上，把我放在前梁的小座上，然后骑自行车回家。那自行车又大又沉，母亲个子不高，现在回忆起来她在车座上蹬到脚蹬都费劲，居然还带着我，驮着粮食。回来过机铁厂，落日被高大的厂房遮挡，厂房的影子高大魁梧，在阴凉里骑车挺舒服，厂子里传出嗡嗡的压钢声，（我也不太清楚那是什么声音），那是那时祖国一片欣欣向荣的声音。母亲会边骑车边唱："军港的夜啊，静悄悄，海浪把战舰轻轻摇……"我就特别高兴地晃着小腿说："明天还买粮。"现在粮店变成了垃圾转运站，机铁厂也早没了踪影，盖起来楼房。

　　游戏也是匮乏的，谁家都舍不得花钱买玩具，不过是一群孩子在街道里乱跑。跳皮筋是比较省钱和让人高兴的娱乐，玩一个下午也不会喊累。旁边歇着的街坊会说，看这孩子腿多长，长大肯定是大高个子，可我终究不是个大高个。有的小孩会提出建议，把我们的皮筋接在一起玩吧，这样长。很高兴同意，天黑各自回家时，拿回我的皮筋会变短。因为每个人的皮筋本身都不够长，都是三四段接起来的，等到解开时，狡猾的小孩会多解去一段。我妈回来就会说我傻，可是狡猾的小伙伴也有三十年没有见到了。

另一种游戏是和小朋友们找条毛巾围在头上，假装是风帽，模拟附近石灰窑厂的工人干活。我家临山，山名叫东山，是个地道的石头山，也属于燕山余脉，不算太高，也不凶险，有开山取石的矿石厂，有个小窑炉烧石灰。旁边几间小平房，是办公室和宿舍。我家的老旧小区与东山只隔着一大片田地，直线距离也就一千多米吧。每天中午是放炮开山碎石的时间。家里门窗都会被震得微微晃动，附近居民已经习惯了每天这样的轰响，若家里来了客人，一起吃午饭，会提前告诉人家，一会要放炮崩山了，不用害怕。我却喜欢每天听到炮声以后，山间腾起白烟，像电视里演的仙界，其实那并不是烟，都是白色细细的粉末，以至于山脚农民种的玉米叶上都是一层白灰。

每天早晚总有些工人从门前过，他们都戴着蓝色帆布劳动保护用的风帽，连头带肩都遮盖住了，帽顶尖尖的，骑着笨重的沾满白灰泥浆的自行车。他们风帽上是一层白粉灰，脸上，身上也都是。我从没有记清过每个人的脸。只会给他们归类为石灰窑工人，就像我那时在街道上乱跑，被归类为小孩，其实每个人在其他人的眼里都是一类或那一类，没人会去研究你是谁，你有什么特点，你有什么优点缺点，每个人都在一个群体概念中，可是每个群体中微弱而强烈的自我意识却如同火焰，不过这种火焰只是自己燃烧自己的，丝毫不会引起别人的注意。每个人都是在热烈的自我中，平静地消失别人的眼睛。所以千万不要在别人的眼睛里修行，而且会逐渐领悟到，没有自己，也没有别人。

现在东山已经变得很矮，唯有破败的窑炉站在风中。好像古楼兰的遗迹，证明曾经热闹的有人在此生活劳作过

# 六

前几天在超市看到华丰三鲜伊面。黄色包装袋，图案还是三十年前的样子，这是我知道得最早的方便面品牌。小时候觉得这个图片特别诱人，煮好的一碗面上放了切片的鸡蛋，肉片，蔬菜。那个年代方便面也算昂贵的食物，不舍得每天早晨吃。一周顶多吃两次。煮面时总会放个鸡蛋，但没有肉片和蔬菜，总没有包装图案上的好看。每次吃完有一种满足，连汤汁都会喝干净，从来没听说过油炸方便面不好，是80年代超级的美味。我一直奇怪为什么这种方便面叫作伊面。查了资料却有些小惊奇，还有典故。

相传清朝，扬州有个知府名伊秉绶，为人清廉，他在饮食上有个最大的偏爱：食面条。一次伊知府过生日。很多送上的寿礼都是面条。知府看着堆积如山的面条，不知如何是好。他决定将寿筵都改成吃面条。于是吩咐家厨将面条煮过分给大家吃，家厨由于这突然的决定，手忙脚乱，误将煮熟的面放入沸油中，捞起以后只好用上汤泡过才端上席。谁知这种面竟赢得宾主齐声叫好。以后客人来了，只要把这种面加上佐料，放到水中一煮即可招待客人。一次，诗人、书法家宋湘尝过觉得非常美味，又知道它还没有名字，便说："如此美食，竟无芳名，未免委屈。不若取名'伊府面'如何？"从此，伊府面流传开来，简称为"伊面"。这种典故传说在农耕年代带着强烈的市井期许，得以顺畅而丰满地流传下来。现在这种方便面是超市最便宜、包装最简单的一种，面饼也比那些知名牌子的小，摆在超市的墙角。迟暮的英雄折戟沉沙，无可奈何略带沧桑的影子。

还有一种饼干，包装袋上写着"老北京动物饼干"，现在也还有卖，有各种动物形状，小鸟，乌龟，猴子，兔子，没有浓香和许多油脂，只有淡淡奶香味。最喜欢蘸水吃，或是泡在水里，饼干细腻敏感的触觉立刻打开，许多数不清的神经迅速朝各个方向没有规则地奔跑，看着它一点点泡涨了，颜色变浅，消失了细节。然后用汤匙轻轻舀上来，先吃掉头，再吃尾巴。总有一种是公主的感觉，只有公主才能在没事无聊的时候吃些饼干。尝试着又这样吃一次，咬着汤匙不想松口，想把整个童年咬回来。这枚印章大概印在我味蕾的上方。

每个普通的日子都很清淡，坠入海洋的水滴有一样的眉目，素颜皆未施朱砂。

# 蒲公英的方向

风从燕山吹来，银杏叶一阵阵地落下来，方向与目的都不是他们所看重的随心所欲，乘物游心，熟读了《易经》一样，那些牵牛花干枯的种子站在野地里，自己炸裂开，安静中有强劲的爆发力，很让人捉摸不透，这些干枯弱小的生命，哪里来的这么强大的力量，造物主从不会忽略这些细微小生命，一切都安排得这么恰好，一切细碎，柔弱也都各归其位。每个秋天，我都会想起二十年前我在一个农村小学校支教的那个秋冬。

小学校很小，只有一年级到四年级，五六年级会到乡里的小学去上，每个班八九个人，一共有三十几个学生。我们有七个老师，一个主任。在这里感觉像穿越了，回到了 20 世纪五六十年代。我教三年级、四年级的英语课，全校的音乐课，外加负责少先队的活动。不知他们以前的英语是怎样学习，都带着特有的方言味道。音乐课孩子们没有上过，也没有钢琴，只有个录音机。音乐课的教学完全是师傅徒弟式的教学方式。他们认为音乐课就是唱歌课，每次上课都扯着嗓子使劲卖力地唱，认真的样子让人欢喜又有些小心疼。

刚到小学校是暑期开学，校园里周围都是柿子树和各种瓜类的藤架。看门人是一对老夫妻，六十多岁，大爷负责收取报纸信件，打铃，小学校安全。平日他们就在这里居住生活。一间小屋子不大，也不干净，墙皮剥落成图腾，已经看不出白色，满屋黢黑的。炕上堆放着枕头被子，几乎看不清被面的花色，有一台小小的电视机，只能接收几个频道。老太太个子不高，身材有些胖，大圆脸，大嗓门，爱说笑，极其爽朗，整日系着围裙。如果没有课，我们几个老师时常在门卫传达室的小屋里休息，偷着看电视，帮老太太择菜，洗菜，做饭。

这里的孩子们有些是和爷爷奶奶生活在一起，父母外出打工，难免衣衫仪表不整洁。他们也有干净的眼睛，新鲜的血液，聪明与智慧的眼神，暂时是不太引人注目的小草，虽然少有人注目，也在风的流淌中承受生长与张望四周的喜悦。有个女孩我已经记不得名字，长长的指甲缝里都是黑泥，每天头发乱七八糟，没有一次是梳洗得整齐光滑。总爱追着我问这问那，我曾经给她梳过辫子，剪过指甲，嘱咐早晚必须洗手洗脸。衣服，鞋子也要常换洗。现在这小姑娘应该有二十多岁了，如果坚持上学，已经大学毕业了，正是花样年华，即使再见到，恐怕也认不出，应该如瀑布迎面而来，应该已经恋爱了，应该有一位疼她，为她梳头的男友，爱情甜蜜，生命光鲜。

操场里长满了蒲公英，曾经认为最浪漫的场景，白色的小降落伞漫天飞舞，如今在这里成为最普通的日常。临近中午，老太太会拿个盆子到操场上采蒲公英，然后把蒲公英用水焯一遍。拌上肉馅儿，给我们几个老师做玉米面菜饽饽。其实现在想来，那些东西很粗制滥造的，老太太是个粗糙的人，不够精致，但是就是觉得好吃。从小我就不吃猪油，不吃肥肉，那时居然能吃一整个菜饽饽，可能吃的只是世外桃源，与世无争的喜悦与舒服。

到了深秋，校园里的柿子熟了，压低的枝干能抵到人的额头，眉梢。叶片肥绿，如同涂了油脂。柿子的橘红色是秋天热烈的眼神，绝世而独立，在风中荡漾，蔓延，溢满，点燃天空。随手窗前就可以摘到，只是不能立刻吃，要放在窗台上晒最少一周，等软了吃才好。可就是急，总着急去捏捏是不是软了。最后柿子都是被我捏软吃掉的，满嘴带着涩味。

满树的柿子太多根本吃不过来，课下孩子们帮我摘了一盆。分给他们都不要，说他们家家都有。想起上学时有同学说过，吃不掉的柿子可以晒干做成柿饼。把柿子皮削掉，晒满窗台。这场景很有镜头感，仿佛从此过上了幸福的生活的温馨画面。可我的柿饼没几天都长满白毛、绿毛，根本没法吃。看门大爷说要搭好架子，隔空通风晾晒才行，真是百无一用是书生。

站在教室门前，阳光饱满如同刚刚得手的强盗，照着午后的课桌，黑板。那些旧桌椅早就边角圆滑，沟壑深重。木纹的肌理已经如同一张久经风霜的老人的脸，布满了老年斑，还有刀子刻的歪扭的文字，涂鸦擦不掉的图案。秋风偶尔掠过发梢，只有七八个孩子在安静地写作业，与世隔绝。少有的书信往来，牛皮纸信封能把阳光吸收进它的身体，储存起来，即使多少年以后也不会有损它的古典与朴素，而所有圆珠笔写的字迹却很薄情，时间久了就模糊了面目，分辨不清字迹，管什么纸短情深，所有情绪早就烟消云散了，时间好像被剪切粘贴。我何曾想过会有这样一年的秋天，面对群山，蓝天白云，远离喧嚣。这一个秋天是我未曾经过，偶然路过，再不能回去的。

过了深秋，天气渐渐转冷，教室是没有暖气的，要搭起烧煤的炉子。炉子在教室中央，学生的几张桌子围绕在炉子旁边，有烟筒会穿过玻璃伸到窗外。他们班主任都是本地庄儿里的，附近的老师也都会生炉子。晚上放学把炉子闷好，早晨再缓上来。孩子们也会从家里拿玉米骨头做柴火。我站在炉火旁，伸手靠近烟囱暖手。炉火上的水壶冒着热气，水沸腾着，煮着滞涩的时光。书本，衣服上总会有厚厚灰尘，阳光射进来，它们在阳光里舞蹈。每一颗细小的灰尘并没有明确的方向，也不需要目的，更没有理想，欢快又不知疲惫。它们可从来不介意哪里是豪宅，哪里是茅屋，或者田野，或者废弃的阴暗陋室，好像是在庆祝什么。这是应该学习的一种通透视野与心神。因为离炉火太近，时常会闻到羽绒服几乎被烤焦的味道。而一整天时常添煤，手每天总要洗很多遍，裂出小口子。然后擦上护手霜，手更容易脏。单薄的塑料脸盆被热水烫得有些变形。盆子每天都要刷洗，否则就会有黑又油腻的一圈泥渍。这应该是小学校冬天的印章。

小学校离家很远，骑自行车要四十分钟。小寒节气有大雪，我一个人骑着自行车在乡间公路上。沿着公路旁边是一脉燕山支脉，周围群山一夜白头。小寒是冬日额头的朱砂，惊艳而低眉，万物只剩下了筋骨，已经过滤掉可以腐败的。那种冷是从皮肤到骨骼到心脏，射透了的感觉。世上只有枯枝，山岭，山脊背的黑色，白雪的白色。一幅水墨山水画贯穿天地，不需笔墨。山脚下有稀疏的村落点缀其间。

雪天的小村庄与世隔绝，孤零零地站着。尖顶矮房上的厚积雪向内柔软的卷了边角，包裹着古早造型的清瘦轮廓。有淡墨色炊烟缓慢升起，偶尔松散几声狗叫。下过雪的村庄变得神圣，整洁，有尊严了，平日干瘪没有水分的黑灰色一下子清澈。所有的凌乱都被暂时掩埋，脱褪了衰老，残破，皲裂。处子模样，定格在此时的镜头。人间在蜕皮之后安静下来，裸露出新鲜的样子。自行车并不能骑行，雪已经没了车圈一半，只有推着行走。脚踩在雪地上，就是踩进了棉花。

这情境竟然和古诗里的镜头重叠，可惜我不是这里的归人，我只是个过客，并不需要夜宿这里，去用极简的水墨把这个镜头画下来，但不知犬吠怎么画，终究文字要比画面的表现力模糊，可是穿透力和感染性却强大。不用诉诸笔墨也是好的，不用什么都留下痕迹，也是不贪的一个方向。

这条公路行人很少，群山白雪的世界荒无人烟，心里却一片繁华。世界只剩下了我一个人，眉眼深处是宽阔的江山。有些恍惚当侠客的感觉，小时候最喜欢看武侠小说，大侠都是背着一柄剑，独自行走江湖，尤其大雪中独行是很帅的，也不用担心柴米油盐生活琐事。理想就是长大以后当大侠，除暴安良，感觉此时就实现了，只是没有斗篷斗笠和剑。唯有我这种幼稚的人才会有这样无端可笑的想法。其实我觉得自己更像一条鱼，衣着，行走笨重，心情却轻盈地游荡在这个世界，清爽不黏涩，没有方向，无拘无束。有一种想撒欢的感觉，脱下棉手套，费力地从羽绒服里掏出手机和好朋友接通电话，高声喊着告诉她我这里下了大雪，莫名高兴递进到兴奋，无处诉说只癫狂。如果喜悦只有独自享受，那会让欢畅的血液荒废。急于让她听我踩雪的声音，我用右手扶住车把，左手拿着手机使劲向下探，近乎贴近了雪的脸。那时的手机只能通话发短信，并不能像现在一样可以视频。一个人走着，欢笑诉说着，雪落在脸上融化，流淌下来。我如草芥一粒行走在人间。

风不管从哪个方向吹过来，都有自己的力量和温度眼神和呼吸，让蒲公英也有了自己的方向。燕山脚下的风应该是最有个性的。低调，缓慢深沉，冷漠，像个古典小说里面成熟的大侠。总有些冷峻的不苟言笑，让人不敢侵犯。有种敬畏仰视之心，这是怎么一种莫名的情形能把所有细碎的记忆、语言、容貌都能溶解，好像天下大一统的情形已经形成，经历过很多沧桑故事都变得云淡风轻。

# 烟云记

## 一

烟和云这两个字放在一起，总有些缥缈，不确定的感觉。儿时以为云是跑到天空的烟，离开地面的烟怎么就变得好看了。俯仰之间很多丰满的回忆，要感谢这些随处可见的美，许多灵感的引子和胚胎。不过真正记忆最深刻的不是那些飘在天上的云，而是行走在人间的烟。

烟，是我在地面，现实世界的追求。云，是我的理想和梦幻。

## 二

五六岁时，时常在外公外婆家，那时的楼房都是四层楼的公房。外婆家住二层，居然也有烧柴的灶，后来家家都嫌灶台太大，占地方，就拆了。但外婆家一直没有拆掉，外公时常会从山上砍来一些小灌木的树枝烧火。那小树枝也就一米来高，枝条纤细，开着淡淡的紫色的花，花朵很小，花瓣柔弱，但是香味却很大，准确说香味里面还有一股草药的味道。那时年龄小，也不会分辨，我一直猜想是应该能够入药的。记得外公曾经说过，年轻的时候也时常去山上挖草药，卖钱。看着紫色小花连带着枝条被扔进了灶膛，然后就有一种特殊的香味飘荡出来，难以描摹的一种味道。如今四十多年了，我再也没有闻到过那种香味，也不知道是什么植物。如同谈到前世一样，不知曾经是否有过，这些小小的遗憾留下的美好不能用言语赘述。

烧柴的烟最好看，味道也好闻。是青色的，白色的，好像没有经过俗世的打扰，干干净净，保留着赤子之心，简单，没有任何修饰。看着它们直上天空，只要一丝丝风吹过，就涣散了身形，变化，拆解，出各种形状，纠缠着，却不是幼稚的执着，倏忽之间没有了，参禅一样，瞬间醍醐灌顶，大彻大悟。真喜欢这种变幻的情态，这些青白色总有些古典朴素的味道，虽然很旧，但有一种归属感、安全感。天空应该更喜欢这种古老的味道。很多人对乡音乡情的认知就停留在这一抹一抹的炊烟里。其实早已不是简单的炊烟，更是一种图腾，浸润了千年。

我出生的地方是个百年老矿区，一座煤矿养活十几万人，养活了所有的工人和家属。有附属的医院、学校，人们几十年的生活都没有变化。工人们上班，下井，出煤，上井，洗澡，下班。矿区如同一个小世界，自给自足，这样的日子又多又稳当，每天都一样，好像一生就应该在这样的日子里度过。这在中国80年代的北方是比较常见的。

做饭时，每家的小烟囱里都会冒出烟来。我不喜欢烧煤的烟，咕嘟咕嘟地冒出来，黑黑的，呛人。北方的冬夜来得早，到了傍晚烟气就会在天空升腾，天空一片灰蒙。夜晚的灯光点点，在烟里微弱地闪烁。如果此时天空落下小雪就好了，站在窗口，开始根本看不出有雪，只当是烟雾更浓了。如果风大，对面屋顶的薄薄的积雪会被吹起来，更像一股股白烟在空中盘旋。夜晚钻进被窝，想着外面烟雾一样的雪，没有一点声音，不似雨声那么吵闹，总有小小的喜悦。这时远处又传来矿里运煤的蒸汽火车的汽笛声。慢慢地就睡着了。

矿区里常见那种老式蒸汽机车，总是慢慢的，慢慢的，它的速度几乎和步行一样，在矿区里哐当哐当地穿行。悠然的状态，没有时间概念，每个人都在矿区的小世界里慢悠悠地过着不变的生活。

对于蒸汽机车喷出翻滚的白烟，小时候一直认为如同炊烟一样的，不知道是喷出来的是水蒸气。还会和其他的小朋友喊着：看，大火车过来了，大火车过来了。不知道为什么，看着滚滚白烟总有莫名的兴奋。还让小孩有一种特别美好的感觉，感觉特别繁华。能时常看到火车，在80年代应该是很奢侈的，我还有一种小骄傲在里面，能够经常面对如此宏伟壮阔的画面。

还有一种白烟就显得小巧了，是祖母做饭时的白烟，其实也是水蒸气，应该叫白雾。冬日蒸馒头，门窗关着，在厨房里面就像腾云驾雾，看不清人影，湿润的空气伴随着馒头的香味，闻起来特别舒服。我就趁着白雾迷蒙，如同个小老鼠出溜进去找些饼干，点心偷吃，那时这些都是稀罕的吃食。偷到吃的还要向祖母挑衅，大声地笑，祖母也笑。白雾里祖母的小巧轮廓，略微驼背，小脚，小发卷，小个子，记忆里却是无限的大，几十年都雕刻在心里。

# 三

上小学时，根本不会写作文，我问一个同学，怎么才能把作文写好。她说，你写日记啊，我说我不知道写什么。她说，实在没有写的，就看天边的云，天上的云像什么，样子是怎么样的，只要你仔细观察，就可以写了。到头来我也没有坚持写过日记，但是却养成了每天看云的习惯。下第一节课的课间，跑到操场看天空的云，一朵一朵的。等下第二节课再出去，天空像被擦洗过了，一片云都没有，跑得特别快。那时不知"白驹过隙"这个成语，只是觉得原来看云也这么有意思。后来还写过一首诗叫作《放牧》：天空是蓝色的牧场，我放牧好多白云，它们还不听话随风乱跑，我牵一只风筝，追赶它们的方向。这半生我一直在天空放牧，圈养着它们。

看到过一段话，"运"就是走动的云，天上哪一朵云会飘到某一个人的头上，那是老天爷说了算的事情，连云自己都不知道，"云"来了，也可以说是"运"来了，而这一朵云飘到某个人的头上，常常也就是过眼烟云，因为云是会走的。刚读到这段话，忽然有一种释怀放下的轻松。世事虽然需要追求，也不可勉强，云来云去，顺应就好。

## 四

对于烟云的记忆还有许多来自书上的惊艳。《红楼梦》第三回宝黛初会有一段话形容黛玉。"厮见毕归坐，细看形容，与众各别：两弯似蹙非蹙胃烟眉，一双似泣非泣含露目。"胃烟眉是形容眉毛像一抹轻烟。排除了那种柳叶眉啊，卧蚕眉啊，具体的形状情态，反而生出灵动的味道，作品的神韵就跳脱出来了。其实烟的形状很难确定琢磨。有时精准的修辞让作品显得呆板，那些固定的，没有再发现与发展回味的空间，难免让人失落。

烽烟，云烟，烟霞，烟火，这么多含烟的词语都是缥缈随风而散的。很多人并不喜欢这种飘零不定的意象。安稳，固定才有安全感、幸福感，稳定是幸福的根本。不过烟有自己的味道，可以随时变换，随风而散，不知缘起，无所顾忌，也挺好的。

矿区的早晨，东山山坳里总有一层云雾。《尔雅》曰："山有穴曰岫。烟者，轻云也。"陶潜有诗句"云无心以出岫"，这应该是岫烟，或者是烟岚。反正都被我统称为云雾。等到太阳升起来，早晨的这些云雾就渐渐淡薄了，山上青翠，腰间白纱。这个镜头也是一直缠绵在半生印象中的一个图片。用油画印象派手法来表现是最好的，看不清一枝一节的细微，但是青翠，乳白，土壤的棕褐色连绵在一起，都能成全那个年代的全部色彩。不用画笔精致的描绘，甚至可以用刮刀，大刀阔斧地去闯荡，只表现出色彩的对撞和冲突就好。或者用国画的大写意的泼墨手法也好。浸润，留白，应该是各自有各自的美妙。山间有个乡村小学，小学校只有几间教室，复式教学，叫塔山营小学。但是这小学校早已不见，已经撤并了。山里的孩子被校车每天拉着去山下的大学校上学了，这让人难免有些失落。山间有一座小学校，有着琅琅读书声，到了吃饭时间，家家有炊烟，是一种温暖的镜头。原始的农耕状态，舒服的古朴。

　　极其怀念我的上学时光，那是矿区的附属学校。在春天生长的日子，偶然有一场春雨极其难得。都说草色遥看近却无，春天的细雨却是相反的，近看或者站在雨中，雨是应该有的样子，可远看就是雾。停电时，敲钟的师傅快到下课时间，就在操场上走过，也不撑伞，只戴个迷彩的帽子。白发在帽檐下撇出来，微微地驼背，背着手，手里拿着榔头，钟声响起和雨做的烟雾弥漫在一起。那种牧歌式的美妙，当时根本没有察觉，只觉得这一切都很自然，寻常，现在却再难见到了。下课就往操场上跑，鞋底沾满泥巴，因为雨小，湿润正好，那些泥巴最适合在地面印花了，跑进楼道时，每一个泥巴脚印都印出白球鞋的网状花纹。很多这样的花纹脚印会叠加在一起，就能编织出一个春天。所有雨雪的日子都是上天赐给孩子们的礼物，被宠着的感觉真好。

# 五

那时缓慢的生活，让我想起了木心先生的那首诗《从前慢》。卖豆浆的小店冒着热气，真的是这个样子，冬日去买早点，油条豆浆，那早点摊位只是在街角搭起的帐篷，有炸油条的烟和豆浆热气冒出的烟，包裹着微弱的黄色灯光。远远地凭着烟雾和味道就能寻去，有急着上学的孩子，有准备上班的工人，排队要带回家给家人吃的，各色人群，穿着棉衣棉鞋，下雪的日子还会落上雪花。而一些外面赶着马车来矿区拉煤的煤贩子，也经常在这些早点摊上吃饭，他们端着白瓷的大碗，大口地喝着豆浆，深蓝色棉手套几乎已经是黑色，摘下来放在凳子上，然后坐在手套上，指甲里，掌纹里还有清洗不干净的煤屑。那些骡马拴在旁边的电线杆子上，时常它们的蹄子会在泥土地上乱蹬一气，鼻子里呼出白雾，寒冷的冬日早晨的样子就是这样，人间烟火气就是这样。现在的街道都很干净，再也没有在街角卖早点的了。那些烟云，味道都被清理得干干净净。

以为一切都不会变化，如今矿区已经老了，早已停止了开采，人越来越少。云依然在天空行走，而人间的烟火却已经熄灭。各自序列如流，一切难免烟云散尽，烟花流金的惆怅。世事更迭，万物都有自己的生命与兴衰，一切都在动，一切又都是恰好，也不用感慨与留恋。现在我只会写，我们一直都是时间的祭品。

# 雪泥鸿爪

## 一

大寒节气的夜里雪已经停了，隔窗望见雪地里洒满了月光，月亮升起来，只要看到月光下的雪，我就想起几十年前一个曾经寒冷的夜晚。我和父母亲从外祖母家吃完团圆饭走回家。我在雪地里蹦着走，父亲总要拽着我的手，不要让我蹦跳，我却总要开心地看他着急。有黑色铸铁井盖的地方，雪会融化掉。那黑色的圆，很显现的镶嵌在雪地上，反而显得高贵起来，融化的雪水也闪着光。我们慢慢地走着，听着脚踩在雪地上咯吱咯吱的声音。虽然天气极其寒冷，但是一个小孩子确实高兴得不得了。看着身旁一行一行的脚印，我偏偏要踩那没有脚印的地方，我要雪地上留下我的脚印，旁边的脚印那么大，只有我的脚印那么小。

我永远记着那一帧镜头，雪霁天青，深邃遥不可及的夜空在寒风中捧着一轮朗月，有一种快意恩仇的爽快，想着这是造物主赐给北方人的力量。林冲风雪山神庙的意境应该比不上这种，如果雪停下来，恰好明月当头，月光下赶路应该是另一番感觉。

月光里的雪闪着极其细微的光亮，没有筋骨的柔软如眼神把人缠绕住。有风吹过，卷起细细的一层，旋转一圈，又缓慢落下。都说每一片雪花的形状都是不同的，可是每次放在手里还没仔细看就化了。喜欢那些落在窗台上的雪，厚厚的，边角圆圆的，像刀切的馒头，真想咬一口。总有小孩在雪地写字，写的内容让人发笑，某某某是一只小狗，某某是个大坏蛋之类的。被写上名字的小孩就在后面拿着雪球砸，而雪地上那些字迹很快就被踩得乱七八糟，大家追着笑。雪上的印迹终究是不能长久，转眼不见，像不靠谱的承诺，看着漂亮，经不住一点颠簸，不用质疑时间，自己就消散了，根本不需要什么敲打与攻击。

## 二

"印"这个字是很有历史渊源的。始见于商代甲骨文，其字形像一个人用手按压另一个人使他跪下，本义为摁、按压，是"抑"的古字。印，在《说文解字》里为执政所持信也。从爪从卪，解释为执政者所持的信物即公章。字形采用"爪、卪"会义。"印"又可解释为印章、官印等。"印"既然是政府机关的凭据，自然也就是权力的象征了。用作动词时，意思就是"盖章"，又被引申为痕迹、印记、标记等义，由此引申出"印"字另外的一个意义，就是表示痕迹。凡是显示出某种痕迹的，都可以叫"印"。"印"字表示痕迹这一意义时常常在后面加上一个表示儿化的"儿"字，如"脚印儿""指印儿""烙印儿""在桌子上重重地划了一道印儿"等。还可以表示抽象的、看不见的痕迹。通过视觉、听觉或触觉器官感知了外界事物以后，会在大脑中留下一个形象，这正像用坚硬的东西在桌子上划过，会在桌子上留下一道印儿一样，所以人们把感知外界事物以后留在大脑中的形象叫作"印象"。这是在人的头脑中用印啊，中国文字与词语的演化发展是多么自然、浪漫的进程。

我也曾经觉得自己是一枚印章。自从写作以后，认识了一些朋友，曾收到一枚山西朋友所赠印章，极其欢喜，且知道了什么是阳文、阴文。这个世界也是一枚巨大的印章，万物都是这印章上的文字。

# 三

夏天最爱午睡，就在竹席上睡，听着外边儿的鸣蝉在杨树上叽喳地吵着。太热还不能关窗子，极其烦躁，祖母就给我扇着扇子，看我睡着了才离开。每天都要睡一个小时左右。醒来了，躺在席子上都不愿意起来，就懒懒地躺着，翻看着闲书，实在是最舒服的。然后一翻身看胳膊上都会印上席子的痕迹，我却很喜欢。总喜欢看那样精美的纹路，想起曾读过一首诗。"划多灰渐冷，坐久席成痕。"诗句出自古诗《句》，作者为五代诗人孙鲂。诗中描述了长时间坐着留下的痕迹，以此表达漫长的等待。古人这种细腻又简练精致的文字，让现代人惊艳。

如果午后有雨很惬意，穿上小雨鞋，自从有了粉色小雨靴就天天盼着下雨。撑着伞去下雨天去外边。可是落下去，雨水只能去溅起来，抬起脚，雨水却也从不留下痕迹。我就拼命地踩，拼命地踩，总也留不下痕迹。祖母就会隔着门向着外边喊，快进来，别在外边踩水了，小心感冒着凉。小时候的雨伞是塑料的，折叠处有时会有小漏洞，雨水会顺着孔洞流下来，塑料伞看着也土土的，但不影响我寻找雨的印迹，只有过程没有结果，不管怎么踩，雨中也不会留下我的脚印。

默默感恩这些童年里一直新鲜的镜头。不管在哪里，在泥土，在雪地里，雨中，长大以后的人生轨迹中，都想留下自己的印记，证明自己来过、存在过、辉煌过。却不知一切徒劳。

# 四

几十年前的一个冬日，跟着母亲参加一次单位的年终聚餐，母亲的很多同事也带着小朋友。很大的饭店，很多张桌子，许多阿姨叔叔，他们喝酒，给我们小朋友喝饮料，橘子汁。吃的什么都不记得，就是很难有这么热闹的场景，十几个孩子一起围着桌子吃饭，好开心啊。我们吃饭快，吃完饭就在饭店里乱跑，给大人们捣乱，钻到桌子底下，笑着跳着乱打闹。也没有玩什么游戏，弄得满头大汗，头发都贴到了脸上，早就把外套棉服不知扔在哪里了，毛衣都湿透了。等到散了回家，星光闪烁，原来寒冷冬夜的星空这么热闹，那些在画册看过的星座应该都能找到，天空靛青色的晴朗能分裂出另一个世界，好像我从没有这么晚回家过，也没有见过这么晚的夜空。谁又能想到，多少年后，曾经极度失眠的夜晚，每晚对应这样的天空。那晚到家倒头就睡，早晨九点多才醒来。想起昨晚，竟然没有记住一个小朋友的名字，甚至连什么样子都不记得，也没有哪个小孩说起以后怎么联系，还要一起玩，如同做了一个华丽热闹的梦，醒来一切就都消失了，手心里也没有任何痕迹。就这样一份似梦非梦的记忆，不记得细节，不记得什么言语，但那种快乐却留存了三十八年，只记得跑跳，打闹，笑声，回来路上的星星。

原来印迹也是很神奇的，它会自动筛选。而时间做的筛子总有它特殊的方法，让人记住不同的内容，人生剧本设计得极其巧妙，或细节，或概念，悲欢同在，喜忧参半。

一

雨后，连绵的燕山醒了，清洗过的山脊骨骼突出，衰老的煤矿区也醒过来。

煤炭是由在地表常温、常压下，堆积在停滞水体中的植物遗体经泥炭化作用或腐泥化作用，转变成泥炭或腐泥。被埋藏后由于盆地基底下降而沉至地下深部，经成岩作用而转变成褐煤。当温度和压力逐渐增高，再经变质作用转变成烟煤至无烟煤。冰川过程可能有助于成煤植物遗体汇集和保存。曾经有过惊天动地的裂变，如今如此安静，炼狱重生。中国是世界上最早利用煤的国家。《山海经》中称煤为石涅，魏、晋时称煤为石墨或石炭。明代李时珍的《本草纲目》首次使用煤炭这一名称。黑色却有着光泽的煤炭，没有只言片语，它静默的样子实在让人怜惜。好像千年的呐喊还有余音，却轻飘地被时间稀释，反而一切变得轻描淡写。细想起来，煤炭有着惊艳的形成过程和浪漫的经历。历经沧桑，终有眉目，有很多诗意在里面。

二

开滦赵各庄矿筹办于 1906 年，兴建于 1909 年，是一座百余年的煤矿，也就是我出生的地方。曾经一直不喜欢这个"赵各庄"这个名字，感觉太土气了，逐渐长大才知道赵各庄矿是和中国近代革命史有着分不开的因缘。

1912年1月27日，时任大总统的袁世凯，鉴于滦州矿务局有限公司在与开平矿务局有限公司竞争中，赔款惨重，经济难以支持，加之革命势力发展迅猛，政局动荡，为迎合帝国主义，保全个人私利，遂指示滦州官矿有限公司与开平矿务局有限公司签署联合办理合同草案。6月1日，开平、滦州两公司签订"开滦矿务总局联合办理正合同"，开滦矿务局遂告成立，赵各庄矿并入开滦矿务总局。

赵各庄在抗日战争时期有一位英雄节振国。节振国1910年出生于山东武城县刘堂村一个贫苦农民家庭。十岁随父兄逃荒到开滦赵各庄煤矿，十四岁进矿当工人，1938年3月间，带领工人罢工取得阶段性胜利。罢工结束后，日军首先对罢工积极分子进行报复性镇压，日军宪兵和伪军扑向节家抓捕节振国。节振国抓起锅台上的菜刀砍倒日军宪兵伍长高野，乘机抽出高野的战刀，猛力砍杀，一连砍死砍伤三个日本宪兵两个伪警，其他人见势不妙，惊慌后退。趁敌人退出院外之机，节振国翻墙而走。

现在8号洋房已改成节振国纪念馆。9号、10号洋房至今仍为办公场所，基本保持着原貌。洋房子是唐山人对开滦早期为外国人修建的西洋风格别墅的称呼。住在10号洋房的人都是当时矿里的高级员司，属于矿区的高层管理者。入厅的地砖也是西方的传统地毯花纹图案，瓷砖质量很好，至今没有损坏，连花纹都还清晰可见。洋房子的楼梯栏杆选用美国红松，门窗橱柜、辅助设备用的是菲律宾木，特别部位用少量的应伐木，地板砖、墙砖、卫生瓷全部是外国人设计的图案，由马家沟耐火材料烧制。油亮的棕色漆色彩饱和度令人惊叹，踩着"吱吱"响的一条条木质地板仍十分结实、耐用，没有一丝变形、破旧。10号洋房曾做过简单的修补，但基本没有变化。

10号房这里居住的就是当时赵各庄矿矿师，名叫瓦拉文，是比利时人。他的妻子和女儿莫尼克也生活在这里。在洋房一楼，有一幅当时洋房小主人莫尼克的照片摆放在墙上。1993年9月30日，这个出生在唐山的小女孩再次来到唐山，故地重游，已过古稀。直到现在10号洋房仍作为赵各庄矿党委办公室使用。

历史很近很近，不过几十年，却已经被写进历史，赵各庄矿真的如同一个小村庄逐渐淹没在时间流转中。曾经的轰轰烈烈如烟散尽，没有了影子模样。

三

赵各庄俱乐部是最让人快乐的地方每次去看电影，拿着零食，灯光暗下开始偷偷地吃糖瓜、锅巴、棒棒糖。俱乐部的厕所很干净，水冲厕所觉得很高级啊。其实根本不想小便，但是总是得去几次，不停地哗哗地冲着水，简直是一种玩具。上到俱乐部大门需要好多级台阶，台阶有十米来宽，台阶两侧有两个水泥的护栏扶手，一米来宽，斜着下来，这水泥扶手护栏正好当作滑梯，电影一散场，小孩们就挤着抢着打滑梯。

俱乐部不光是看电影，还有庆祝新年的演出。最高兴的是坐在自行车的大梁上，父亲骑着车子。我化着油彩的浓妆，引来路人的注目，心里面感觉特别高兴。演出服装是纱制的连衣裙，舞台上很冷，但是演出的时候却丝毫感觉不出来，只有紧张又兴奋。下台就赶紧穿上大棉服。回家以后用脸盆打一盆热水，先认真清洗一遍，盆的周围就会沾满油腻的肥皂沫子，然后用清水洗一遍，再用热水肥皂洗一遍，如此反复几次才干净。不过祖母总说，我画那样的妆真好看。

80年代父亲经常去北京进修，从北京回来，总会给我们带礼物，糕点，玩具，衣服。记忆最深是给母亲买了酒红色的高跟儿凉鞋，黄色的紧身T恤衫。母亲说，这太洋气了，不敢穿。T恤衫太紧，箍着身上，怎么好意思穿出去。父亲说人家北京人都这么穿，我记得那黄色弹性体恤衫，母亲一次也没穿过，高跟鞋也只穿过几次。我却喜欢得要命，常试穿母亲的高跟凉鞋，小脚在里面晃荡着，只能勉强走几步。

赵各庄还有个好玩的地方就是北山，北山有采石场，建材厂，有小火车来回地运石子，小火车很慢，其实不是火车，是翻斗车连在一起，在轨道上跑，很慢很慢，如同那时的日子一样。有时我们爬进小火车的斗子里去玩，开小火车的师傅总是摇着铃铛，提醒玩耍的小孩让路，不过它很慢，也没有人怕。下午玩半天，脸上的汗不停往下流，一抹脸都花了。

夏天洗澡简单，在庭院用大铁盆晒一盆水，等到七八点钟洗澡正好也不凉。洗完就和祖母拿着小板凳到外面乘凉。祖母的小脚走得慢，我给她拿着板凳在前面跑着，她要慢慢踱着才跟上来。乘凉必须拿着蒲扇，倒不是要凉快，而是蚊子多，不停扇着才好，不喜欢点着蚊香，那种又绿又蠢的蚊香，除虫菊蚊香，呛着嗓子难受。祖母不喜欢拄着拐棍，直到她九十岁离开我，也从没有拄过。如果昨天下过大雨才好，旁边的灌木丛里会有积水，月亮就会落在一小块残破的积水洼里。有风吹过来，水中的月亮会微微褶皱，小小荡漾，风过又恢复平静。好像我一伸手就能把它带回家。那时天上是有星星的，我从不会分辨什么星座。现在想去分辨，已经多年不见星星了。

有很多记忆都是排列组合的齐整被搬出来，又搬回去，看看，在心里扫扫尘土，再原封不动地送回去。这其实是个力气活，每次搬运都要消耗很多心念，其实不划算，少回忆是身体健康的秘籍，不可以轻易惊动，这些都有岁月设下的微毒。

# 四

安全生产对于煤矿来说是生命，那时的小学也是属于装各庄煤矿的附属小学，所以学校会经常组织学生去矿门口搞宣传，自制的小卡片，或者演出小型的文艺节目，内容都是宣传安全教育的。对于这些印象并不深刻，最让我印象深的，其实刚刚从井下升上来的工人并不像电视采访里那样穿着干净的蓝色帆布工作服，围着白毛巾。真正的矿工没有白毛巾，脸会很黑，工作服也很脏。他们有个不好听的称呼叫作煤黑子，极其不喜欢这个称呼，每个矿工身后都是一家人的等待，这就是矿区的特点，很多家都是一人下井，妇女只是做家务，一位矿工养活一家人，但是已经很了不起了。

矿工升井后第一件事就是洗澡。那时的浴池不仅对工人开放，任何人都可以随便出入。但是女浴池就不能随便出入了，如果认识看浴池的看门女工就好，恰好有我邻居在那看门。我跟着母亲去过两次，里面烟雾缭绕。因为我们不是工人，洗澡时并没有装衣服的固定的小箱子，只能随便放在椅子上。那些女工说笑着，有时还说着脏话，时常出现谁的衣服丢了，谁的鞋子丢了，母亲就再也不带我去了。矿门口有很多卖烟的摊贩，与其说最赚钱，不如说他们在这儿更有意思，说笑聊天，下井工人算是赚钱多的，尤其开支的日子，更是生意不错。车水马龙的矿门口总有出出进进的工人，感觉这样真好，真热闹。

最喜欢下雪天很多店铺都已经关门了，却有一家糖炒栗子店铺闪着昏黄的灯光，有淡淡的香味飘过来，栗子上裹着油和糖，卖家总是拿个小牛皮纸袋装着，烫烫的，用手剥栗子是一件很讲究的技术活，我从没有剥开一颗完整的栗子，手已经沾满油和焦糖色。

逆流而上的记忆总有些水花已经变得模糊，但是溅出来的时候还是冰冰凉凉的温暖总有些触觉，虽然不久恢复平静，又多了一层岁月的茧子剥落的碎屑。我就是那茧子里的虫却总也不想变成蝴蝶，只愿意永远蜷缩在里面。从没有经历过这世上的风雨，人情冷暖，从没有经历什么，不生不死。流浪的月光一直来了又走，千年不曾改变，赵各庄也在月光里一点点变小变矮，喧嚣的声音也逐渐隐没。煤炭已经枯竭，逐渐转产。本来物竞天择，矿区消亡也是历史的必然，不过还是有些隐隐约约的伤感时常渗透上来。

百年老矿，惊鸿一瞥。

面壁的故乡

一

陪老孙回老家过中秋。趁着他们在前院赏月，我溜到后院，月光落在树枝和矮矮的院墙上，枣树不强壮，稀疏枝叶零散在风中摇摆，矮墙笃实坚定，动静相应，泾渭分明。借着月光摘枣，不小心会有掉落的，地上全是白菜，落在菜畦里就不见了。白月光并不温柔，冷眉冷眼。中秋村庄的夜晚需要穿夹衣了。

石墙上的青苔，黑苔低调，有图腾的样子。好像在世界上是很偶然的生命，不曾有人在意。在月光里像水墨流淌下来，颜色单调，没有种子又从来不占领人们的眼睛。足够让人悟道，参禅。这种古老的遗产如同千年经文从未被改变。无欲无求的本色趁着夜色一点点生长出来。只有这些静物更纯粹。

蛐蛐叫声凸显出来，被洗得清脆透彻，这是很有味道的一种声音。没有经过现代染色，是村庄最美的触角，没有蛐蛐叫，就称不上村庄了。不过传说中的炊烟袅袅已经消失了，各家房顶的烟囱已经很少冒烟，都用了煤气、沼气，曾经有一种树枝，我不知道是什么名字，当柴烧会有淡淡香味。

月上中天我被夹在天地之间。独处的安静有一种神秘的力量，能放大自我，好像是天地的主宰，是王。云影月光都为一个人准备，忽然又极其渺小，世间空间的维度不可测量，人如尘埃不及。万物看似再平常不过，却不知因果，如同生死最普通不过，又最神秘。

老孙在闲暇的日子是生活在古老的梦里。他讲得最多的是童年的故事。第一就是捕蝉。蝉的一生，由两三年到十几年不等，大部分时间在地下度过。我们在夏天看到的蝉其实已经是它们生命的最后了，所以他老家把蝉都叫"老娃娃"。逮老娃娃是个很有意思的事。马尾丝结成一个可以伸缩的圈，再把它绑在竹竿上。竹竿从树叶中间慢慢伸出去，马尾丝圈轻轻套住它的头部。屏住气紧盯着，当它玩累了或趁着它动作间歇时，赶紧将马尾丝圈套进蝉的脖子，当蝉发现了马尾丝圈，用前脚不停地拨弄，然后轻轻一拉，中了圈套的蝉越挣扎，马尾丝圈抽得越紧，再难逃跑。还有就是摸鱼，四五个小伙伴儿每人拿着一个柳条编的小筐子，一半插入水里，另一半在水面儿上，向前推着走，就像水中的推土机一样。小鱼自己就钻进去了。逮到鱼后，用玉米叶子包裹起来，放到火上烧，同时也把玉米放到火堆里烤。十几分钟就熟透了。其实鱼除了腥味根本没有味道，但是吃得就是欢，玉米都会烤糊，外面黑黑的一层能把嘴唇都涂黑。

到了冬天，就盼着下雪，越大越高兴，特别大的雪淹没到脚踝。下雪以后，受鲁迅先生影响，也在院里扫一小块儿空地，撒上点儿米粒儿，棒子粒儿，支起一个筛子，确实真的能捉到小鸟。还有就是自己动手做冰猴，舍不得花钱买，找块木头，用小刀子削完之后再用砂纸打磨，然后底下装上滚珠。鞭子抽起来转得也特别快。但终究没有人家花钱买的冰猴好看，红的，绿色的颜色转起来就让主人骄傲。在河面上抽冰猴还能顺便逮鱼，到了冬天之后因为水里缺氧啊，鱼就没劲儿了飘上来，从冰上面就能看到冰层下的鱼，它也不动儿，拿着小尖镐刨下去一下子就能逮到。

老孙说着，脸上就是舒服的喜悦，他说他老了要回到这里，养鸡，种菜，过这种田园生活。还要养两只大狗，不喜欢城里那种小宠物狗，早晨院儿里拔拔草浇浇菜，吃点小米粥烙饼，小葱蘸酱黄瓜蘸酱，然后打麻将去，十一点多回来吃中饭，吃完了睡觉。下午三点多起来，在门口柳树下绑绑鱼钩儿，收拾收拾鱼竿子。老叔，占锋，孟时发，在旁边看热闹，肯定说：这小钩能钓大鱼？我说：不是直接拉上来，勾住了得在水里遛，把鱼遛累了再拉。晚上炸酱，凉面。喝两瓶啤酒，太阳也下山了，不热了就出去钓鱼，第二天中午回来炖鱼，邀三五好友喝酒。

一幅粗糙的写意水墨画，漫过这个中年人的额头，似江水已经穿过狭窄幽暗的水道和湍急的落差点。水底安静的水藻舒缓着手臂，等着远归的人。老孙的抬头纹一根根在加深，白发潦草而有气势，和他的村庄故乡一样深深地落入时间的沟壑。

# 二

暑假时间长，城里又热，在这里最大的好处是可以安静看书，写东西，赶集，煮时光。

午后开窗静坐，阳光泡着安静像暖暖的下午茶，安静抱着阳光在耳侧肆意吵闹，翻跟斗。坐久了会闻到嗡嗡声响，是时间的声音，是一颗心煮着时光煮到沸腾的声音。看看指尖唯有光阴的影子在长高，如同墙角的绿苔温柔低调，无人瞥见也幽然存在。抓一把抓一把，汩汩凉意，细瘦淡薄。一切恩赐都太美妙了，眼睛盯着窗棂，马上闭上眼睛，眼前一片大红色，窗棂的格子在眼睛里留下印记，反复这样，就把光阴留住了。在这个世界上有印记留在了身体里。这里的每一分钟都干净又纯粹，不需要设定目标和方向，随便的时间四处泼溅流淌，也不用收拾。

听到的声音只有偶尔的叫卖吆喝声和不停的蝉叫声。不过唯一缺点是有苍蝇、蚊子，只要我坐下了看书写东西，苍蝇就落在书上，纸上搓着手脚，瞪着一双大眼睛不停地晃着头，好像能看懂书上的字。蚊子就要比苍蝇优雅多了，伸着细长的黑白花腿，飞得不快，笃定自己肯定不会饿着，像是带着笑容的魔鬼。在院子里散步几分钟就要献出几毫升血，若没有我，它们也许已经饿死了。那些蚊子咬的疙瘩很大，都有一厘米见方，擦好风油精还是痒，又不好再挠，只好用我的长指甲去摁，一小排从左到右的指甲印，一小排从上到下的指甲印，织成许多的小方格子，泾渭分明，这样止痒好些。

有只瘦得可怜的流浪猫常来，看起来穷酸，但没有想要住下来的打算，喜欢自由，好像习惯了流浪的生活。长得极丑，灰黑的毛发炸炸着，一缕一缕的，很瘦很瘦，只见两个瞪大的小圆眼睛。毛发没有光泽，叫声也很小，属于颜值很低的，精神却很好。看似胆小受气，但一点都不怯懦，就在我面前摇摆地来回走。它是傻得可爱，看到落在地面上的苍蝇，就静止不动，猛地突然就用小爪子去抓它，看起来很迅速，但从来没有成功。它能这样玩耍一个下午。我虽然时常给它些零食吃，但它与我不约定，也无感情，冷冷淡淡。彼此恰好适合。一只猫、几本书、一杯茶能消磨到夕阳叮当一声坠地而去。

雨后夜里就闻到泥土带着青草的味道随风入窗而来，月光也比城里亮许多。让你更清晰地看清她。半夜醒来，月光泡着蚊帐，似醒非醒，似梦非梦，总有穿越到另一个空间的幻觉，以为要天亮了，看看表刚子时。炕是土坯做的，有些凹凸不平。这种土坯炕我一直担心会不会塌陷下去，直到有一次我看了村子里有人专门做这种土坯，心里踏实点。其实就是泥砖，将黄土用水泡散，加入稻草或各种毛发等，拌匀以后装在用木板制成的模具里，木板模要沾水处理，目的是防止黄泥粘在木板上，用脚踩实或者用木板拍实，一夬坯就制作好了，在开阔地阳光充足的地方晾晒，干透即为成品，就可搭炕了。不过这种土坯块做炕面，难免不够平整的，睡醒总有落枕的感觉，住过几晚就适应了。

为什么时间到了这里都像被掺了酒的水，慢慢地，慢慢地。突然进入没有什么滋味，沉浸久了倒是能咂摸出一点若隐若现的味道。

## 三

婆母是个寡言少语的人，个子矮，说话声音不大，总怕惊扰了别人。她是一位胆怯而又有着根深蒂固传统意识的最善良的母亲。婆母不愿生活在城市，偶尔去了也就住几天，待不住。她的腰不好，属虎的，身体却像睡着的猫蜷着身子走路。我说妈，您还能挺直腰板吗？她说，哪还能站得直啊，年轻那会儿地多干活累，冬天冷没烧的，烧把柴火热一阵。那年月也比现在冷，堂屋水缸夜里都冻了。后半夜炕上冰凉，我就让孩子趴我肚子上睡，我这腰早就落病了。现在吃药也就解解疼。洗澡给她搓澡时，我特意看了看那血肉做的火炕。

孩子小的时候，婆母同我们一起生活。她很少主动说话，我生孩子住院时，她在医院照顾我，早晨到了，直到下午和我说太口渴，想喝水，我说有水啊，怎么不喝，她说她没有拿杯子，怕我嫌她脏。我几乎惊讶得不敢相信，她怎么会忍了这么久才说，也为自己的疏忽而感到自责。每在一起住一段时间，她都要回去看看，要回去时总要收拾好几个大包，那时我们还没有自己的私家车，要坐长途汽车来回，我总要劝她，少拿东西，反正还要来。她会拉开提包给我看，你看没有拿你家的东西，简直让我哭笑不得。她的想法怎么会把我和她割裂得这么清晰。我们倒向雇佣关系，不觉得是亲人，也感叹怎样的环境才让她有这样的想法，会这样的谨慎小心，而我却全然不知。

随着时间的流逝一切一切都开始松散下来，让她越来越安心，她把传统的定位格局一点点消失了。这简直是让我觉得心酸与怜悯，怎样的环境、认知、思维才能造就她这样的想法，小村庄里的善良又封闭的小人间还有多少封闭的蚌壳终生没有被打开，就淹没在海水的潮汐中。

她不是个精致的人，做饭做活很粗糙，用菠菜做汤面是简单的晚饭，菠菜洗过，用开水焯过，捞出来，切几刀，扔进锅里，一锅面吃完后，用铲子铲到锅底，会有细微的沙沙响声。锅底是有沙子的。简单说过，也让老孙说过，这些家庭琐事，怕伤害她细微敏感的触觉，洗菜不要怕浪费水，多洗几遍，做饭不用急。可是还是一样，没有改变过。索性以后做饭尽量都由我们来做。给我们做的棉被，被里子并不是纯棉布的，会起球儿，她说她分不清是不是纯棉布，整床被子有的地方有棉花，有的地方没棉花，絮也不均匀。但是干活很快，半天就能絮好。

婆母很小的时候就没有了母亲，只上过两年小学，很多字并不认识，会写自己的名字。很难想象，这是我没有想到的，她是怎么长大的，她妈家在大山里，我去过一次，而且是在一个极其寒冷的冬夜。零下30℃。只是为了第二天去山里水库湖面上滑冰。我和老孙坐在一辆拖拉机后斗里，屁股简直要颠簸破了。盖上了厚厚棉被，穿着大羽绒服，戴着帽子围脖手套，北风呼啸，刮到脸上那种感觉，是我有生以来，从未经历过的冷和疼。夜里十点多到了，鼻子尖却冻得缓不过来，我的身体都已经僵硬了。

北方冬日的田野，寂寥如佛经，风里裹着古战场的呜咽。万物黑白分明，枯枝是伸向天空的血脉，剑拔弩张的藏蓝睥睨天下，如此恰好配得上北方的肝胆相照。从没有看到过那么亮的星空，我一直想在天空辨认书上说的各个星座，但城市的天空从没有这么清澈，看到的星星都是孤儿，无家可归。现在每一颗星星都活了，有了流动的生命。呼吸和气息连接在一起。眼睛与星空第一次这样亲密地接触，前世今生的初见，北方夜晚的星空有征人万里今日归的悲壮。

## 四

占锋，是老孙老家隔壁邻居，四十多岁了，还是单身一人，和父母生活在一起。他模样挺好的，大眼睛，卷头发，可能也不是卷发，不注意形象，头发也不梳理，到现在也没有弄清是不是卷发。每次回家热情打招呼，问什么时候来的，什么时候回去。也很吃苦能干，一个人种三口人的地，闲时还去城里打工。前几年娶了个媳妇，我见过，是个广西女人，不知是谁给介绍的，花了几万块钱，快人快语。样子也好看。真替他高兴终于成家了。结婚后一直都没有孩子，去医院检查说占锋身体有问题，媳妇过了一年就跑了。但我一直坚信，广西女人不是骗婚的，只是去寻找她的幸福。占锋并不是花了钱也没了媳妇。占锋又恢复了单身。没了媳妇的占锋每天在庄子里的街道上逛，逗逗小孩，或者拉人到他家去打麻将。不过结婚时大门换成了高大气派的两扇大铁门，还是存在的。他的父母亲都八十多岁了。老太太是瞎了眼睛的，据说她年轻刚结婚那时，捡了地里不知什么时候遗留的炮弹壳子，拿回家扔到灶膛里想分离出铁铜换钱，把铁锅炸了粉碎，眼睛也开了花。此后就变成了现在的样子。老太太身材是极其矮小瘦弱，总是穿件灰上衣，黑裤子，头上白发中夹着几根黑发，每天晚上都会坐在自己门口乘凉，占锋还有一个哥哥也住在这个村子，但是结婚后就很少过来了。中秋这天，老太太坐在篱笆门口石阶上，和乘凉赏月的人说话聊天，声音很大，嘴角泛着白沫。手很瘦，像 x 光线下的手的原型。手指关节突出，指甲缝里有黑泥，并不干净。底气足，我真怀疑这声音是这样小个子，柔弱身体中发出来的，她的胸腔共鸣真的很好。谁家的事都知道，谁家儿子去哪打工，哪家媳妇咋样，说得还很有色彩，我一直心里遗憾她若读书上学写文章，一定也是好文笔。她坐在门前的石阶上，身子几乎围成一个圆，待月上中空近夜半，赏月的人们皆散尽，抱着她的拐杖依然不回家，等村北头住的大儿子给她送月饼。谁也不知她等到几点。

占锋不去城里打工在家时，每天晚上都会把电视机声音开得很大，看得很晚。九点钟的夜晚小村庄就一片沉寂黑暗了，隔着矮矮的院墙，他家的电视机在黑暗中闪着刺眼的光，电视里一会儿哭一会儿笑，像这个真实的人间。

占锋这样的中年人和年轻人在村庄里很少了，时间灌满了空旷的街道古老的村庄，终日没有什么声息，只剩下驼背的老人和年幼的小孩，许多进城的农民，辛苦劳累，而宁可如此也不愿意回到家乡，对于城市的梦想支撑他们义无反顾地背对着故乡。我是个没有故乡的人，从小出生在城市，上学，工作一直都没有离开过所谓故乡，那也就没有故乡。也从没有什么乡愁，这也算是一种遗憾，很小的时候听到故乡这个词语是在书上，唐诗三百首，或者五百首什么，总会看到这首诗那首诗表达了什么作者思乡之情，故乡对于我来说是草房，炊烟，河水，水边开着桃花。就是远古农耕经济时期的符号。可故乡这个概念随着认识老孙后真正进入，才有了最真实的情感体验。人的一生从开始到结束这条线段又短又长，每个微小如尘的生命都想开花。未曾热烈般的烟花礼赞过，总要去亲身实践。功成身退，衣锦还乡是中国古典情怀的一部分，可以退守田园，归隐山水，但必须看过繁花而后见真醇。故乡只是抚养血液沸腾的少年的摇篮，而那段厮打拼杀的花样年华总要放在证明自己的快节奏的城市漩涡中翻转，打开，折叠。委屈着自己的肉体和灵魂，哪怕鼻青脸肿也要维护一种在外闯荡的体面。所有美好幻想都在故乡村庄一层层展开的过程中渗透了温暖与微凉。

月光在秋天都是被擦洗明亮，静夜无语。时间到了这里就柔软了，被拉长了，牛走得慢，土地一天天也看不到田里的变化，虽然一切都在默默生长。整个村庄不言不语，默念着前世今生的轮回。

故乡在所有平常的日子总是很孤独。整个小村庄在面壁。虽然她并没有什么过错。

# 风从东山吹来

## 一

北方的春天一点点从天地尽头碾压过来，有些瑟瑟的不够开阔，东山又站在我的眼前了。山上的石灰窑厂早已停止了开采。废旧石灰厂，窑炉，残垣，好像历史书上古楼兰遗址的图片，表白着时间在这里走过。刚刚露头的野草长满石灰窑顶用来证明荒凉。

东山从北向南绵延开，是燕山支脉的一部分。其实它并没有真正的名字，只是一座无名山，因为在居民区东边，大家就叫它东山。1976年，唐山经历了一场大地震，让这个城市世人皆知。父母在地震第二年结婚，他们的婚房是一间简陋的简易房，就是尖顶的石棉瓦做顶的平房。这种房子直到前些年还有零星的遗迹，孤单，异样的表情站在城市高楼的边角，随着城市建设的改造，已经彻底绝迹，成为历史曾经的惊鸿一瞥。这一切来自老照片和父母闲聊的回忆。我想象不出当时的情景，墙壁是刷的白灰，手摸会掉白面，报纸糊的顶棚，没有单独的厨房，厕所是公共厕所。而且那是个什么都要票的年代，买肉有肉票，买布要布票，日常生活是和票绑定的。父母的婚礼总是要有肉的，全家人攒了很久的肉票买了几十斤肉招待客人。婚礼在腊月，因为腊月储存食材不会变质。新婚贺礼现在看起来是可笑的，暖瓶，毛毯，脸盆，甚至痰盂。这些都是从老照片中得到零星的影像和勾勒。

就在1981年的元旦，我们一家人搬出来简易房，搬进了新居。也就是现在的老宅。一个院子，两层楼房。地震后的平房和二层楼房是最抢手的，能有一处二层楼房而且自带小院也算奢侈。最冷的日子，北风和雪花摧折万物，征服着燕山的苍老。没有搬家公司，没有汽车，父亲只找到了几辆排子车。那是一种双轮木板车，胶皮轱辘，木质的平板车底和车把，人力推着行走。搬家时幸好父亲的几个朋友来帮忙。父亲不是那种身体强壮的人，容貌气息就是文弱书生，那时我三岁，只会站在雪地里哭，是一只等待哺育的幼崽。母亲张罗着搬家也顾不上我。这恰好是矿区的文艺演出的日子，总导演是父亲的好友，也是领导，非要让父亲上台表演节目，父亲刚搬完家，来不及换衣服，笨重的棉衣棉裤，就这样定格在1981年的元旦，一张略有特殊的演出剧照。这让我长大后多少能从这张照片中，找到一些父母讲述搬家的痕迹。从此我们一家人就在东山脚下安居下来。

二

家是这世上最温暖的一个字，家人闲坐，灯火可亲是最朴素的情怀。父亲，母亲，我组成一个完整的家。曾经每晚的日常说笑都是岁月缝隙里最美好的时光。

母亲年轻时在内蒙古支边好多年，她的花样年华，青葱岁月是在草原度过的。现在家里还有很多她在内蒙的照片。母亲长得比我漂亮，大眼睛里含着水，扎两条大编辫子，戴着皮帽子，穿着军装，拿着马鞭，骑在马上，草比我想象的要高很多，几乎没了半个马腿，真有巾帼豪气。母亲回到唐山就已经28岁了。

我总问母亲怎么没在内蒙古那边找个老公？她说还是觉得离家太远，不舍落在那边。当时还有个南方人总追求她，是浙江的。我说找个南方人多好，我就生在江南了。然后父亲就说："我那时也很帅啊，在宣传队长期上台演出，也有好多女孩喜欢我。那时给我介绍过几个姑娘，我都嫌长得不漂亮，一看到你妈，我心里就啊呀一下。追着问介绍人问你妈同意没，说是告诉我等信，我哪能等下去，第二天就找上门去了。"

"其实我不是太满意，想琢磨两天，第二天他没听信自己找上门来了。"

"嗯，老爸平时慢性子没主意，这事还是蛮有主意嘛。"

"后来你爸还每天接我下班，还常买那猪头肉。"

"啊哈哈哈太可笑了，猪头肉？人家都是买花，也太不浪漫了。"

"那时没有卖花哪有浪漫，猪头肉还是攒的肉票省着买的。"

"还都是大肥肉，我根本不喜欢吃。"

"我都省着肉票，你还不喜欢吃。那时条件也是太不好，啥也没买的，连看个电影都不容易。和现在没办法比。而且刚地震不久还都住在简易房，结婚都没个好房间。孩子小时没暖气，还得天天一个被窝搂着睡，怕你踢了被子感冒。"

父亲在学校上班，每天骑着自行车带我上下学，早晨背对着东山向着学校骑行，晚上向着东山的怀抱回家。我就坐在自行车的大梁上，坐着无聊就抠父亲的白色线手套，给路边居民区的阳台窗打分，干净的铝合金的就打一百分，九十分，破旧的，木头框的就给六十分，七十分。赶上冬天白昼短，晚上下班回来天已经黑了，父亲让我拿个手电筒坐在前面照着路，我就拿着手电筒使劲往前照，向着东山使劲照，总想能照清楚东山的细节。父亲越说照着前面的路，不要向远处照，我偏要向着远处的东山乱晃，父亲只会说我调皮。

我是个很执拗的孩子。上中学的时候，姥姥身体不好，母亲和小姨轮换晚上到医院陪着姥姥，还要天天追着上班，中午做饭，那时老妈嘴上总说，就喜欢晚上，躺下睡觉太好，啥时候退休啊。那年我上初二时，已经初冬，下起了小雪，我还穿着单皮鞋，专门往雪里踩，小脚趾都冻了，每天晚上躺在被窝里痒得不行不停地挠。就和母亲闹，说她不关心我，根本不想着我，也没有别的女孩子那样漂亮的棉服。（那时没有羽绒服）棉鞋我已经记不清了是什么时候给买了，也忘记什么样子了，但是买棉服的那天我特别记得。我看上了一件杏色的浅色棉服，印象中很可爱也喜欢。可老妈说："你这邋遢的女孩子，还是买个深色的吧，我也没时间总给你洗，而且总洗也不暖和。"气得我二话没说，哭着就跑出商场了，一个人往家跑，东山也在奔跑的脚步中上下起伏，好像要给我一个宽阔的胸怀和拥抱。第二天还是折中一下，买了一件深桃红色的，不太浅也不太深。前几天在母亲家找东西还见到着，摸摸已经很薄很旧了，还有钢笔水的点子。心里还有些感慨。现在说起来我还总给老妈揭短。老妈说："唉，那时哪有时间啊，上班追着，你姥姥天天住院，累得够呛，日子想想真不知那时怎么过的。"

曾经那么忙乱的岁月现在看来也是极其奢侈的。

<h1 style="text-align:center">三</h1>

唐山，一个工业城市。煤炭，钢铁，陶瓷，给这个城市印上沉重的标识。煤矿从一百多年前开始开采，有八九个矿区散落在这个城市。矿

区是以煤矿为生的，男人下井挖矿，女人在家做家务。随着矿区的发展，附属于矿区的医院、学校、商场也都建立起来，矿区既不属于农村却也不像城市，像个独立的小孤岛。20世纪七八十年代，煤炭是中流砥柱的产业，每个矿区自给自足，人们生活还算富足。东山也并不孤单，有一组石灰窑，每天工作生产，机器的轰响，放炮崩山的巨响，让住在附近的居民早就已经习惯了这种声音，而生产造成的环境污染在一个小孩的眼睛里却是无比美妙的。在石灰窑工作的工人都是来自附近的农民，骑着又脏又破的自行车，匆忙地在街道穿过。石灰窑的声音总在吸引着我，感觉这就是热烈的工作，拉石灰的卡车也是小孩最愿意追着跑的。

东山一直看着我的幼年，童年，少年，沉默地记录着。站在阳台上就看得清清楚楚的东山如同一座神山，仰视又敬畏，需要快点长大才能抵达。现在看起来东山只是一个小山包，而且开采得已经没有模样了。母亲嘱咐我，不让我去东山玩耍，不能跟着大孩子去，不安全，会被弄丢。那时还小，也就是四五岁的样子。一次父亲站在阳台上，看到远远的东山脚下石灰窑，有一个孩子，东张西望，父亲一眼看出是我。不知道我怎么会一人跑到那里，应该是大孩子带我去玩过。父亲赶快下楼追出去，追到东山脚下，看着我看着这个小孩儿走走停停，又往回走。父亲快猫起来，但是我眼睛尖，很贼，一下子就认出来了，口里叫着爸爸。父亲赶快把我抱了回来。这些都是父亲经常讲起的。我却是毫无记忆的。

站在阳台上看东山依然站着，还有着强悍的骨架在里面。冬天西北风吹过来，东山的肩膀已经垂垂老矣，它的身子藏了多少人们需要的索取的东西都已经被掏出来。冬天的风却没有一点怜惜的心思，裹着雪从矮下去的肩膀上切过来，人们睁不开眼睛逆风而行，棉鞋上沾满雪和泥巴，东山也变成了雪山。我儿时的大侠梦想让我极其喜欢东山的雪，想象《雪山飞狐》里的侠客，会不会就是在这里出没。所有武侠小说中风雪搏斗的场景都让我对东山雪有着沸腾的喜欢。开窗便见雪山，当时不觉什么稀奇，现在想想，这种奢侈的唯美是很难想象的。也不是每个人的童年少年时都能拥有的，可当时却忽略不计。

对我来说，最喜欢的还是夏天，东山上不再是裸露的岩石和黄土，虽然石灰窑不停地工作，但终究阻止不了草木和绿色的渗透上来，去东山玩是暑假永远不会腻烦的事。三伏天，午后的知了叫得正欢，好像太阳都要发霉了。露着的胳膊，腿都是黏黏的，小孩子却从来不想睡觉，对于每个小孩来说，最不让大人理解的是不睡午觉。趁着大人睡觉，撒欢到东山逮蚂蚱，捉迷藏或者只是躺在草地上，怎么都高兴，就是别被叫回家写作业就好。跑一下午回家后，脸上的汗带着泥汤往下流，再用手一抹，满脸花，挨骂是常事。这时很多时候等风来是很奢侈的事情。一次，一个年龄大一点的小朋友出主意，去地里偷玉米。东山附近并没有大面积的农田，只是零星地种些玉米。也没人看着。但是怎么带回家是个问题，从地里到居民区要穿过街道，而街上都是乘凉的大人，不能被发现。男生们假装一个小孩背着另一个小孩，把玉米藏在肚子下，女孩子都把玉米藏在裙子下，用一半裙角裹着。连颠带跑地带着玉米回到家，心里窃喜。到家就被父亲母亲一顿骂，而且那玉米并没有成熟，玉米粒还是瘪的，直接扔掉了，也再不敢去偷玉米了。

## 四

小花比我大七八岁，是隔壁的邻居，个子不高，矮矮的，有些微胖，她家五个孩子，她是最小的女孩。她的父母从我有记忆就觉得已经很老了，好像应该叫爷爷，奶奶。大孩子是不愿意带我这样的小屁孩玩耍的，看人家跳皮筋是羡慕的，那时记忆恍惚，还不是很会跳，人家也不带我跳，就自己把皮筋的一端拴在缝纫机上，一端系在门框的钉子上，骑在皮筋上跺跺脚，嘴里说着跳皮筋的歌谣，逗得父母直笑。不过小花还好，时常带我玩，逐渐加入了神圣的大孩子群，跳皮筋，丢沙包，街上乱跑。小花姐姐是我童年光芒的照耀者。看小花姐姐每天背着书包上学，感觉真好，光线照在她的脸上，觉得小花姐姐很漂亮，圆圆的脸蛋，眼睛里装着湖水。不管什么季节，她就是春天。时间能冲洗掉所有美好的外衣，逐渐呈现出生活的真实面目和筋骨。等我上到小学五年级，小花已经初中毕业几年，也没考上高中和各类职专，只是在家帮着母亲做饭。结束了青少年的上学阶段，等待小花的就是要找一份工作，具体什么工作我不清楚，不过经常穿着工作服，而工作服是没有性别之分的，宽松而时常有机器的油污，遮住了青春应该散发的光彩，少女美好的身材也淹没在工作服中。她站在春天里像一棵干枯的老槐树。这份工作要三班倒，经常是晚上十一点钟，他哥在门口叫她。小花，上班了，外面下着小雪，寒冷直接刺穿呼啸而过的风。小花上班后，我就很少见到她了，她白天都在睡觉，已经再也看不到脸上的光彩。

在工厂工作不久，小花就不干了，出门去打工了，此后两三年我都没再见到过。突然一年的春节，小花回来了，神情呆滞，见谁都不说话，然后接下来就有人给她介绍对象，匆匆两三个月后就结婚了。结婚的日子很简陋，婚礼也像个干枯的老槐树没有滋味也没有水分，好像一敲打就有碎屑掉落下来。结婚一周后小花被送回了，说是到了人家每天就是砸东西，喊叫，闹得全家人不得安宁。很快就离婚了。短暂的婚姻像她的青春一样好像还没开始就已经草草收场，刚摆开仪式就被掀翻了露出生活面目狰狞的一面。

后来听说小花出去打工时和一个男人恋爱了。已经怀孕，但是她妈不同意，被强拉回了家，我觉得这样的桥段应该只出现在电影或电视剧里，所谓封建时代的控诉的记忆，很难想到还能有这样老套又庸俗的情节，居然还是真实地摆放在人间。

离婚回到家后，小花每天在街道上坐着，也不去工作了，经常骂街，没有任何缘由，和人说话的声音也响亮得离谱。生怕别人听不到，没有人再愿意搭理她。起初总有过来过去的邻居会驻足看着小花，时间长了，路过的人们都已经习惯了，好像这些骂街的脏话已经很正常。有时又极其温柔，和人问好，大家也不敢好好理会。她妈时常哭诉，这是做了什么孽，这么个闺女。

时间能冲刷走所有的悲伤欢喜，留下的只有生活的筋骨和血脉。小花父母相继都去世后，只有她一个人生活。她的姐姐，哥，偶尔来看看她，她也不做饭，去超市买些馒头，饼，每天只是坐在街道上看过往的人，如同只会晒太阳的垂暮老人。一个被上帝遗忘的老姑娘，魂儿好像不在她的身体里，一直在外面游荡。我童年仰视的大姐姐，曾经认为最漂亮的姑娘，如今穿着破旧的衣服，每天在街上晃荡，喜怒无常，不知该生出怎样的感叹。

东山依然站在东边，风从东边吹来，在街角打个旋，卷起一些树叶扬到空中，随即又落了下来，在街上奔跑的小孩吃着东风哈哈地笑着，不小心会摔倒，立刻站起来接着跑，东山面无表情。随着更多的新楼房盖起来，很多人也搬离了这里，我的东山和老宅越来越清冷。父亲去世后，我不愿再多来老宅，打开窗，风从东山吹来，曾经喧闹的街道，少了些卖豆腐脑油条的吆喝声，孩子们的吵闹声。老宅这边的小区，已经展开老旧小区拆迁改造的信息。不知道老宅还能存留多久，我的东山依然站在人间。

第三辑

屦旅

# 游园惊梦

## 一

江南这两个字，只要写到纸上，心就会一下子变得柔软。世间多少宏图大志，站在这个词语面前都会被溶解，分散，点染的轻飘儿不足为道。几年来多次到江南，从杭州到南京，上海，无锡，镇江。到处都是柔软的媚眼儿，苏州是江南的经典，是那些媚眼转身后留下的销魂的眼波。每一次探望苏州，都触不到她的底色，都是浅薄而又一次次地辜负。

不过每个自己钟爱的城市，总要留些遗憾再来的理由。其实苏州是不需要理由的。

三元坊只是普通的苏州一地，名字却大有来头，钱棨是清朝第一个、苏州唯一的连中三元（乡试第一解元、会试第一会元、殿试第一状元）者，也是中国历史上唯一的连中六元（童子试中长洲县县试第一、苏州府府试第一、江苏学政院试第一、再在正式科举考试中连中三元）者，当时的苏州府及长、元、吴三县的地方官，在苏州府学东面专门为钱棨建造了一座高大的牌楼"三元坊"，这就是此处地名的由来。可惜这牌坊早已没有，不过能留下这样一个地名已经幸甚，也祈愿地方政府不要改掉这些老名字，不要弄得全国各地都是什么路，什么街，什么道，愿这些名字一直留存下去，我们失去的已经太多了。这正是喜欢来苏州这样古城的原因。你不必刻意去那些所谓的景点，一条深巷，一条河，也许就埋藏许多不为人知的历史积淀与人文故事。

三元坊步行不远就是沧浪亭。沧浪亭始为五代时吴越国孙承佑的池馆。宋代诗人苏舜钦以四万贯钱买下废园，进行修筑，傍水造亭，因感于"沧浪之水清兮，可以濯吾缨；沧浪之水浊兮，可以濯吾足"，题名沧浪亭，自号沧浪翁，并作《沧浪亭记》。

庆历四年（1044 年），范仲淹的好友藤子京贬谪巴陵郡那一年，也是范仲淹、杜衍等人延揽人才，当朝执政的一年。庆历新政，百废待兴。这一年进奏院祠神之日，一个神圣的日子，但对于大才子苏舜钦却并不神圣，他的人生就在神明的指引下发生转折，作为集贤校理监进奏院，循前例以卖旧公文纸的钱宴请同僚宾客。当时朝中的保守派御史中丞王拱辰等对宰相杜衍、参知政事范仲淹等人力图改革弊政之举心怀不满；而苏舜钦得范仲淹荐举，又是杜衍之婿，因而保守派抓住这件事，借题发挥，弹劾他监主自盗。新鲜出芽的新政与改革派还是稚嫩不堪一击，苏舜钦被罢去官职，在席的有十余人被逐出朝。苏舜钦激愤不已，带着心灵上的创痛，飘落苏州，不久，在城南营建沧浪亭。如履薄冰，处处谨慎的官场确实不适合一个文人。喝酒丢了官场江山，多少有些文人放浪情怀在里面。历史进程中的一粒小尘埃，只要一朵小小的浪花拍打过来就淹没得没有了踪迹。世人都是历史祭品，世人都是时间的牺牲。

世间之事皆如此，若无被贬，怎么能有今日的沧浪亭，也许所有失意，都为了千年后的历史而准备。这里遗落，那里填补，终究总有安排。天道的规律都是默默地在时间流淌中本身透出鲜艳的棱角。

沧浪亭，需仰视，在小山之上，并无特殊奇异之处，沧浪亭和整个园子本身的意义并不在于这些个体，而是其中渗透出来的中国古典文人士大夫骨子里睥睨世俗的隐逸情怀，文人若无些平和的傲气可能就不配这个称谓了。

苏舜钦以沧浪亭命名也正是此意，也让这个园子显得低调，冷落，苍凉。和其他苏州园林比起来是小巧的，但精致之处却不逊色。深不可测的各种不同层次的绿，窗，亭，竹，阁，深灰，浅灰的各种影子，白墙，所有构成园林的每一处都是精灵。我这一个人的江湖散客从不会进入或者也不会被进入这些庄严又妩媚的美妙中。我像个掉入蚌壳里的沙子，却不能让自己成为珍珠。

园内漏窗是最让人心仪的，窗芯图案内容取材广泛，形式多样，有植物花卉的变形，桃、荷花、缠绕的树根形、芭蕉叶、梅花、秋叶、葵花等。还有是古钱的变形，放在窗芯的正中央，周围穿插缠绕的装饰纹样。但这些漏窗并不是单独存在的美，都有不明身份的绿来做它们的背景。这便成就了沧浪亭的最大特点"隔望"。

你若离她很近，就站在面前，并看不出她的美，若与她隔水或隔假山相对，那些图案反而会印刻在你的心里。你放松她，偷偷地来看她，她才敢施展自己的美貌。小片的竹林也是，近看竹身单薄而略有病态，稀疏慵懒，丢下她，走远再看，得了背后的灰瓦白墙的烘托，那些美会缓缓升起弥漫一地，人的魂儿都是绿色了，都是潮湿的。其实所有完美的近距离的拥有反而是一种遗憾，这样恰好。

沧浪亭是如水的，而且是冷水，寒水，北方冬日的冰水。即使夏日炎炎，沧浪亭如同她的名字，一点都不热情，是个冷美人，没有更多的色彩迎接你，只是站在那里就够了，不需要任何语言、动作，就能把人吸引过去，乖乖就范。

在沧浪亭中，人的灵魂都会变薄了，是清冷的薄薄的浅白色，如同白色的丝绸在风中飘荡，偶尔挂着树枝上，短暂地停留又被风吹起，辗转地向天空深处没有了踪迹。

我真期望沧浪亭磨掉我所有的游侠气，让她的冷艳一点点溶解我。我一直幻想若一个人游园恐怕就会觉得穿越了。恐怕会有多少晓寒梦醒来填补我的思念。

## 二

一直喜欢《姑苏行》，旋律优美婉转、轻灵舒展，是南派曲笛的代表乐曲。其实若写苏州是无从下笔的，是该写人还是该绘景，都难以道尽苏州的魅力，所有的形式都捉襟见肘。

乘船去虎丘是最妙，经过阊门，阊门是苏州贸易最繁华的地方，一等的风流繁华之地。我对这个名字是情有独钟的。林黛玉的家乡，天上掉下个林妹妹，便落在阊门。

舟行之处两岸依然是日常生活的人家，灰瓦白墙，人语应答声在水上跳跃，窗外支撑着竹竿，晾晒着衣服，鞋袜，时而有评弹小调缥缈如烟，若即若离，往来翕忽。烟火气与柔美阡陌交错编织在一起，行不远就要钻过一座石拱桥，桥上路人就在头顶缓慢地行走，我们如在不同的空间暂时彼此切入，并不需要留恋，转身就各自消散。柳枝垂到水中，安心地把自己完全释放，坠入宏大的怀抱，恋人一样依赖又缠绵。那些水中的绿色如同发酵，在墙边青苔处堆积起泡沫，随着水波上下飘摇。想起"绿蚁新醅酒"，我确实是在初酿的酒中行走，小醉微醺，周身绵软，不知南北东西。神魂沉淀入流水，托起一脉南国温柔梦。

苏州的柔软也是随着水波荡漾弥漫开的，会呼吸的，是鲜活的，有着触角，手臂和眼神，渗透入眉眼，发梢，散播到每个细节。一句话，一处古迹，诗文，建筑，气候，都在彰显着"江南"的味道。就像刚才耳边的苏州话柔软不可抗拒，听他们说话觉得不是在说，而是在浅唱低吟，或者是酒后软软的倾诉，怪不得叫吴侬软语，也许每句苏州话里都是甜的。浸泡在这种如糖的声音里无力飞扬，完全被束缚在蜜罐中。被美人的丝柔缠绕就是心甘情愿。此时我不愿是女人，应该是个书生，苏州就是我怀里的美人。

不过我对苏州或虎丘是没有发言权的，袁宏道曾有散文《虎丘记》"虎丘去城可六七里，其山无高岩邃壑，独以近城故，箫鼓楼船，无日无之。凡月之夜，花之晨，雪之夕，游人往来，纷错如织……"记述了那个年代虎丘盛景。对于美的欣赏认知是不分时代的。袁宏道万历二十三年曾任吴县令，期间六次游览虎丘。次年，解职离吴前写下这篇散文。如此美文，后人再写什么也是多余了。

虎丘相传吴王夫差葬其父于此，葬后三日有白虎踞其上，故名。其实虎丘是火山爆发后的残存，曾为海中一小岛，古称"海涌山"。虎丘的绿多，不是平铺的，不是单薄覆盖的，是积郁凝厚的，感觉如深钵里积淀着不褪色，不能挥发的绿，小小的虎丘好像如来佛祖手中把玩的小盆栽。山不高，古树参天，山小景多。很喜欢双井桥，双井桥位于虎丘剑池上，据说阖闾之墓就在剑池之下，建于南宋，为单孔拱桥，桥面由块大青石板铺就，高悬剑池上方十几米处，桥上有两个并列的圆孔，可以用吊桶向下提水，传说西施曾在比临桥照池梳妆，不过我从桥上向下面剑池望，真的挺害怕，桥高水深，看来西施真是个胆大的姑娘。

这样一个女子，应该是苏州的眼神。关于她的一生而成就的历史，是按照小说的情节，安排发展的。我不喜欢把她称为英雄。历史的浮沉却系在一个女子身上，总有一种悲凉之气。英雄这个称呼是乱世红尘里对美人的最大亵渎。而且只要对她评论就是亵渎。不过在传说中能与所爱之人功成身退，逍遥江湖是唯一让人欣慰的。

## 三

几次路过寒山寺都因时间仓促没有靠近，寒山寺永远在苏州的一个角落里闭目养神，没有真正走进我的视野。有去过的朋友曾这样讲，只是一座寺庙，有碑拓，有诗文，有著名的《枫桥夜泊》，可能寒山寺确实如此。我没有去过，没有评价的权利，也许它适合永远留在想象的清冷与幽远中。

"夜半钟声到客船"的境遇估计现在很难实现，客房店舍倒是随处可找，但若想睡在船上恐怕不易。这些年走过很多寺庙，听到过许多低沉的钟声，但一直没有夜里听过。也从没在船上宿眠过，一直幻想某个夜晚睡在船上，应该像睡在摇篮中。北宋欧阳修认为唐人张继此诗虽佳，但三更时分不是撞钟的时候。后有考证说吴中地区的僧寺，确有半夜鸣钟的习俗，谓之"定夜钟"，就是过了子时的时候。

"是日已过，命亦随减，如少水鱼，斯有何乐，当勤精进，如救头燃，但念无常，慎勿放逸。"也叫"无常钟"，有提示精进的意思。看这解释未免又陷入虚无。夜半醒来，是灵魂新鲜裸露的时候，最感性的时候，离神明最近的时候，此时闻到钟声恐怕再明朗的内心也会有莫名伤感，尤其对于落寞的落榜文人，比如张继，情绪无处寄托，只能借着钟声，渔火，淹没尘埃。

寒山寺作为羁旅，漂泊人的情怀寄托在清冷中最好，不要去触碰它了，不去看它，遥遥相望就是最美的圆满。

没有江山，只有留白。

# 四

明正德初年，因官场失意而还乡的御史王献臣，以大弘寺址拓建为园，取晋代潘岳《闲居赋》中"灌园鬻蔬，以供朝夕之膳……此亦拙者之为政也"之意，命名为拙政园。王献臣死后，其子一夜豪赌，将名园输于徐氏，令人心寒唏嘘。此后，徐氏在拙政园居住长达百余年之久。后又多次易主，总有多少火树银花都是转眼云烟。这样闪展腾挪的来去经历，让拙政园多了一层沧桑厚重。

又是一位官场失意的士大夫，身处江湖之远。看来中国文化永远是钟意纠结于失意的。拙于政坛，而美于江湖。过于安逸就没有什么可做的了，只会享受。点缀一些失意，能激发出自己不曾想到的魅力。顺畅痛快的人生总不能生产有深度美。这是给自己最好的安慰，虽然我只是个过客。

拙政园与留园、颐和园、避暑山庄成为中国四大名园，但北方的那些皇家园林，都是在此基础上衍生而来，充分展现中国文化建筑学、文学、书法、绘画综合的美学经典。其中的人文情怀更是几千年文化积淀而来的大美。

不能分解去说拙政园，细说起来会让她受伤的。就如同我们看美人，不是单独说她的眼睛鼻子嘴巴身材哪里美，而是一种整体的接受。这是一位地地道道的大家闺秀，容不得我品头论足。大气端庄，却不呆板，跳跃活泼儿收放自如。

拙政园向以"林木绝胜"著称。数百年来一脉相承，沿袭不衰。尤其夏季的拙政园是用绿来侵略，占领，淹没人的头顶和那些亭台楼阁。各种树木的绿，荷叶的绿，水的绿，站在不同的位置角度蔓延，铺张，递进 一层层地冲进人的视野。大写意的笔墨肆意流淌。它是不管人们的眼睛的，是泼过来，涨起来的。应接不暇，一下子都给你。水墨中的大写意瞬间成就，大提笔创造的豪放，行云流水。细节处又有细腻的小笔触，这是用叶筋笔和衣纹笔雕刻而来，有筋骨又肌肤匀称。只用淡墨，浓墨，焦墨，让墨汁在水中交融，转身。

不管哪一处都是中国园林的代表，处处精致紧密，和沧浪亭比起来，这里更丰满，更强势，给人色彩，能量，君临天下，有王者之气。沧浪亭更幽静与单纯，有细密深邃的清冷，远离江湖的隐士。

拙政园中有一处小亭很不起眼，却很喜欢。可能是因为他的名字"与谁同坐轩"取自苏轼《点绛唇·闲倚胡床》词："闲倚胡床，庾公楼外峰千朵，与谁同坐？明月清风我。别乘一来，有唱应须和。还知么，自从添个，风月平分破。"故名"与谁同坐轩"。也许有了苏轼我才更关注于此。且名字并不是那些纤弱单薄的闺阁婉约气的名字。在富贵艳丽的园林中偶尔有一丝孤傲的气息，水墨的眼神在亭榭之间流淌。小亭非常别致，修成折扇状，依水而建，平面形状为扇形，屋面、轩门、窗洞、石桌、石凳及轩顶、灯罩、墙上匾额、半栏均成扇面状，故又称作"扇亭"。可居然身边有个导游在此讲解称为官帽亭，折扇形漏窗形似清代官帽，让游人们站在窗后面矮下身子拍照，扇形漏窗恰好在头顶，如同头戴官帽，取升官之意。拙政园中居然有这样完全背向的解释，真是可惜了这轩不能说话。

这样一潭深不可测的美好，一下子被抽干了水分，变得市侩，有着干瘪咸鱼味。想在这世上暂时地找一处世外桃源也不容易，这是对强迫症患者，完美主义的最好的惩罚。偶尔还要为了愣头愣脑的理想执着，付出代价，丝毫不会顾及水至清则无鱼是一种多么无奈的心境下，尴尬得出的至理名言。可最无奈的是知道了，通透了，却不愿意改变。

坐在园中的小店内，一碗桂花粥放在木桌上，光影斑驳如同时间的皮肤，门窗皆敞开，有咿呀昆曲缓缓而来。我的身体坐着，魂儿却已经被扯得薄薄的，一丝一缕挂在了枝叶，亭台上，溶解在碧波中，暂时收拢不回。不知我是谁，谁又是我，恍惚迷离。

我若此时真的在梦中，愿没有任何惊扰，只要继续下去就可以了。

美到极致，是一种罪。

# 行走的袈裟

## 一

已过了春分，北方正是博弈的时候，寒冷和温暖凹凸镶嵌，彼此编织。春寒是细小的不起眼的冷箭，早晨出门步行，裹紧外套。路旁的店铺还没有开门，我在玻璃门上行走，突然被自己震惊，咖啡色大衣像极了袈裟的颜色。外形有一丝像个出家人。抱歉，这是妄语了。

这些年走过许多寺庙，这种颜色是记忆深刻的。今天偶然有点滴的似曾相识。此时天空有一块乌云遮住了阳光，我在阴阳交替之间，一下子忆起很多久远的足迹和冒昧的拜访。行走的身体包裹的心依然世俗。

干枯的莲蓬插在玻璃花瓶中，每天与我相对。几年前从终南山脚下的荷塘折下，带回。只有筋骨，剔除了可以腐烂的，样子简洁，所有可以变化的都已经结束，留下的褐色不再有变化，曾经的颜色、香味，都已经完成暂时的生命，如同繁华落尽一样不用再担心过程，结局明朗。所有鲜艳都要最终撕掉画皮，素面朝天，没有任何牵挂。它的这种安静可以在我的生命中当成永恒了。

火车穿过华北平原，过保定，石家庄，邯郸，新乡。落日一路追赶，与土地一起奔跑，火一样的颜色飞快地穿过树顶。华北平原裸露着胸膛，安静又慈祥。火车横穿过它的喉咙，看窗外绿色大片的田地笨重，却跑得如此凌厉。这里无数次地生长过玉米、麦子、谷物，有过浩浩汤汤的热烈，秋日野蛮掠夺所有辽阔。安静与荒凉开始招摇，一片片的土地在我的脚下飞过，低矮又低着头。它的光明磊落与我心照不宣。我是一个小人儿，贪恋地种着一万朵蔷薇花又有一万只猛虎眯着眼睛。窗外的土地与我对视，向我敞开胸怀。一路向西，窗外万物都被忽略，都是路人。

喜欢火车旅行，飞机目的性太强。火车搬运着我的身体，听各色方言，或喧哗，或热烈，或低沉，每个人都揣着色彩缤纷的心思，独坐一隅看着，若我的眼睛是 X 光，看到的都是一副副骨架聚在一起，所有表情和身体都可以忽略不计。心在行走，哪怕是静坐，或者独自坐车，看书，旅行，写字，灵魂沸腾就没什么可怕。

车过华山站，错过了华山，距离西安近在咫尺，我没有带酒也不能论剑。想把这座山炼成一柄剑，你看芸芸众生谁不在剑尖上行走。

去西安应该叫拜访长安，适合仰视。其实把拜访长安当作旅行有些显得尴尬，如同一个穷小子手头拮据，不能给心仪的姑娘买漂亮的发卡一样。拜访长安是洗涤心神的过程，古寺庙宇与众多流传千古的诗文是这座古城的灵魂，随处翻动着历史的睫毛。从闹市中的大慈恩寺，兴善寺，到低调古朴的百塔寺一路拜访，我却是个三心二意的过客，只惦记着香积寺和王维。

世有"李白是天才，杜甫是地才，王维是人才"之说，尤其是他最终隐居终南山时的作品，呈现着哲学与宗教倾向，被称为"诗佛"。王维也是文人画的南山之宗，并且精通音律，善书法，篆得一手好刻印，是少有的全才。但提到古代诗人，大多想到的是李杜诗歌，或者苏轼。王维并没有真正得到公允的认可，是在中国文学历史上被低估的。王维从不用力，不需要任何修饰，只是安静地落笔，"隔水问樵夫"的清闲，"行到水穷处，坐看云起时"的从容。他能把天地万物与肉身魂灵编织为一体，而一切情绪就自然地缓慢生长起来。

香积寺名源于佛典《维摩诘经》："天竺有众香之国，佛名香积"之句，是我心中的一朵莲。维摩诘是佛教中一个在家的大乘佛教的居士，是著名的在家菩萨，意译以洁净、没有污染而著称的人。王维，字摩诘，名字合之为维摩诘。王维与香积寺的缘分是注定的，世上独有的王维和他的《过香积寺》。这也是我拜访西安的一个结，指引着长安的方向。

恰好秋雨中，雨下得又细又稀疏。有一些裸露泥土的地面，显出雨滴的身形，干湿分明，点点滴滴，看破红尘的样子，好像在天空历经百转千回终于放弃所有追求，尘埃落定。城市里已经几乎看不到泥土，水泥地面只能看到水，不能看到雨的形状，市侩又无奈。雨水落在干枯的土地上是最好看的，泥土已经卷了边角，微微收缩了身子，好像要抱住自己的。褶皱城市里是难得一见，如晚年的王维。

雨落在大唐的国土，落在长安，落在香积寺，王维的香积寺，我的香积寺。因乘车前往，也不知当年王维是走的怎样的山路，"泉声咽危石，日色冷青松"的景色并没有见到。雨中不见日，但青松确实在雨中冷着眉眼，站在原地不需要言语。王维波澜的内心都淹没在清淡的诗句里，轻描淡写中一层层渗透出士大夫复杂的情怀。松枝，梅树，枇杷树新鲜地生长，霸占雨声，伸出无数条手臂招引。绿色的汁液饱胀，唯恐撑破外衣滴落下来，一直隐忍着。细雨恍惚如霓裳羽衣曲不停止息坠落，淹没。我是公主，是村妇，是绣娘，是宫女，是丫头，你眼里只看我是肉身。香积寺低眉雨中静默，修补王朝的诏书和蚁洞。

大唐盛世在香积寺的眼里不过是弹指一挥间，不过是时间和光阴的面目，什么辉煌或者落寞都不存在意义，虽然寺庙在千年的历史中颓废落寞过，但一切依然，没有情绪的变化应该是一个人真正远离烦恼的最高境界，外面世界再大，一颗小小的心就能把它瞬间过滤一遍，没有这颗心，也没有世界，所有看到听到想到都是因我而起，执念便从此而生，其实执念也是一种光，引领着暂时的满足，但要用一生的时光去溶解软化这些无妄的美好。

我是个凡夫俗子，骑着猛虎，嘴里叼着桃花。空空又满满的身体伫立在雨中，万物游走，都是灿烂的孤独。僧人们在廊下缓慢行走，僧袍宽大如水，能包容身体，包容所有得到与失去。坚硬又参差不齐的沟壑只有水的覆盖能让一切平整，安静。

"薄暮空潭曲，安禅制毒龙。"我并未见到深潭，其余一切都空白。

二

太行山的脊背用眼睛包裹住雄鹰，黄土做的梯子极力通天。无数老茧雕刻出圆滑曲线，都在远远的赞美宽阔的性感，遇见又放手太行山，发现每一寸黄土中都能分辨出年轮和汗水的颜色。从大同到五台山，从悬空寺到显通寺，从惊魂未定到神采飞扬。佛的一掌就是我的身高，微笑的面容不会看我半生漂泊心。

五台山是文殊菩萨道场。永平十一年（公元 68 年），两位天竺高僧迦叶摩腾和竺法兰来到清凉山，兴建了大孚灵鹫寺。这座五台山的开山寺，也就是现今的显通寺，为中国最古老的佛教寺院，又可视为中国辟山建寺的最早的记录。从元初就有藏传佛教高僧来此布道，到明朝时形成了青庙（汉传佛教寺院，住和尚）、黄庙（藏传佛教寺院，住喇嘛）兼具的局面。

菩萨顶是黄庙的领袖寺，五台山最大的喇嘛寺庙。进入寺中一片喧嚣，第一次见到了藏传佛教的辩经，原本只在书中和网上见到过，僧人们击掌，拍手，大喊，如同吵架一样，与平日见到独自参禅，面壁，闭关的禅宗僧人完全不同。一个俗人见到的只有惊艳。露臂僧袍占领眼睛，转经筒滑过人群的手掌，看到了真正的五体投地。僧人和信徒，身前铺一条毯子，尘土飞扬，与地面平行前身，掌心朝下俯地，膝盖先着地，后全身伏地，额头叩地面，再站起，重新开始。在此过程中，口与手并用。磕长头的人们用虔诚淹没头顶，身体完全贴合土地，也许这是一种踏实的归属感。幡影沸腾招摇，向红尘深处呼唤未醒的魂灵。

从菩萨顶再到显通寺，却是气氛庄严。显通寺大殿内有高僧威坐，念珠也挤满梵音。晚课开始，诵经声弥漫在大显通寺中央，法器鸣响，紫红色僧袍，金帽冠，周遭一切开始混沌，稀释，变薄，溶解，铺陈在诵经声的毛孔。风穿过木窗格翻动案上经文，枝影碎满石阶。不喜欢金碧辉煌这四个字，太炫耀，浓烈，让人浮躁，更不太适合用在这里，所有形容词语都有些不自信在里面。就像一个人在不停地解释自己，辩解自己，为自己开脱。终究显得卑微，而不够高贵，沉默与简单才是永恒。可是这里确实很热烈，这种仪式让我这个俗人不安。

转身到大殿后，人影稀疏，夕阳在庙宇的头顶红光普照，细节的颜色，形状被浸泡。逆光之下，生命臣服。风吹动着屋檐下的铃铛，铃声缥缈，断续画着曲线和柔软，若隐若现。有位挑笸筐的僧人也是红袍喇嘛装束，向我迎面走来，黑瘦面容，身材细高，脚步悠闲轻盈，没有戴僧帽，头上已经长出了短短新发，像春天刚刚冒芽的小草，带着光泽，一层鲜艳黑色。黑头发在这里是少见，生命气息的胚胎与自然的交融画出轮廓。他不讲经也不听经，很自由，土黄色僧鞋不干净，落了灰尘和油污，红袍子暗色污秽，也许他是负责做饭的僧人。看来他并不介意这些，挑着两个空笸筐，装满诵经声悠然飘过，渐行渐远向寺院深处走，转身就没了踪迹。

一种"那人却在灯火阑珊处"的感觉，只是一墙之隔，大殿内外有着轮回一样的距离。呆呆站了半晌，庙宇屋檐角的铃铛声响更加清脆，几只飞鸟掠过头顶，天空也没有留下它们划过的痕迹，一切都像从没有路过也没有见到，天空慢慢暗下来，所有的颜色都好像用旧了，蒙上了灰色。

万物应该是最真实而不需要言语的道场，只是人类太固执太贪婪，不愿开悟。那个挑着空笸筐的僧人是我自己臆想出来的，还是我刚刚眼睛所见，有些恍惚分辨不清。但此后别过的几年里，我一直对这个背影印象深刻。

这个场景是开悟的偈子。

前几日早晨醒来，窗外晶亮，钢琴上光影闪烁，琴谱一半在光亮里，一半在暗色里，还是昨天的页码，梦到一个人旅行，背着大背包，要坐直升玻璃电梯到山顶，一个人在电梯里，能见到外面山势险要，莫名的大孤独。然后又一个人在废弃的厂房，很高的屋顶旋转的风扇古老又落满尘土，光线昏暗，地面有扇叶的影子。不知季节，不知时辰，世界只有我与天地，我是被安排到人世的玩偶，周遭一切都是道具，一切边际并不清晰，周围也是没有人，我就站在空旷的中央。

春天的早晨有梦，一定是理想种入泥土的过程。剩下的只要负责去做，一切就不要再去担心。想起那位独自行走的挑着箩筐穿红色僧袍的出家人，他安静的眼神和形态。

想起《圆觉经》中一句："一切如来，光严住持。"

## 三

一日不在办公室，有好友来，并没有喝茶，留下莲子。肉质清脆，略带苦涩的莲子心，青绿而有着原始的模样，好像所有甜味道都是它的后裔，她如先知。莲子心去火，清心，适合夏日的午后，我对莲子是情有独钟的，想念杭州的莲子。

夏天的杭州几乎不敢出门，每天的温度都在三十八九度，但杭州的魅力是不可抵挡的。和一位成都的姑娘同行同住，初见如故，温婉又古典的姑娘，面容清秀，身形婀娜。傍晚同游西湖，带回荷花和莲子。

晚上住在杭州香积寺旁边的隐域酒店。这里让我完全不知是哪个年代，一切用具，装修，器皿全是仿古的，但做工考究，并不是粗制滥造。另有供客人禅修打坐的房间。留意了这个小房间，铺着榻榻米，清淡的温暖，几个蒲团，一只香炉，落地的花瓶插着一束干花。走廊过道也没有过多的颜色，同样有花瓶插的枯荷和干枝。室内家具是仿明代的，线条简洁流畅，一概装饰雕花全无。坐在椅子上，成都姑娘用她的相机给我拍了照片，恰好那日穿的裙子并不鲜艳，是纯白色桑蚕丝连衣裙，与周遭景致没有违和感，至今认为是我最喜欢的照片。一晚上喝茶，燃香，剥莲子，缓慢地说话。那晚的时间没有鲜艳的色彩和复杂的形状，只有莲的神态。

记忆有淡香，"林深时见鹿"，恍惚的美好，跳跃闪着金色的光。扑朔迷离，若隐若现。不妨把这已经走过的半生当作一片大森林，时而有伙伴热闹的行走，时而一个人迷路一样的独行，孤独回望时有干净、眉目清秀的小鹿从远处密林缝隙中闪过，转眼又不见了踪迹。捉住漂亮的影子也是心神愉悦。

第二天早晨醒来，成都姑娘说昨晚择席没睡好，懒起床要多睡会，那就让她好好睡。我一个人去餐厅吃早餐，路过昨日所见供客人打坐参禅的小禅房，依旧空荡，但有燃尽的香灰在香炉中，淡淡的香气缭绕，应该早晨有客人在此静修。愣了会儿神，匆忙去餐厅。已经快九点了，服务员在收拾桌子餐具，没有客人，我只盛了一碗白粥，一碟小菜，放在木桌上，光线穿过木制窗棂花纹，影子落在地面，落在我的粉色鞋子上，落在桌案和我的衣衫上。桌面的木材纹理深刻又寡言，坚硬而不理会这些。以前很喜欢那些会动的影子，风中的树影，花影，能摸到风的脉搏，现在觉得静止的影子是长大的风，不需要摇摆着自己证明存在了。我却不敢动，这些落到身上的影子好像我身体的一部分，怕破坏这种协调。这样安静的美并不好寻，也难遇见。遇见了看过了，也就散了。

杭州的香积寺与长安的香积寺相比很新鲜，日式风格，是最近几年翻新的。很干净，游人也多，天气太热，寺庙不小，走了一半已经中午，烈日当头，坐在廊下休息，很多游人讲着吴语，听不太懂。

中午在寺内吃了斋饭。斋堂的服务人员都是居士和志愿者。我若有时间在杭州常住，真想来这里工作。一碗香菇油菜素面是杭州香积寺给我的最清晰的记忆，简单的面粉，经过辗转折腾，端到了桌上，如桌案上的白纸清寡，安静低头不语。青菜，面条调成和谐的色调在编织田野，编织溪流，编织清澈的双眼和清白的心。低调又骄傲的形神只要呈现，不需要表白。单纯这些干净的颜色就让人清爽，坐在中央，心生欢喜。那些用了重重的酱油，各种浓重的调味剂的肉食或菜品一味地献媚讨好世人，油腻的圆滑世故，失去许多原本味道。还有来自不需要牺牲动物的身体的香菇油菜，能让肠胃更舒服，心里清凉，让人的欲望也降低。其实一碗面完全可以满足半日的能量，根本不需要耗费更多的食物。而且食素还可避免大量谷物，粮食用于饲养牲畜，也能节约资源与能量。适当节制是一种得到。不过于满足，总有希望。

吃完静坐，心内一片安详，这样的日子并不多，平时的热烈奔忙，贪恋执拗。肉食都是动物的尸体，快活了嘴巴，却装满了这些肉食里残存戾气。动物被屠宰时，因肉体剧烈痛楚而引发恐怖、怨恨、悲伤等情绪，在遗体中产生的毒素，进入人的胃肠，消化后融入血液，再由血液流遍全身，使各部器官肌肉的细胞中毒、腐化，进而生病。一顿简单的午餐好像把一切污浊清洗干净。其实我们生活在这个世界上需要的并不多，只是我们认为自己需要很多。

斋堂外依然游人如织，夏日里的杭州蒸煮着每个灵魂，来来回回的人们总在编织着自己的方向和目的。这个世界是个容器，个体也是个容器。都有各自盛满的东西。

# 四

收到邢窑透光杯，素白色，真是喜欢，那些彩绘，斗彩，甚至青花已经都不再喜欢。这杯子适合绿茶，红茶浓重，老成，绿茶清淡，是消散或者是渐行渐远的味道。如同身边一切都会慢慢离开。来自黄山的太平猴魁，叶片很大气，一片叶子有着油画一样的颜色，黄绿，淡绿，墨绿，不同层次递进，如同人生的不同阶段，从年少到年老。恰好与这邢窑白瓷透光杯相遇，应该是互补又相得益彰。

直到父亲去世，我才知道死原来的真的存在，真的存在结束，离开，就是再也见不到，触摸不到，不能讲电话。好像以前看到的死亡降临到其他人家，都是表演。父亲去世不久，觉不得什么悲哀了，只是遍地虚无。羁旅途中看到许多位父亲。三十多岁的，四十，五十，六七十岁的。有戴眼镜的，有个子高高的，有声音低沉的，有沉默吸烟的，有不停说笑的。他们有自己的孩子，孩子们有自己的父亲，恍惚一切是假象，他们都在演戏。我像一封信，装进信封里，贴好邮票，用胶水封好，却写不出邮寄的地址。也再没有邮递员穿着墨绿色的衣服，摇着铃铛在街上行走。我和此时的落叶一样，凭着经脉和骨架在风里乱飞，是一封永远寄不出去的信。秋天翻动脊背的瞬间就放手了一座城。良田，河水，杨树，各自沿着自己的命行走。我和它们彼此安享失去，人间最美的解脱，桂花已经落在江南。

眼泪是热的，流在脸上，它要带走生命的热量、能量，所以不要轻易难过，或者感动。

带着眼泪一路又到江南，先到无锡，拜访南禅寺。距今千四百五十年的南朝四百八十寺之一。始建于梁武帝太清年间，规模宏大。稍有遗憾的是古风淡漠，商业气息太浓了。到处都是小吃店，假冒的古玩店，实在对不起这一座古寺。但有一样是让我幸福的，多次到江南居然没有遇到过大雨，第一次站在大雨中，看庙宇朦胧，前程未卜。第一次到江南还是多年前在杭州，就遇到了雨，不过小又单薄，兴奋不已。站在游西湖的船上，细雨打湿了睫毛头发，我没有伞，不过有伞也不会撑起来，进城的小村姑总要矫情地享受一下所谓的江南烟雨。

今天我也没有伞，雨大不得不奔跑，跑进一家临街小店铺躲雨，这个小店是卖膏药的，店主与我闲谈，先是对我大加赞赏，漂亮，年轻，问这问那，东长西短。他言语的速度与容量让我惊讶，我一天说的话也没有他这二十多分钟多。满脸油光，留着八字小黑胡子，大眼珠子滴溜乱转。手腕上的珠串好像囚禁了许多油光，锃亮醒目。手也跟着语气声调不停比画，唯恐我不相信或者厌烦。其实我觉得很好，很舒服，像茶馆里听着评书。我不能捕捉到他每一秒钟每一分钟到底动用了多少心机。但能想象出他有多累，也许这是多年的生活习惯，或者对于他应该是必须的。为了补偿他耗费的能量，我买了几帖，他很高兴，还让我留下地址，如果觉得好，可以邮寄，婉言谢绝。

各种执念都是很可爱是人性。他还与我论及八卦、算命，称赞我面相极好。他的赞言倒是为了实在的生存，这并没有打扰我什么，让我知道身在人间。此次之行，并不虚度。

转身再向南，向南朝四百八十寺的深处走，拜访昭明寺。昭明寺位于福建省福鼎市城西，距今已近一千五百年历史。相传为昭明太子萧统所建，故名。藏有一颗佛舍利。

"游后池，乘船摘芙蓉，姬人荡舟，落水后被救出，伤到大腿，未及即位而卒，谥昭明，世称昭明太子。太子文采飞扬，身边聚集一大批文人雅士，编撰了我国最早一部诗文总集《昭明文选》，且笃信佛教。这是关于昭明太子的一些文字介绍。我一直认为，一位太子英年早逝，或者是因为政治斗争或者其他。但这却是一种文人的死法。其实按照现在的医学理论，他的死应该是死于破伤风。细菌从划伤处的动脉进入血液到心脏，当时梁武帝萧衍请了很多名医来为萧统治疗，但是这些名医面对萧统的症状一点办法也没有。萧统的症状是在里面的，而当时中医是治疗外伤的，虽然贵为太子却也无能为力，让后人叹息。

太子还有一段轶事，当时南梁武帝笃信佛教，"南朝四百八十寺"即此时修建。太子萧统代父出家来香山寺，一日，下山偶见女尼，法号慧如，无意中谈及释家精义，太子见她才思敏慧，顿生爱慕之情，跟踪到草庵，又就释家经义深谈而不舍，一位是皇室贵族，一位是出家人，终难成眷属，慧如相思成疾而终。太子痛哭不已。含泪种下双红豆，并将草庵题名红豆庵。这个故事太粗糙泛滥了，不喜欢。破坏太子和出家人在我心目中的形象，既然都是深谙佛法，女主人怎么会就如此相思而终呢。

昭明寺孤独地站在山顶。寺院不大，并没有那些著名的寺庙辉煌，周遭是安静的群山，稀疏众生，都是点缀，人语恍惚似有似无，一切都很薄很淡，行走的袈裟偶尔彼此路过。这里的安静是所有走过的其他寺院所不能及，清水流深，缓慢升出芙蓉。恰逢住持大师不在寺中，不能瞻仰舍利子。短暂旅程彼此错过，我与之无缘，不能强求，一切正是合适。禅房喝茶与师傅说话，有自知之明，不敢多打扰。

漫步整个寺院，远眺，山川城廓都在脚下，一览无余。站在古塔旁边，骄阳在地上雕刻出剪纸影子，这刀工纯熟，深谙技艺，线条清楚，轮廓阴阳镶嵌。世上缺少的就是这种黑白分明，平日里的模糊中庸太多了，虽然我们已经许多年不记得棱角分明。我与古塔几米的距离，影子已经重叠在一起，莫名地亲切起来，这种亲近多容易，而且来去不必牵挂，正像彼此理解的心意，不用费力。我渺小如尘，存在了四十多年，古塔一千五百年。来来去去的人那么多，我的灵魂是被多少人用旧了，又给我这样一个头后有反骨的肉身。

开始松散下来，远离人群，人世，人事。我像水一直装在了杯子里，保持着杯子的形状，看起来干净清澈，被壁垒包围而雕塑。现在我洒在了地面上，甚至渗入了泥土，这就是本来的样子。耳边是风在行走的声音，把我包裹起来，我作茧自缚得如此舒服。

钟声绾青丝，滑落的是大美。一切都和我没有关系，我借用身体，眼前的万物，用一生切过世间，怎样都是好的。没有什么喜欢与不喜欢，不舍与无奈，所有这些情绪都是自己浇灌进去的，人世所有准备的一切都是被准备好的，我们只负责知道一切皆是准备，顺势而生。爱的尽头是无爱，无爱的终极意义是大爱。

日落偏西，还要回到人间，下山的时候才感觉出山势陡峭，我不停地撞到前面车座位靠背。司机可能已经熟悉这样的山路并不介意这些，速度也毫无减慢，我们还是急于回到人间，人类还是这个时空中非常幼稚的生命，适合群居与人语。

想起父亲生前曾和我闲聊时说到，他小时候一个夏天的中午，正准备吃午饭，听到窗子外面有一群小孩说笑玩耍，他扒着后窗户看他们玩得正高兴，就要出去找他们，祖母说吃完饭再去，等父亲着急吃完出去，小朋友们都没了踪迹，他很失落。这样一个小小的袖珍的镜头，居然让他在六十年后还记得。这种语言照片承载的轮廓很模糊，很难形成立体与完整的影像，可是当时那种情绪却是丰满立体和完整的。世上还是有许多留恋与无奈，人间烟火还是俗人怀抱。

无问西东，袈裟在眼睛里留下印迹，如同强烈的阳光下看着古老的小块的窗户，闭上眼睛依然有着被分割的格子形状。

我看青山多妩媚，青山只在缥缈间，万物为刍狗，流水一样的人类都是这时空的稚子。

# 独行鼓浪屿

傍晚趁着夜色登岛，再没有比这个时间与她初见再浪漫的了。乘渡轮缓行，浪花推着船身，夕阳的余晖在河水中摇荡，我和我的影子站在甲板上。岸上的喧嚣和灯光一点点后退，摇荡着迷离的眼神。面纱一层层掀开，反而觉得慢一点，慢一点接近，甚至永远不要接近，永远不要触碰心中预计好的美，总在设想中成全完美的期望。我知道这半生都是在明明不知前程的期盼中度过的，唯有缺少一些现实的分量。

十分钟缓行，就已经下船，眼前就是鼓浪屿了。这小岛的名字真是豪放，据说岛西南方海滩上有一块两米多高、中有洞穴的礁石，每当涨潮水涌，浪击礁石，声似擂鼓，人们称"鼓浪石"，鼓浪屿因此而得名。风开始撒开手臂了，渗透进发丝，全身贯穿着伸着犄角的暖。鼓浪屿的海水是一把平缓的梳子，梳理着不同方向而来的人群。即使心如发丝凌乱，也慢慢舒展开纠缠。这海水可能沉浸了让人安神的朱砂。

在杭州短暂停留后原本有两个选择，肉身带着灵魂一起北上回家，还有就是灵魂带着肉身继续南下去往厦门。知道这不会是一次完美的旅行，天气预报台风苏迪罗就要来，明天中午摆渡船停航就要回到厦门市里，这是先种下再来的种子。

一个人的独行，看来有些不可思议，其实独行是一种还原的状态。就是把自己还给自己。当我们来到这个世界时是自己，慢慢地被世界浸透，侵占，熏染，在意周围的人群，观点，思想，唯独把自己忽略了。开始适应所谓社会的关系、节奏。对自我内心的关照越来越少，我们不能再做个孩子，在海滩上种花，做自己喜欢的事叫作任性，会被人嘲笑为幼稚。独自旅行恰好能抛开各种关系与在意，照见自己的灵魂，有利于还原自己，认识自己想要的是什么。

　　夜色中，看不清她的身子和眼神，只有层叠的声浪和灯光。夜里的鼓浪屿，完全被一个个特色酒吧，特色小店铺，特色小吃店占据了。不明白鼓浪屿为什么有这么多明信片店。明信片好像早已离开了生活，学生时代，同学之间会互相邮寄，原来印的都是鼓浪屿岛上的风景，到此旅行的客人在旅途中想起谁，或是此情无寄，都可邮寄一张给家人、恋人、朋友。小店墙壁上已经贴满了写好的明信片，大多是恋爱中的人鼓足勇气的表白，店内还有木质的小桌椅，好多人在写。坐下了，选了几张，拿着笔想了半天，却不知该写给谁，寄给谁。实在搜不出几句话告诉他们或她们，在台风该来的前一天，一个人在鼓浪屿岛上，听着海风和海浪的声音在耳边行走。好像已经老了，对这个并不感兴趣，都是漂浮在浪花上的白沫，转眼就会消失在红尘深处。进一家店出一家店，卖小首饰挂件的，小糕点店，手工皂店，五花八门的店挑战着想象的极限，越是丰富，越是精彩，越是一种深处的惶恐不安。所有眼见具体的实在的物件都是安排好的，应该享用的殊荣。一点点流淌进眼睛，一层层冲刷。像流水经过，感觉到它的温度，用手捧起却留不下任何痕迹。

　　像我这样的孤身游客只此一人，在千里之外一个人私奔。居然真的遇见一间小咖啡店叫作"私奔吧"。橘黄色灯光低眉优雅，轻缓懒散的音乐碎了一地，蔓延着可睡的眼睛。小店布置极其小资个性，一面墙壁是书架，随意摆放着杂志，有怀旧的钟表垂在书架上方，屋顶是裸露的木材原料，一张张方形的小木桌，绿白格子桌布上铺着玻璃板。最吸引人的是压在玻璃板下面的机票，火车票来自全国各地，都是游客留下的。突然有种不可名状的滋味，来的来过了，坐在这里和我一样喝着果汁咖啡，看着不同城市的名字，想着不同坐标方向留下脚印和名字。鼓浪屿的海水中也曾包裹着他们的笑声和停留。

这个小岛是个靶子，是众矢之的悬着的空中。我们到底是否真实地在这个世界？时常想过我是不是外星人放到这个世界的玩具，周围所有也是配合玩耍的道具。

现在灵魂是白色，游走在人们的头顶，只是跳下来休息一会儿，这里就像过去听的那种老式的录音机用磁带，有的磁带部分被无意间抹掉了一块，是一段无声的空白，我就站在那空白中央。潜伏着的从不敢轻易拿出来的软，一下子从心底长出来，已经剥落坚硬的外壳，鲜嫩地呈现。愿左手抓住的存在交到右手，依然如故。我的火车票还是不要放在下面了，我不曾来过，这只是个美丽的梦，一个人私奔的幸福只能自己分享。

人声沸腾，一对对情侣迎面而来或擦肩而过，笑脸淹没过头顶。既祝福他们，又有些担忧。当我们遇到爱的人，愿意付出，奉献，让对方幸福。当得不到理解的时候，会觉得自己付出了那么多，却不能得到相应的回应，难免心生委屈，这是世人常态。恋爱初时，乍见惊喜，时间一层层地扑面而来，一天天都成了寻常，两个人越来越了解，时间杀手逐渐现形，了解深入了，感觉并不是那么神秘的美好。最初的一起余生，一起慢慢变老，一起陪你走过一生的话，慢慢被溶解变得软弱无力，禁不起一点考验。就像小说《一地鸡毛》最后压垮两个人的就是鸡毛一样的小事，看似轻薄的生活琐事堆积起来，让人不能承受。婚姻彻底捣毁恋爱时的三观，从相爱到不停争吵，烦恼。软语温存变成坏脾气，彼此抱怨，变成逼迫对方改变，变成分离。可能谁都没有错误，但谁都没有正确。在行走的过程中，都是一路向前，一路深入，都只会发现自己付出了多少，且把对方瑕疵放大。第一次牵手的温暖，第一次吻时的心跳，第一次对饮相互爱慕的眼神，从美学到哲学的探讨。所有都在慢慢中变得稀薄，存在的总不会爱惜。在所有不确定时一切都是美好而有趣，当尘埃落定，好像一切理所应当了，失去了最初对美好的敬畏之心。以爱的名义占有，强势，恣肆，愤怒。或者是以最基础的生物的爱的名义，而不是人类作为万物之灵的爱。

青春期的恋爱和婚姻有一部分是荷尔蒙分泌的产物，一部分是青年时期对世俗社会应该结婚年龄的貌似理所当然的观念的认可。生活中看到很多这种情况：不同层次，不同环境，不同审美品位，不同生活理念的人最初因为一两个点的契合而相识，相恋，甚至结婚，最终会发现各自只有那几个点是相同的，剩下的辽阔草原，整个世界，完全不同。真正灵魂契合，是这世上难度最大的，或者几乎不存在的事情。

源于阶级社会的婚姻是一把双刃剑，如果只有爱，那显得多么苍白无力，脆弱不经风雨，同时又沦为纯粹生物性的愉悦，而脱离人作为神性兽性混合体的本质。甚至不必纠结爱情与婚姻的冲突。爱情是人性的私生子，婚姻是社会秩序的皇太子。

夜里风声生长，在墙壁上狂奔，窗子好像被摇晃得要流出汁液，躺在床上满耳的风声。今天是立秋啊，完全没有北方清爽，风声在飞，雨砸窗的声音在飞，海水也在飞，万物都很逍遥，此刻是长刀与银枪在华山论剑。躺着只有听，心思意念丛生。矫情地发了一条朋友圈：一个人的鼓浪屿，会不会消失于台风。居然有人回复说会给我写墓志铭："一个很好的朋友，教育工作者。她忽然没有了，爱她的事物太多了，除了男人、女人，还有超过人类力量的自然力，她的失踪据说就是被台风掳去了，它太爱她了，它要把她献给最伟大的宙斯。"读完后，一个人在被子里大笑了半天。我这样渺小的祭品，根本不值一提，一阵风也就没有了。顶多骨灰滚烫，会烫伤几只过路的蚂蚁。或者骨灰也不需要，自己一个人就是一个国，落在人群中只是尘埃。

又和大雪在微信里说了几句话，我说我会赶在明天中午台风来之前回到厦门市里，一个人害怕鼓浪屿上的暴雨狂风。她居然比我还疯狂，你不要离开，就在岛上吧，难得这样一个人的浪漫，可以看雨，听风，可以写，也许会有艳遇意外的收获。可是原谅我吧，大雪，我还是没有足够勇气，对于一个北方人，孤身一人不敢留下来等台风。大雪我有些想念你了。江南，水墨浓淡相宜，我站在原地，脚下是烟尘滚滚的日子，把每一条河都按在小手指下面，错过雨水，错过清明，错过小满，错过芒种，不知会不会再错过白露，霜降，小寒，大雪。今年冬天你若从江南来，记得折一枝梅送我。

早晨五点的街很安静。整个鼓浪屿都是我自己的，我就是这里的王，只有风到处落脚，沿着不知名的路前行，没有一个人。风拧着我的头发，白长裙，幽长的街道，高大的橡树笔直而招摇。两侧都是百年前古典的建筑，古老的墙壁已经裂痕丛生，它们从墙根底蜿蜒地向上生长，长成树干血脉，它们的脚从百年前开始孕育，想抓住鼓浪屿的天空，小身子里埋着百年前的尘埃，一层层青苔都嫁了过来，足够一辈子数着忧伤结痂，也许还有古老香水的味，海风卷着落叶抓我的长发和白裙子，我在裂痕中挖旧时光。一路走，一个人的旅行只有自己能体会。那种趣味很饱满，原汁原味。只是独自享受有些自私。

两侧都是百年前古典的建筑，鼓浪屿风貌建筑以欧洲古典建筑为主，始建于 19 世纪中下叶。第一座风貌建筑建于 1844 年，是具有英国田园风格的英国领事馆。1902 年后，鼓浪屿被列强辟为"公共租界"，直至 20 世纪二三十年代，在长达近一个世纪的建筑热潮中，欧洲的各种建筑形式，诸如古罗马式建筑、哥特式建筑、拜占庭式建筑、文艺复兴式建筑、古典主义建筑等，纷纷移植于仅有 1.78 平方公里的鼓浪屿。

过了皓月园，拜过郑成功像，进了菽庄花园。一位女士从身边经过，面带微笑说了一句："一个人玩得也很嗨啊。"我只有微笑回应了。海风在裙子上打滚，有细雨落下，白色裙子落上雨滴的地方颜色暗下来，像个乐观积极的人也有低沉忧郁的眼光。海水狂妄地抽打桥栏杆，我是它陌生古怪的客人，雨水落在海上，它们有回家的感觉。本想去世界一流的鼓浪屿钢琴博物馆看看，很遗憾的是钢琴博物馆要八点半才开馆，我没有时间在这里等。人生就是要尝试各种情怀才是圆满，包括遗憾，这样的生命更有色彩。

海边有早点店，这么早只有我一个顾客，问老板适合吃什么，端上来一碗沙茶面，一边吃一边和老板搭讪，沙茶面是怎么做的，闽南话听不太懂，只大概了解到沙茶面是用面粉、碱、水调匀成团后压制成面条，碱水油面沙茶始源于印尼，也有来自马来西亚一说。沙茶原本应读作"沙嗲"，到了饮茶成风的厦门人嘴里，便顺口叫作"沙茶"了。入口爽滑，有韧性。味道很好。只在嘴里成全了此行的丰满。此时已经快九点，时间很紧，在岩下绕了半圈，并没有登上日光岩，这是此行的第二个遗憾，已经记下了。有一句话叫："不登日光岩，不算来厦门。"就算我没有来过。我只是偶尔冒昧地惊鸿一瞥。

走过多少路，看过多少人，终究都像儿时的连环画册已经模糊在日子中，勾画不出具体的样子，日子像泡在福尔马林药液中的动物标本，没有褶皱，却很臃肿。一片虚无丛林茂密，我种下的因不多，不懂得惜缘，所以收获的果也不多，这看起来有些可惜，但也并不可惜，能量的转化总是等量的。

想起和一位朋友的谈话，曾提出一个问题，虽然人生万物的结果是虚无，但是过程并不是虚无，过程是实实在在的，比如战争、灾难和疾病，每个个体在这些过程中承受的巨大痛苦苦难是确实存在的，虽然每个人肯定会死，但是苦难是确实存在的，哪怕一点点疼痛对每个个体都是真实的。空是个抽象上升到类别的概括，所以在承受虚无的状态下，过程的感受，享受，体会，意义，趣味被忽略，又是多么没有人性，多么软弱无力。过程才是人生的最大意义，反而生死倒是不值一提。

怎么说都是向死而生地活着。而活着如同摇摆的天秤，一边肯定自己，一边否定自己，一边激进冒险，一边贪图安逸，总在寻求一种安稳，但是寻找安稳的过程却是永远不得安宁。甚至那种期望的幸福可能根本就不存在，如同尼采说没有上帝，安静的美好只是画出来，只有消亡才是终究的安稳，还是要庆幸现在所有不确定和动荡。既然人生本来就是摇晃的过程，那不如硬着头皮迎面而去，和所有不安生撞个满怀才好。碎在礁石上的浪花是最美的，能跳跃，能转身，能有模样，能看到远处的青山。拍打在沙滩上却一点看不到骨头，只是平坦摊开一幅肉身。

风雨茂盛，阴云万里，海荡船摆，鼓浪屿渐次推开我，雨中渐行渐远，离开和相聚都是自然来去。

# 徽州印象

## 一

二零一四年八月三日

炎炎暑日，长长假期，前程未卜，何处消磨时光啊，整天宅在家里实在闷得难受，不如出去散心。早有朋友谈到安徽的黄山，宏村西递，景色不错。黄山一带古称徽州，取此名以访古意。

上午北京站十点半的火车。车过德州渐颠簸，看书有些不舒服了，耳边只是些高谈阔论的先生天南海北的趣闻，我却面对如此的人们显得笨拙得很，无语而假寐，开始后悔没有订机票，还是飞的好。夜里近十点，车厢渐息灯光宁静处有鼾声，过徐州即到蚌埠，平日出门便有择席的毛病，现更无眠，如同一滴墨，滴入水中，先是一圆点偶然而无目的性地向四周放射开去，这样好的夜，不能挥霍。近十二点迷迷糊糊睡着，觉得时间不长，车停，有嘈杂声，有人上下车，听细密的雨点打在车窗上，看看窗外站牌上写着南京，再看看手机一点多。原来是在地面，以为眠在云端。晨五点醒来，雨停，一片明亮。过绩溪，窗外的绿多了，山多了。七点半下火车，脚下已经是徽州的土地，愿徽州要好好待我。

慕大名而来当然要先去宏村了。车上见窗外山势温柔，与其说是山，不如说是小丘小土包，几乎看不到土地和石头。全是层叠厚实的绿。绝对没有险峻威严可称。好像是个小丫头，山上竹林葱茏，在北方是从没有看到过这样高大挺拔的竹子。用欧阳修《醉翁亭记》里的四个字形容最恰当"茂林修竹"。当然这是写滁州的，大概滁州于此不会太远吧。一路一峰又一峰，田地不多。古来徽州就有称"八分半山一分水，半分农田和庄园"。许多徽州人只能外出经商成就了徽商大大的名气。当然这不是我感兴趣的。再看山坳见有黑瓦白墙的民居，以前这种民居只有在邮票上见过，那时邮票中最常见的就是各地不同特色的民居，印象最深的就是这种徽州民居，如同真的走入画中了。大巴车行近两小时到宏村，其实这就是一个古村子。宏村始建于南宋绍熙年间，原为汪姓聚居之地，绵延至今已有九百余年，素有"中国画里的乡村"之美誉。进宏村大门是一片水塘名为"南湖"。曾有"宏村南湖游迹之盛堪比浙江西湖"之称，因而南湖又名"黄山脚下小西湖"。湖内荷花，碧叶接连相映。湖对面的岸上就是民居了，灰瓦白墙倒影水中随水波轻摇曼舞，模糊了细节的棱角。湖边柳抚青堤，树荫里好多学生错落而坐，执油画笔支着画架对岸临画，可是没有画国画的，少许遗憾。我等不及与它们隔水而望，急过了石板桥，要和它们好好亲近。宏村的民居和苏州乌镇水乡的相像，但有不同，此处是临水而建，依水蔓延而行，即使那些不是临水的房子，家家户户门前亦有二十厘米宽的引湖水而入的小渠，"浣汲未防溪路远，家家门前有清泉"。这不像水乡民居就是在水中，出门就是水，行路就是船，比那水乡更便捷，房子也不必浸泡在水中。

宏村狭窄高深的小巷，在北方是从未见过，北方叫胡同，听着就豪放，比此宽阔开朗。脚下的潮润青石路，墙根的青苔，配上这样灰瓦白墙的巷子，难免不让人有些诗意的幻想，我愿意我是个年轻才子，邂逅一位清水出荷般的美人。

行不远到月沼，有老妇人捶打衣服。"月沼"名字很美，其实这就是半圆形的水塘。据说开挖月塘时，很多人主张挖成一个圆月形，而当时的七十六世祖妻子重娘却坚决不同意，她认为"花开则落，月盈则亏"，只能挖成半月形。最终，月塘成为"半个月亮爬上来"，甚合我意。月沼名字也有意思，囚月于此沼，周遭是住家，想来夜中明月，倒映水中，家家即可推窗望月，月如在自己家中。

宏村作为徽派建筑的典范，被称为民间故宫，不看看这灰瓦白墙的细节处会是大遗憾。此处多是两层多进，各进皆开天井，充分发挥通风、透光、排水作用。人们坐在室内，可以晨沐朝霞、夜观星斗。经过天井的"二次折光"，比较柔和，给人以静谧之感。此有藤椅或竹榻一张，观书听曲最妙。天井周沿，还设有雕刻精美的栏杆和"美人靠"。在室内装饰和摆设方面也极为讲究。正堂挂中堂画，两侧中柱上贴挂楹联。厅内陈设条桌，桌上东边放一花瓶，两边摆一古镜，中间是时钟，寓意永远平安。其实最能体现徽派建筑的是他们这儿的马头墙。高于两山山墙屋面的墙垣，也就是山墙的墙顶部分，因形状酷似马头，故称"马头墙"。马头墙，是徽派建筑的重要特色。在聚族而居的村落中，民居建筑密度较大，不利于防火而高高的马头墙，能在相邻民居发生火灾的情况下，起着隔断火源的作用，故而马头墙又称之为封火墙。马头墙设计显得错落有致，那静止、呆板的墙体，因为有了马头墙，从而显出一种动态的美感。我听到这个马头墙的名字倒想起元剧本《墙头马上》期望在此遇到一位骑白马的公子呢，一定要帅才好。

除了马头墙最值得看的就是木雕了。尤其是承志堂的木雕。承志堂建于清末咸丰五年（1855年），是大盐商汪定贵的住宅院落，内还设有供吸食鸦片烟的"吞云轩"和供打麻将的"排山阁"等。连吸鸦片、打麻将的地方都如此大气且文雅。中门上方横梁木浮雕《百子闹元宵》图上雕刻着百个小孩过元宵节，闹花灯的情景，个个小孩形态活泼可人喜欢。这充分体现了清代雕刻细腻繁复，构图、布局吸收了新安画派的表现手法，玲珑剔透，错落有致，层次分明，栩栩如生。

半日小游不得细节，及至日中要与宏村告别，总要留些纪念。村口有卖纪念品的市场，恰好我手机该没电，想找个地方充电。寻半天，有家卖各种酒和精致草帽的摊位，最主要是此处有电源，摊主正在玩电脑。先选了顶白色有彩色花的小帽，才好意思地烦请店主让我在此充电休息。店主是位戴眼镜的男士，很热情。让我品尝这儿的各种酒，他拿出一个极小的玻璃酒杯，打开瓷罐，先给我一小杯蓝莓酒，我说我不会喝酒，他说这酒度数很低的，没事。我饮尽，真不错，他又给我盛了一小杯桂花酒，这酒比那蓝莓酒要好。既有酒的绵柔又有桂花的清新，齿颊留香，眉间愉悦。又喝了青梅酒，不喜欢，太酸涩。当年曹操刘备青梅煮酒论英雄就是喝的这种酒啊，难为他们喝得下。可这三小杯酒喝时不觉怎样，甜滋滋的，过会就觉得腿脚软，头晕。忙坐下，我对店主说我喝醉了，店主说，没事的一会儿就好。与他说了些闲话，感觉好些。买了桂花酒顺便买个有刻画的酒葫芦，把酒装在里面，店主把酒葫芦拴挂在我的背包上，手机电也充了一半，起身告辞，我感觉自己像个大侠，就是手里缺了一把剑。

出了宏村，吃午饭，抵"西递"。这是另一座保存完好的徽派民居村落。西递素有"桃花源里人家"之称，始建于北宋皇祐年间。西递原来不叫西递，叫西川。关于西递的由来有两种说法。一种是：中国大地上的河流都是向东去的，而西递周围的河水却是往西流的，"东水西递"，所以西川也就被称为西递了。另一种说法是这里三华里以外，有个地方，原来是古驿道，有一个传递站，所以以后改名为西递。因驿站而得名，未免有些感觉苍凉干瘪，但是真的到了西递却觉得她是如此丰腴唯美。第一眼看到的就是胡文光牌坊。坊通体采用当地的"黟县青"大理石雕筑而成，整个牌坊上下用典型的具有徽派特色的浮雕、透雕、圆雕等工艺装饰出各种图案，而每一处图案都蕴含有极深刻的寓意。造型庄重、典雅，堪称明代徽派石坊的代表作。其实这与徽商的发展、兴起和程朱理学的发源、影响有着源远流长的关系。古代徽州人，地少不足以耕的自然条件成为他们向外拓展生存空间的主要动力。荣归故里，兴建牌坊，以求流芳百世。黄山现存的明清两代的牌坊多。

西递民居建筑构造大体和宏村差不多。我觉得与宏村相比，大气不足，秀气有余。但我喜欢这里的走马楼（也叫跑马楼）。天井上，二楼房间会修成跑马楼的格式，也就是四面相同的阁楼，小姐可以在楼上环绕天井走动。在走马楼位于正门的位置上，栏杆会修得很高，上面开有两个或者更多一些的四方小孔（大约巴掌大）。从前厅向上望去，楼中黑咕隆咚的什么也看不清楚，而若是有年轻男子（尤其是来说媒求亲的）做客家中，小姐便可以从小孔中向下窥探，观察未来的夫婿，希望我前生是生在这里的小姐呢。当然这样的祠堂也是徽派建筑的亮点，不像那些民居深进，高阔，庞大。有忠孝节义四个大字，一人高的行书，豪放，俊朗。不喜欢教条的字义，只是喜欢用笔的流畅洒脱。其余凌云阁，青云轩，旷古斋等不计。

# 二

八月五日

八点，酒店出发赴黄山，抵达黄山，乘云谷索道及山脚，开始爬山，目标黄山最高峰莲花峰。虽烈焰当头，但山路旁浓荫蔽日也还舒服，可走了几十米已经是气喘，望着不尽头的石阶，开始发愁了。在一处名为"好汉坡"的地方累极了坐下稍息，心想"我不想当好汉了，我本来就是小女人嘛"。刚才光忙着赶路，现在好好看看，山渐有些趣味，都说黄山黑石多，所以所在县名为黟县，可我见这山石并不是黑色，都是青白色，干净，看来要以此证"名"。有下山的人有趣，一妇人提鞋赤脚而行，更有甚者，居然穿着高跟鞋，真让人佩服。至午时，我如残兵败将一般把自己挪到了玉屏峰。此处见到了黄山奇松的代表，迎客松，也许是要迎接的人太多，此松便觉得尊贵了，与之拍照是要排队，至于收费否没有打听，人多我也不能靠近跟前，只得在离此几十米的一块巨石上勉强拍了张照片，也算成全见到迎客松的名头。恐怕如此热闹非凡人群簇拥，千年古木也会烦气。在玉屏峰饭店吃过午饭，稍息，有些精神了。继续前行，一路上有许多轿夫在路旁等生意，但大多闲着，只遇到一位女士坐这样的两人抬小藤椅上山。有路人说：看他们那么吃力抬，于心不忍，也有同感。行一段，渐觉山风硬朗，视野也开阔了，大山川的感染魅力，在胸口开始积郁。

行至"百步云梯"身体已经近极限，这个名字真的很好，百步我不知道是否确切，但云梯确实恰如其分。主峰莲花峰有 1800 多米，现在也有 1500 米左右，觉得离天空很近，云朵就在手边。那石阶，每一级都有 25 厘米高，而石阶面积又极其狭小，只能容下半个脚掌，整个这一段石阶好像插入云霄，直上直下。如此手脚并用真是爬山，倒是一种返祖的生存模式。有一段"一线天"那小缝隙只能一人勉强通过，胖人恐怕会卡到这里，向上爬还好，转头向下看时，头晕目眩，让人胆战心惊。

人心真的很奇妙，如此紧张害怕却还怀有欣喜，那种向更高处终点探寻的冲动，让每一个平日平静懒散的细胞都警觉兴奋起来，想来极限运动给人带来的快感就是如此吧。走过百步云梯，天空视野完全打开了，仿佛这世界从没有如此高远，更坚定了一定要登顶最高峰的信念，极限后的再攀登反觉得轻松，莲花峰顶即在眼前，一步再进一步，更进一步。当踏上山顶的那一刻，我的兴奋如同是登上世界最高峰。望眼群山叠嶂，是站在巨人肩上，视野再无遮拦，整个世界即在吾胸。风是我羽翼，拥山岚古木，云是我手臂，触云端近在咫尺。觉得自己都大气了，什么蝇营狗苟皆散尽，呼啸而过的风涤尽心中所有尘埃，大块噫气。"山高人为峰"一切皆在我脚下。心生雄浑，两肋生风。望四周诸峰，虽险峻却不失秀气，不像北方的山石有凌厉锋芒，但外形柔美，骨子硬朗，外柔内刚。这样妩媚而遒劲，谁又能及？那些锁在栏杆的同心锁上都刻着一对对情侣的名字，有的时间长了都已经锈迹斑斑看不清上面的字迹，不知这历经暴阳风雨的同心锁长久还是彼此的情路更长久呢？

还来不及感叹，人群涌动，还是下行的好，今晚要夜宿黄山第二高峰，光明顶。感觉自己的双腿不能控制地发抖，我这一天走的路大概要抵得上一年走的。下山百米后曲折行进一段，终于到了光明顶。我是太喜欢这个名字了。莲花峰我没什么感觉，远看也不觉得像莲花，却喜欢光明顶。因为喜欢金庸先生的《倚天屠龙记》小说中明教的总部就叫作光明顶，据说这里是看日出的最佳地。想来日初出时光芒万丈，明朗乾坤，也许这是"光明顶"之名的由来吧。晚饭毕，散步，看一带红霞于周遭群山山巅缠绕，远处山峰有人影于晚霞中，如小时候看过的皮影人在移动，欢喜。明天一定是个好天气，能看到日出，山顶冷得不行，回房早早休息。房间潮气重，霉味大，忍着躺下。十二点醒，两点醒，四点听有人声。可隔窗望望，外面一片漆黑，风声呼啸。还是稍等会儿，又躺了会儿，外面人语更沸，急忙爬起来洗漱过跑出来，到外面又被冷风吹进来。真冷，风又大，拿出登山前买的雨衣穿上，暖和多了。忙跑出去，好多人已经拥到前面，根本挤不过去，眼前一片片后脑勺。不久，听前面有人欢呼起来了，可我什么都看不到，只见相机闪光灯在前面闪。稍会儿，前面逐渐有人退出散去，才挤到最前面，见太阳已经升起有一尺高，橘红色的光芒俯照万物，把层叠递尽的远近诸峰由淡而浓的黛黑色推进我的视野。七彩光芒的线条光辉撒播给眼前的山，石，松，谷。群山在这样的光辉下如同母亲手底抚摸的孩子，乖巧温顺祥和。一个睡眼惺忪欣欣然的世界就这样明亮，沐浴过初阳给我了。我没有大手臂抱不过来，却有《逍遥游》中鲲鹏之美态。我想是那大鹏鸟，在天空，在谷底，见人所不能见的奇景，探人所不敢探之深渊。

回酒店才觉得自己右腿疼，膝盖右侧已经肿了，由于腿的原因不能去看"梦笔生花"了，据说是黄山很不错的景点，实在遗憾，不过遗憾也好，算是美的一部分。下山坐索道还有一段不近的路，可以顺道去看看"始信峰"。据说，明代旅行家徐霞客游览黄山后盛赞："薄海内外，无如徽之黄山。登黄山，天下无山，观止矣！"清康熙时太平县令陈九陛初登黄山，以为徐霞客言过其实，到了始信峰，被黄山景色所折服，始信徐霞客所言不虚，遂于狮子林客堂壁书"岂有此理，说也不信；真正妙绝，到此方知"，我喜欢这名字。

幸而从光明顶到始信峰并不太远，多亏我的手杖成了我的第三条腿，一瘸一拐撑到始信峰，有许多人拍照，再看他们拍照的地方，栏杆也就有一米多高，到腰间，栏杆外就是万丈深渊，向下一片葱茂深谷，不禁手心一阵冷汗，望而生畏。于此看晨光里的光明顶，莲花峰，山石，奇松，比昨日更鲜亮纯净，这天地是鬼斧神工，钟灵秀气的杰作。尤其是探海松，根抓岩石，身子已经探到半空中，若有云，一定真的如在海中摇曳，这样的身姿，妖娆妩媚。就像个穿骑马装的帅女孩。

下山坐缆车，见到了"飞来石"（红楼梦的片头就在此拍摄的）惊叹这样的巨石从哪里飞来，这样浪漫的名字又是谁想出来的？而最有意思的是在飞来石的旁边还有一块较小的石块，历经风雨也已经很圆润，没有棱角，像一个微微垂头的人坐在那里，看着下面的深谷，如同佛家面壁思过，这块小石头可以叫作"思过石"。

一抔土，一块石，一枚松针，恐怕都不能代表黄山，代表徽州吧。应该把我此行的美好印象想象成黛色、绿色、青色的抽象图案，用油画笔画出来，不必拘于一山一水，一草一木，这样抽象凝练才是永远难以孤立的印象。

第四辑

剪影

# 素食人生

北方的秋天是从火焰里脱胎而来，锤炼得没有柔软的水分。天空和山脉都如同剪贴一样站在眼前。秋天的鞭子挂在腰间，一声口哨，马群就响亮地奔跑过来，可以伸手逮住缰绳，骑上马就可以闯荡江湖了。太阳很快就会落山，适合饮马。这一直是我对于秋天的触觉发散到每个神经细胞的视觉效果，可能是因为不能溶解的武侠情结。

回到老宅子，到了傍晚依然有叫卖的吆喝声。

豆腐——卖豆腐——

不过是用喇叭录音循环播放的，最讨厌这样了。乱糟糟的没有停歇，太生硬，没有一点诚意。还是喜欢过去卖豆腐的人吆喝起来就像唱歌，起起伏伏，有人买了就停下来，吆喝中间有休息，总是让人舒服。天气凉了，卖豆腐的又来了。夏天太热，豆腐容易馊，也就不来。想起那叫卖声，遥远的不知道是否曾经听到过。

豆腐——卖豆腐——黄豆换豆腐。这样的吆喝声几乎在每个傍晚的角落里。老五就是卖豆腐的，每天在街道吆喝着卖豆腐的有两三份，只有老五每天必来，而且我家只买他的豆腐。柔软细腻，他总是下午开始。四五点钟来卖。正是各家做晚饭的时候。尤其到了秋冬，没有什么蔬菜的季节，一块钱豆腐就能让每家的餐桌丰富起来。白菜豆腐，萝卜豆腐，虾皮大葱拌豆腐。每天下午，祖母总要让我让听者卖豆腐的吆喝声。总说："听着卖豆腐的，小孩子耳朵尖。"只要老五在外面一吆喝，我就站在院子里喊："卖豆腐的来了。"祖母会拿着小碗，颤颤巍巍的小脚开门就喊："卖豆腐的别走，别骑着个车子溜得太快。"有时还要排队，都是邻居，老太太们还能相聚聊会儿天。

老五的印象贯穿从他的青年到中年，从我有记忆以来他就卖豆腐，老五时常穿着绿色或者蓝色上衣，灰色裤子，总也不变的是一双黑色布鞋。方脸膛，个子不高。黑红色面容。一辆黑色半新不旧的自行车，车后架上有个长方形的木头盘子。里面铺着白纱布，豆腐的汁液顺着纱布和木头盘子向下滴。里面放着一整盘子豆腐。我一直惊叹，那木头盘子，或者叫作木头盒子，有一米来长。满满一盘子豆腐老五能很轻松地掌握平衡，还能骑着笨重的大自行车丝滑地在街道穿行。有人喊了就停下来。老五总是做完豆腐就骑着自行车出来卖了。每次买到豆腐都还是热的，买回来后我时常拿着勺子先挖一口吃。

记得一个傍晚，也是一个秋天的傍晚，下起雨，浓密得不停歇，老五就躲在我家屋檐下躲雨，父亲叫他进院子来躲雨，他不好意思，也没进来，说等雨小了就走，父亲看看盘子里还有几块豆腐，天已经有些黑了，雨越下越密。父亲买下了剩下的几块豆腐，拿出雨衣让先穿回去，雨估计一时半会儿也停不了。老五很感谢，穿好雨衣，登上自行车，骑得飞快，雨没有追赶他，黑色雨衣很快和夜色溶解在一起。

一直到我结婚离开老宅，见到老五就很少了。有时去老宅那边偶然碰到，母亲说，前两天老五的儿子不知什么病去世了。才二十多岁。老五已经很久没有来卖豆腐了。听到这个消息，很震惊。此后一次回老宅，突然又听到了久违的吆喝声，我能听出来那是老五的声音，虽然声音是低沉缓慢的。我急忙跑到阳台上看，果然是老五，他的自行车已经换成了电三轮。有人在买豆腐，他熟练地切下一块，拿起古老的杆秤，先倒干净秤盘上的水，称好一块，看秤杆高高扬起，装进塑料袋交给买者。老五有些略微的驼背了，他应该只有五十多岁，头发却已经白了很多，看着地上他的影子都好像变得软弱而无力了。其实我应该叫他老五叔的，不过是父亲总叫他老五，几位顾客走后，没人了，老五开动电三轮消失在街巷的拐弯处。

阳光淡漠，地上影子的颜色有些，单薄，一点点拉长走远，老五比风还要轻飘，转眼就不见了。他的吆喝声还是原来一样，也没有用喇叭自动播放。依然是一唱三叹的吆喝。没有看到老五的正面脸，猜不出他现在的样子，他好像变矮了。墙上的树影在风中轻微地摇晃着，和老五的影子遥遥相望，终究分散，墙上的影子依然等到太阳落山才被淹没。没有一点留恋遗憾，终究表情慷慨又决绝。

老宅子适合听风声，尤其秋天的风声最耐人寻味。浓稠，又疏离，患得患失的样子，像个刚刚恋爱的人，没有什么底气，反而觉得失去才是最安全的。这是秋天的病态，不够自信不够凛冽，太优柔寡断让人觉得不够阳刚。其实这样也很好，不用过于用力，缓慢平淡才是日子常态，细水长流。豆腐和老五是这世上最普通不过，素食一样的生命，就这样一直站在老宅面前。总觉得老五和豆腐有很多相似。日子简简单单，以此为生，清清白白。素食人生，柔软，清淡，不够浓烈，略有回味。

天凉了，该加衣了。

# 风中的银杏叶

　　秋天看似缓慢地升起来，其实早已暗藏心机，蓄谋已久，那些寒意，渐地侵入人间，树上的叶子怎么就已经变黄了，根本不让人看到这个过程，就已经形成逼宫的趋势。办公室门口的银杏叶零散地落在窗台、台阶和灌木丛上，造物主的恩赐让人接受得这么坦然而理所应当，却没人去感谢这眼见的每一片漂亮的叶子。

　　办公室里传来声音，骂骂咧咧的声音浸透进入阳光的缝隙。

　　"张老师。这是咋了呢，这不是您风格啊。"

　　"真生气啊，早晨刚进学校不一会儿，发现手机没有拿，估计是丢在车里了。车在学校门口，我就出去车里找，找半天没找到，幸亏这时候手机铃响了是袁老师打来的，问我出学校干啥去了，我说找手机，幸亏你打给我，开车时装在兜里，顺着衣兜滑落到车座位下面了，听到手机铃声才找到的。刚才门卫师傅问我，张老师刚才出门去，校长就把电话打过来，让我盯着张老师，没请假看他啥时候回来，记录上他出去多久，不直接打电话问我，还让人盯着，就门口车上找手机还要请假吗？

真应该叫她妖后。真他妈的想干啥啊，找碴吗？"

听到妖后这个称呼想笑，我觉得叫她"扑克牌 Q"更合适。毕竟妖后的形象想象不出具体的样子。校长是一位五十多岁的女人，短发，扑克牌中的 Q 的样子，她总要告诉大家，自己是一位干练的女人。个子不高，微微有些矮，小脸、小嘴、小鼻子、小耳朵，也许只看她五官并记不住什么，但是最让人记住的是她刻薄的声音，任何时候都是在训话，不存在讲话，训话或者称为驯化。驯化和训话读音相同，大概意思也是相去不远，记得学训诂学的时候学到，读音相同的字最初都是由相同的意思衍生出来的。完美做到了一个善于发现别人缺点的人，善于发现别人缺点是她的最大的优点。走路的时候用下巴看着地面，或者下巴和地面形成个锐角的角度。有时候想过，如果她是个男人留胡子的话，那么胡子一定是撅着向上的感觉。可是我一直觉得留胡子的男人显得邋遢，带汁水的汤或者稀饭会留在胡子上。

秋天进入人间是不敢怠慢的，园子里的山楂已经红了，昨晚一夜雨，早晨无比清爽，有些山楂已经落在了地上，院墙斑驳，红色墙漆晒得已经泛白发旧，半壁爬山虎红绿色相间。而这种大撞色却没有丝毫违和感。秋天调色就是这种风格。想起雨中山果落，灯下虫鸣的句子，雨后早晨清凉寒意夹杂着湿润升起来。想拍下这个镜头，但角度需要蹲在身旁的灌木丛里才有好的效果。

"张老师又去教室练琴啊，这种每天坚持的精神难得啊。"

"啊，校长，每天习惯了。"

"恩，真是值得佩服啊。"

我蹲在灌木丛里，透过枝叶望过去，张老师端着杯子走过来。校长主动搭讪，她的笑从和谐中能挑拣出许多生硬。就像一个初学包包子的小孩，包子外形比较别扭，皮上也会沾满韭菜叶，包子口儿也露馅。我倒是佩服她不记仇的博爱精神，能有如此胸怀还是要佩服的。

秋天深入的脚步虽然听不到，昼夜之间却能分辨出它生长的睫毛，手臂。六点半天才刚刚亮，晚上五点下班几乎天就黑了。不敢再开车，郊区没有绿灯，运货的大车，开着大灯飞快地呼啸而过，天性中的胆小不敢和它们并行，还是要坐公交车上班。

公交车很缓慢，修路的地方敞开胸膛，任人宰割。人为刀俎，路为鱼肉。只放开半幅路堵得死死地。行进了将近两个小时才到了学校。"扑克牌 Q"正在门口儿。双手叉在腋下，脸上严肃的样子，让人想起那些深秋后晾晒好的柿饼子，挂着白霜，而褶皱处的霜，白得更深刻些。虽然迟到了，也要打个招呼。"扑克牌 Q"没有回应。如同我已经溶解在空气中，我甚至怀疑我自己如同 21 克的灵魂飘过她的肩头，不过 21 克的灵魂太轻飘，不会给人压迫感。或者是一片叶子挡在我的眼前，看不到我，看不到我，看不到我。突然感觉在偷笑，不过这也契合时代赋予的不语，不言，忘记自己，如如不动。

深秋到了，风是秋天的看客，总要得意地摇落大把大把的树叶。叶子一层一层落下来。操场塑胶跑道上落满叶子，扫也扫不干净。正在感叹如此漂亮的叶子，大自然最美的赐予，难得让人慢下脚步的一眼。银杏树落下，叶子美得没法用言语形容，那些小果子，圆溜溜的金黄色。看起来也很美，但是却散发出无比的臭味儿。我不敢去采，怕鞋子踩到以后臭味儿会缠绵到鞋子上，带回家里。那么漂亮的果子，我还是一直绕着走，孩子们也绕着走，但是有调皮的学生总是去踩，感觉这样很好玩儿。落叶铺满了操场跑道，仿佛这样，秋天才有了伸出手脚的机会。

那些阳光里干瘪的树叶，已经被大自然背风做成了标本，像干瘪的嘴唇。躺在路面上，亲吻着土地。还有许多细小的槐树叶子，它们的叶片很小，地面上的影子也很细小。它的叶片不像法国梧桐与杨树的叶子那么张扬，很薄，很软地贴在地上，被吹起来的时候也是缓慢地飘落。看得出神时，微信又响了："全体老师司学第一节课都到操场来捡树叶。"不一会孩子们如同小蚂蚁一样从教学楼出来，一阵风吹过，很多小蚂蚁把羽绒服或者棉服的帽子带起来。远山在风中岿然不动，燕山留下的风声总好像从远古战场呼啸而来，带着些孤傲和霸气。孩子们打闹着，玩耍着，捡着树叶，冷冷的开心的第一节课。我捡了一个被虫子全部吃光叶肉的骨架，对着太阳，举着这一片骨架，给它拍了一张照片。因为正是阴天，太阳时隐时现。风云诡异，逆光看过去这么一片筋骨居然强大起来像一棵大树。而太阳弱小又温柔就在这棵树的枝丫之间，特别漂亮。拍了好几张照片，难得的镜头：感恩一切的赐予。

秋天并不完美的，落叶需要一个安稳的地方承载自己身躯，然后慢慢溶解消散。但校长不允许落叶的存在，它必须在操场消失，保持干干净净。她并不需要一个秋天的美来解释，占领她的视野。一些落叶已经被踩碎了，它们细碎的尸骨与塑胶跑道的颗粒凹陷处融为一体，很难被清扫出来。这些粉碎的魂儿，不知会归向何处？风会带给它们方向。

深秋的风声探听着人间的消息，也睁开眼睛。回教室的路上一位老师问起我家卖房子的事，我和同事在甬路上说话，说了几句话。一位体育，高声喝道：你们两位去办公室说话不行吗？只有校长才能在外面儿说话呢，多少摄像头儿看着你们呢？提醒了我们，各自散去。因为校长只要有时间就会盯着她的摄像头屏幕。看到聊天就会找出各种事由，要不擦洗主席台，要不捡纸。

操场上只剩下"扑克牌Q"一个人，她穿着细跟的高跟鞋，稳稳地站在她的江山中央。穿一件驼色大衣，这应该是一种狸猫的颜色，她像一只刚睡醒的猫，警觉明亮的眼睛时刻能发现一丝一毫的动静。个子不高，身材小巧，眼睛敏捷。能敏锐地发现她想发现的东西，好像微微的一点动静，都能引起她的警觉关注，彰显出自己的能量。有时我看到她的时候，突然间想就笑，因为警觉的爪子仿佛随时要捕获猎物。

　　原来我们以为安装摄像头为了学校安全，有事发生会找出来看看，其实很久以前学校已经安装有摄像头只在关键地方的门口，库房安装。而"扑克牌Q"来以后每一排平房的四角，楼房的每一层都安装了。监控屏幕以前只在一个小的废弃教室，现在就安装在校长办公室，两个大屏幕。这么多摄像头，好像无数双眼睛盯着每一个人，好像是木偶的提线都集中在校长办公室的屏幕。刚安上摄像头的时候，大家都很不习惯，感觉在裸奔。她要把自己变成千手千眼，所有都要在她的掌控之中，这样掌控欲强的人也是稀罕物，很难见到的。

　　如果一个人的安全感来自别人，或者上升到控制别人，这就是最没有安全感的，而从中展现出来的强大或者强势应该是一种泡沫质地，阳光在泡沫上展示着七彩，风一吹，烟消云散。"扑克牌Q"的安全感与自信完全来自别人给她的支撑，突然感觉她很可怜。

　　回到教室，一阵风吹过，那些叶片旋转着被驯化一样最终安静地落下。每一片叶子并不相同，每一片叶子都有自己的归宿，依然有的落在屋顶的。落在地面的。落在跑道上的。被小孩子拿去玩的。各自所得的命运。都是应该所得的。

　　我坐在美术活动室的椅子上，阳光穿过银杏叶。曾经认为银杏叶片是多么珍贵的，只在书本儿上看到过，觉得怎么会有这样漂亮的叶子，怎么会存在这种形状的叶子，真是太神奇了。如今对着窗外的银杏叶片，毫无新奇感，认为原本就是应该这样的。光照在对面的石膏人像雕塑上，明亮处灰尘落在石膏人像的颧骨上，嘴唇上。我喜欢这样千年不变的样子。那人像的卷发凹处也有许多细小的灰尘，即使清理也很难打扫干净。银杏叶片的影子就在他的脸上来回地摇摆，他的眼睛时而在光明，时而在阴暗处。风吹过来的时候，那些影子动得那么快，他的脸都跟着凌乱了。

光线如此强烈，平时看起来平整的墙壁，居然都有着细小的凹凸不平。那些灰尘此时暴露了原形，无处可逃，没有藏身之处。他们该有多憎恨这样明媚而强烈的光线。

银杏叶落在塑胶跑道上。红色的跑道，绿色的草坪，都被落叶掩盖。来了堆积，去了没有痕迹。来去之间，如此自由，没有牵挂。风声悬挂在干枯的柿子树上。零星果实是耀眼的僵尸悬挂在枝头，美好的样子，只有在北方凛冽的风中才能体会出来。天空明亮，无疆开阔，有一种对天地的敬畏与供奉。风声把天空擦洗得如此干净。麻雀偶尔掠过天空，用翅膀不停地剪啊剪。

暮色降落，办公室还没有亮起灯，从校长室的窗外走过，向里面看，屏幕亮着，看不清人的脸，但是轮廓清晰，在屏幕投射的光里忽明忽暗。可怜的样子从天而降。

# 钢琴上的回忆

　　午后雪开始落下，天色昏黄，房间暗下来，整理书柜，房间，旧物。钢琴好些天没有擦拭，已经落满了灰尘。偶尔弹奏一次，手指生疏也不灵活，指甲留得长了，听到指甲和琴键不和谐的吱吱叽叽的声音。因为很久没有调率，个别音已经不准，钢琴扳子和较音器家里都有，但是我对于钢琴调率还是不太熟悉，只是看父亲调过。我的钢琴最后一次调率是 2018 年春天，父亲去世的前几个月。那次调完我和老公送父亲回家的时候，老公就说了一句话："是不是这是最后一次呢？"我不知为什么老公会升起这样一句话来，心里莫名的悲凉和不好的预感。此后就是病重，去世，人生最大的悲痛。直到现在写这些文字依然落泪。父亲只是个音乐教师，再普通不过的职业。但他对音乐的热爱，很难用文字记述。

　　音乐对我来说，我只能说是最稀薄的爱好，从没有深入地喜爱。从小练琴就是我生活的一部分，这是我极其讨厌的，那时最喜欢的游戏是跳皮筋和丢沙包。因为练琴，剥夺了我很多和小朋友们玩耍的时间。大多就是父亲看着练琴的日子，这种记忆从五六岁就开始了，最初只是脚踏风琴，一边用脚踩着风琴的踏板，一边手指弹奏，眼睛看着曲谱，不用脚踏着，而且破风琴的音乐实在是难听，好像晒干的白菜没有了汁液，只能发出嘶哑的音色，后来有了钢琴就好多了，虽然钢琴也不是好钢琴，但是80年代末90年代初已经觉得很高大上。父亲坐在钢琴边上看着，有时候弹错了他就着急，每天放学都去他办公室写作业，写完作业就是练琴。

我最盼着父亲去开会，他前脚去开会，我就跑到操场上去玩，尤其是在沙子堆里拍燕窝，这需要比较潮湿的沙子，太干的沙子不行。开运动会之前，学校总会拉几车新沙子来。准备跳远，跳高场地的比赛，而且刚刚运来的沙子最好，都是潮潮乎乎的。把左手伸到沙子里，右手把左手上的沙子拍瓷实了，然后左手轻轻地抽出来，抽出来的时候一定要小心，这样就生成了一个空洞的小窝。然后把窝里的沙子再往外掏出来。这样燕窝就越来越大。但是往外掏沙子的时候也一定要小心，用力过大，燕窝上面，薄薄的沙子做的燕窝盖就掉下来。然后捡一些小树叶，小石子，假装储存的粮食储存在燕窝了，好像要冬眠一样，就十分开心了。一次一个男生把我做得最完美的燕窝一脚给踩了，还不停地笑。我当时如同一个女侠被点燃了火焰，拿起一把沙子就朝着他的脸上使劲砸过去。他一躲起身就跑，我就在后面追使劲用沙子球砸他，我觉得当时的仇恨好像火山爆发一样。弄得我的头发，鞋子里也都是沙子。总算是解气了。这样和小朋友打架要比坐着练琴要幸福多少倍。可是这种玩沙子的时间是很少的，父亲一周开一次会，也就只能玩一次，我会在沙子坑玩的时候用眼睛不停地瞄着会议室如果有人出来，就是散会了，我就以最快的速度跑回去，让琴声响起来。让父亲以为我一直在练琴。可是我的小聪明只是掩耳盗铃，终究是能被看出来的。布置好的作业练习一点都没进展，就知道我是跑出去玩了。肯定会挨骂，可我的心里也充满了暴力情绪。那时如同工业革命时期，从捣毁机器开始，我的理想就是砸碎钢琴。

暑期来临，假日漫长，我的屁股下面长满痱子，一片片地连着。那时没有空调，只有电扇，知了在窗外的杨树上滋啦滋啦的叫着，暑期电量都是不够的，电扇即使开到最大档位依然有气无力地旋转着，壮士暮年，垂垂老矣的样子。琴音飞舞的夏日，父亲执着的陪练，指导，知了不停地聒噪，父亲的精力却永远不会减弱，弹错一个音符，拍子不准，都会立刻指出来。弹错的时候父亲还打过我的手，气得我跑出去哭，有时我也会反抗耍气，和他吵架，吵着要去玩，时常哭闹。他就和我讨价还价，练习到哪一小节就让我出去玩，我只能像一只拉磨的小驴子，把指定的完成。

父亲是典型的书生形象，面白，黄胡须，偏分的头型，身材偏瘦，因为他早年练习舞蹈所以身材一直保持很好。而且面容年轻。他对审美的认知与追求可能是对我最大的影响。他极其不喜欢我留短头发，他总说，小女孩怎么能留短发，长长地扎个马尾辫子多好看。他一直期望着我能学音乐专业，可是我并不怎么喜欢音乐，他的理想就是我站在舞台上，穿着演出的华丽的连衣裙站在舞台上，灯光璀璨，观众站在台下鼓掌。

父亲总是想让我在钢琴演奏上有所发展，记得有一次父亲还带领我去他的老师家里拜访，是一位白发慈祥的老太太，他们谈些什么我早已不记得什么了，待着没意思，想去洗手间，一个小小的洗手间没有窗户，打开灯，线条昏暗，我根本不想如厕，厕所里有个鱼缸，好几条小金鱼真可爱，我伸手去抓一条黑色的金鱼，它光滑地在我手里乱蹦，怎么都抓不住它，一不小心就掉进了厕所，那种古老的厕所还是蹲便，根本就不能捞上来。我就紧张得不得了，洗手间待了半天，没法也只能出去，也不敢和父亲和老师说起。父亲让我弹奏了一首曲子给老师看看，老师说不错，孩子可以好好发展。我知道这些应该是客气的话了，弹什么早就忘记了，我也没仔细听老师的指导，只是满心地惦记着那条掉入厕所的金鱼。我从来没有对钢琴专业有信心，而且也从没有想要过在音乐上发展。这是我对父亲最大的内疚，我不是个让他满意的女儿。

记忆在安静的时候一点点流淌出来，那些搅拌在一起的声音是我独有的记忆。钢琴上的回忆在行走，发酵，升腾起来。那些五线谱的小蝌蚪就是印在记忆里的图腾。有时我掀开琴盖子，用手按下琴键，看小锤子敲打着，不同音符的琴键上不停地跳跃，这真像一个人忙碌的一生。走音的琴键显得笨重而衰老，我也在流淌。

父亲的样子更多地是停留在病床上的模样，记忆中的衰老是深刻又清晰的。曾经认为每一年每一年都一样，从来没想到过会改变，原来转眼就变了。那时从没有思考过什么生命的价值，意义，生死的拷问，日子每天都一样，一切都很简单。那时的烦恼幼小而娇嫩的，是可爱的，居然还能被称为烦恼。现在的烦恼却都是解决不了的，人大了，烦恼也长大了。时常在梦中还会回到练琴的日子，窗前浓密的树荫，知了叫个不停，父亲依然坐在我的旁边，琴声不断，我厌恶的，耍气的表情。那时我全然不知这些的珍贵。

现在我一个人坐在琴凳上，偶尔弹奏几首，没有人再看着我了，我也不再想不停地吃着冰激凌，更没有儿时的小伙伴在窗外诱惑着我，那些曾经纯粹的高兴，烦恼，都被稀释溶解的分解不出些面目分明的样子，没有什么特别高兴，也没有什么特别生气。总之就是这样平平淡淡的日子了。

东山上的雪堆积沸腾着，如同三十年前一样，丝毫没有衰老，新鲜的轮廓和肌肤还是鲜衣怒马的少年，手中剑明晃晃闪耀着青春的气息，人世间的种子总在成熟，发芽，生长，果实成熟，坠落又成为种子。这些循环没有声息，无声的强悍冲击着时空的脉搏。

夜晚已经降临，一切淹没在黑色中，天上是厚重的云层，掩盖了星星。不知父亲会化作哪一颗星星，即使在我眼前闪耀，我也不能分辨出存在的气息。

# 那棵草

## 一

　　小满节气已过，合欢花落下，操场上长了枯黄的野草，因为撒播了除草剂，绿色血液开始衰败，只留下了皮囊和筋骨，可是姿态却是年轻的样子，柔软腰肢随风摆动，无血液的状态丝毫没有影响情绪，夏日的风是向上生长出睫毛，眼神吐气如兰。这些草才懒得判断什么春风，秋风，夏日暖风，一切删繁就简，有什么样的刀，给你同样的脖颈。操场并不是塑胶跑道，满地黄土，幸好初夏季节没有大风。能维持着阳奉阴违的平静，操场周围的银杏叶片微微晃动，紧贴着树干径直向上看，一些小扇子都在剪阳光，剪得碎碎的，讨好人的眼睛，对面燕山依然皂白可见，长年矿石开采，总有干净新鲜的青白色岩石暴露出来和原始的山岭划出界线。时光早就带走了远古的金戈铁马，英雄迟暮不提当年勇，落寞的眼神被风声覆盖。对面居民楼上有养鸽子的人在四层楼顶搭建了鸽子窝，每天固定九点多钟，喂食，放鸽子，远远地看着那人挥舞着红旗，不知这是什么号令，鸽子哨子声随着飞行轨迹在天空响亮而过，渐行渐远。

　　小学校该开学了，学校微信群成了领导布置任务、指导工作的阵地，阵地这个词语很准确，群主是校长，校长的微信名字是"那棵小草"

今日我仔细端详了那棵小草的脸和形态。虎背熊腰，四肢很张扬。红烧肉颜色一样的大脸晒得已经深了几个色度，应该是卡其色或咖啡色更适合，为了自己的生态基地，在放假期间一直每天亲力亲为带头干活。鬓角的白头发尤其突出了气势，想起一句诗"草枯鹰眼疾"而这种枯草有鹰眼一样的锐利与夺人眼球。可是脸上的皱纹很有气势，深深地开垦着他的老脸，用力而专注的目的性，成就了深刻。他今年已经五十八岁了，应该是耳顺之年，一个这样年龄的人应该是什么都看开了，山水开阔，江湖散漫了吧，难得他还能有这样的锐利。

## 二

2019年的秋天和每个秋天一样，高深的天空与燕山齐眉，每个傍晚，夕阳一点点落到燕山背后。山坳里的红色正烧得旺盛。秋风吹过，银杏叶又落了一地，这些叶片真好，没有杨树叶或梧桐枫叶那么夸张，踩上去也不会咔嚓咔嚓地响，安静地薄积。缓慢地溶解自己，渗透入泥土，如同一颗种子的倒退逆旅，从泥土出发，生长，成熟到坠落又把自己交给泥土。最简单的事物也都有着神秘而不可思议的生命旅程。一切如常，就是安稳与幸福。

从夏天开始，学校周边老社区开始改造。每条街道都堆满了沙子水泥，管道，石头，各种建材。铺路，修路，做防水，换暖气，房顶加保温层。这些旧小区并没有围墙和栏杆封闭，路边儿都是堆积的各种材料。拖拉机，铲车，挖沟机，卡车，每天忙碌而声线嘶哑。外地的工人多了，地摊，早点摊，小饭馆都热闹起来，很多生疏的面孔涌进了燕山包围的偏僻的老矿区。枯槁而干瘪的老树生长出新的枝条，随风招摇，却总有着不和谐的强烈对比。怀念春风的心思与秋天落日编织在一起，有些不和谐。

这是从天而降的大喜事，小草校长在学校外几公里远的地方有个生态基地，有养鱼塘，猪圈，自己种的蔬菜。小草校长很有心思，和承包的包工头儿拉好关系，让包工头儿不用住在外边儿的宿舍，直接安排到学校的空房间住宿。小学校并非寄宿学校，全部都是走读生，而学校的两间宿舍是实习大学生住宿的房间。现在空着，有床位，有水电，包工头很开心。拖拉机也借给小草来用，每天下班后，如果走得晚的话就会看到，拖拉机一趟趟进出校门，电动门一会儿开，一会儿关，好多的石头，水泥，管子，都借用过来，堆放在学校墙角，有的用苫布盖着，有的直接裸露着。甚至看到有时身子小草校长亲自学习使用拖拉机，亲力亲为开动着装满石头的拖拉机。

生态基地的建设节约了很多财力，也节约很多人力，小草的智慧全用在基地。新来的体育老师大昆，身材魁梧，人高马大的，大眼睛明亮有神，说话声音如钟，底气十足，正是气血旺盛。力量如同来源于宇宙。另一体育老师大明是个瘦高个子男生，有一米九身高，身材苗条，肌肉并不突出，眼睛眯着，每天彬彬有礼。其实我们学校也并不缺少体育老师，但是体育老师可以是男老师，可以帮忙干活儿。前段时间大明老师的脚受伤了，裹着大白纱布像个大螃蟹夹子伸着，说是学校干活砸了脚，但是有的人说他的脚被砸伤，并不是给学校干活，是去基地干活儿砸的。

不管怎样，能节约银子是让他最满意的，帮他干活的老师工人们，干到中午也是简单的饭菜，以前曾经有请大家中午吃豆腐脑玉米饼的话柄。他对自己也是如此，时常穿着玫红色 T 恤衫招摇过市，自夸说是附近一家服装店老板送他的，后面还印着数字 58 号。要不就是开展什么团体活动留作纪念的背心，总之是全校工资最高的，花钱可是最抠的。管理学校也很抠，每学期毛巾，肥皂，办公用笔这些东西都是偶尔发放，而且办公用笔还是圆珠笔，估计这种圆珠笔应该在 20 个世纪七八十年代留下的存货，因为现在这样的圆珠笔已经很少能买到了。冬天，北边儿的倒座房平房很冷。因为都是唐山地震以后建的老房子，管道也旧。倒座房是来源于传统的四合院，是最南端的一排房子，是中国传统建筑中与正房相对坐南朝北的房子，因其门窗都向北，采光不好，因此一般作为客房或者下人居住的房屋。所有科任老师的办公室就是这些倒座房子。

燕山脚下西北风使劲地灌进倒座平房，有的老师用电炉子取暖。可是电暖气被小草儿发现给抢走了，因为浪费学校的电。老师就不停地在操场上骂他。从此以后，小草校长再找这位老师有事儿，不再敢直接打电话，总是给别的老师打电话间接找。

到了十二月，初雪降临，雪花不大，也不密集，缓慢落下，小学校操场是黄土地，并不是塑胶操场，覆盖了一层薄雪，黄土地安静下来，并没有前些天大风中的尘土飞扬，小学校好像睡着了，偶尔有几只麻雀在雪地上蹦跳。有人走过又呼啦地飞到对面的屋顶。远处的燕山参差皂白，山势变得温柔。枯枝上的麻雀偶尔无聊换换枝丫，没有什么新鲜的姿态，转眼又飞到远处的大杨树上不见了踪迹。站在教室里，隔着玻璃，我看到的世界只有玻璃那么大。不过这些已经足够。柿子树上零星的干瘪柿子只剩下了筋骨，已经冻僵在枝头，顶着一点薄薄的雪，又倔强又温柔，这是一种最低调的孤傲了。雪花也覆盖了万物的头顶，如同高僧摩顶。倒想起徐志摩的名字由来。说是他小时候，有一个名叫志恢的和尚，替他摩过头，并预言"此人将来必成大器"，其父望子成龙心切，即替他更此名。不知这预言算不算准确，徐志摩是否算是成了大器。愿外物能心性澄明。

小草一个人穿过操场，他并不走操场周围的甬路，薄雪地上留下一串泥土脚印，我远远站在办公室里看着，他低着头，有些略微驼背，八字脚撇着，大步急速。偶尔会传来小草在操场上对学生吼叫的声音，"不要在操场中央穿行，走周围的水泥甬路"，而且晃动着胳膊指挥着，示意学生离开操场，可终究有孩子不听，依然跑过操场，又多了几串脚印。小草会叉着腰，自己生气嘟囔："这是哪班的学生，哪班的，班主任是谁？得好好教育教育。"随后气愤地使劲关上他办公室的门。不过过一会儿，就开动他的车子溜出学校去他自己的生态基地了。

雪一边落下，一边融化　，有风吹过对面屋顶的细雪飞腾起来。所有的建筑材料堆积在学校院墙下。雪花层层落在堆积的石料石材跟管道上。雪那么洁白，那些管道是黑的。有的盖了苫布的石头能看到它的尖角儿从下面裸露出来。天气不算冷，渐渐地雪花落下一层就化了，而水泥路面上的薄雪都化成水。雪花制作的浪漫只在书中凝聚成冰清玉洁，实际上又泥泞又肮脏。

不知哪一天苫布下的各种建材石料。一点点缩小了，包工头也不再进出学校了。他的生态基地也完工了。

三

他在这所小学当校长已经有十五年了。每周开会是小草校长的舞台，主持，开始，总结上周工作，安排下周工作，涉及各个方面都是一个人讲，不存在分工。都是小草一个人的精彩表演，不需要人主持，全程只有小草一个人承担，他是要做一棵尽人皆知的小草。小学校并没有专门的会议室，只是用一个讲公开课的多媒体大教室作为会议室，前面有讲台，话筒。下面是如同老电影院一样的木质翻斗排椅。每次开会，大教室就是小草校长的舞台。开会就是君临天下。

而他开会的内容除了日常教学管理外，其他的内容也是五花八门，感觉更像一个妇人，坐在炕头东拉西扯，屁股粘得挪不动地方。为他保留一些句子吧，等到他退休了，换了新校长，就很难在校例会听到这些话了。

"咱们得节约电啊，老师们那个屁股下的小电热垫就都不要用了，学校的电费到现在还欠着呢，学校经费很紧张，我也不知道用在哪里了。"老师的屁股都不大，但是用电热毯屁垫取暖也是不对的，毕竟这是学校的电。而校长的衣服，却是让该退休的老师当门卫待着没事时用学校的洗衣机洗的。

"有的女老师意外怀孕，坐小月子还要请假，临时安排哪里去找人，我可不负责任。"底下一片暗笑声。"要让学生们多读课外书啊，读书破万卷，书要读破了。"又是一阵暗笑。

"别的学校在检查的时候出现问题，局长就使劲呲儿啊，我这她不敢，总要给点面子，她还要管我叫个大哥。"任由他海阔天空地发挥，吹破空气也不会塌下来，老师们只在下面玩着手机。他曾经和锅炉房的师傅说"这群老娘们好对付"。我们都是她嘴里的老娘们。这是一位很接地气的校长，而且已经接到泥土里，带着化肥农药的味道。

我们私下调侃，他是不是哪位著名相声大师门下的高徒，要不怎么能在学校例会这么正规的场合一个人的脱口秀表演得如此精彩，一定是知道大家每天工作都很辛苦，给大家放松一下。纸老虎这个词语是准备了千年专门为小草量身定制的吧。我们这些小鸟雀各自玩着手机，听着蝎子音。现在想起来我也真的觉得很可笑，以前我会生气或者气愤，可能随着年龄，现在觉得他越来越好玩儿，越来越可爱了。逐渐觉得他可悲，甚至值得怜悯。他很多时候都希望通过大声吼。来让别人害怕。尤其新来的小老师都不敢跟他说话。可是，逐渐慢慢地都知道了原来他就是个纸老虎。

他说话的声音非常与众不同，都是集中在高调盘旋，好像开会讲话刚开始就进入了高潮，不需要任何的缓冲过程。任何时候都是煮沸的米粒在锅里不知方向地翻滚，弄不清方向与目的。他在操场上训话如果停电不用话筒或者喇叭，学生都能听到。而且每句话的尾音都是上扬的，如同声音也长了蝎子一样的尾巴，一定要撅着。可以定义为"蝎子音"。

他进入会议室时常爱说的话就是："告诉你们，今天我脾气不好。"听到这句话，老师就知道，不定在哪有了些不愉快，或是上面领导又批评他了，或是想要得的银子不够顺手，或者哪位老师不听他的话了，等等，一切皆有可能。他要找到树洞发泄出来，也就只有开全体会时，老师们是他的树洞，开会是铺满鲜花的路径。一次开会，还是用他的"蝎子音"告诫大家："告诉你们，请假回来必须找我销假，不销假就是没上班，别让我对你不客气。"恰好第二天上午我有事，请假半天，下午到班想想，还是找他销假，昨天刚开过会总要听话，到他办公室并找不到人，给他打个电话吧，电话打通："校长好，您在哪啊。没在办公室看到你啊。""嗯——，啥事？""我和你销假啊。""哦，知道了。"今日声调比较乖巧。到了第二周例会，蝎子音又出来了："告诉你们，不用看着校长，校长有校长的事，有局里管着，管好你们自己就行了。"校长就是皇上，神龙见首不见尾。

不过这更像个灯笼站在寒风飞雪中，红彤彤鼓胀的身材，肚子里却空空地只装满了西风，还要害怕心虚风太大把里面的蜡烛吹灭，而不能张牙舞爪地挂在人家大门口耀武扬威了。

有时候他看到几个老师聚在一起说话，他就莫名地生气不高兴，而且还会说："怎么没人和我去待着，没事儿了去我办公室待会儿。"孤独的小孩，没人陪他玩，又好笑又有点可怜。因为他的脸大多时候是拉长的，怕他踢脚太高会不会打了自己的下巴。原来总有人和他吵架，动不动就听到哪个老师和他嚷起来，现在已经很少了，他就像一个小孩儿，大家都在哄着他，大家已经都习惯了，已经适应他如此了。不过也有大嘴总咧着的时候，就是女老师和他说笑话，甚至有的人说一些略带黄颜色的小段子，他可能会更高兴一些，意淫的念想如同藤蔓蔓延伸出来。

每年教育局下派的测评小组都会到各学校测评，给学校领导班子成员包括校长、副校长、主任打分。小草都会很紧张，会给我们先开个会。"平时有什么冲突不要怀恨在心，不要那么小心眼，胸怀大度点，而这些也不过走形式的事，你即使给我打低分，也改变不了什么。"而且眼神也不敢直视大家。

这是一种很复杂的声音语调和表情，既有了一层僵硬的温柔，又不想失去蝎子音的强悍，别扭地交织在一起，如同一枚包裹红包的信封式的红包皮，印着喜庆的图案，而又干瘪的没有一张钞票。等到检查组的来了，老腰弯着，笑脸相迎，就差下跪了，让我想起色厉内荏这个成语。我是初中学《变色龙》那一课时学到的这个成语的，那时的语文课总要分析人物形象总结中心思想，最主要还要让学生们背下来，而分析主人公人物形象时就用了"色厉内荏"这个成语，让我记忆深刻。有学生写作文写得有意思："我们校长站在门口迎接检查的，像迎接皇上一样。"这个更像《皇帝的新装》里的孩子不会说谎。各种迎检期间，他暂时不当皇上，禅让出位置。这样的皇上也确实有些可怜。

<h1 style="text-align:center">四</h1>

一日，小草校长一个人站在操场跑道边缘，自言自语："这学校多好啊！"一个该退休的人，是不是都有留恋的情怀，我没经历过，想象不出来。看他穿过操场，我反而有怜悯之心，从心底一点点升起。等他退休以后，没有人再能让他吆五喝六的会不会受不了呢，按照他自己所说，他有七样大病，血压高，糖尿病，脑血栓，心脏也不好，他的医保卡是月月花光，银子都用在了看病吃药。有一次突发脑出血，幸亏家里有人及时送到了医院，保住了命。瞬间只觉得可怜，可悲。

窗外有大雨落下，房间内一切安宁。茉莉花一层一层的香气袭来，虎头茉莉是最近这一两年才知道，是多花瓣的茉莉，和日常北方所养殖的茉莉花，或者说茶叶花不太相同。茶叶花茉莉是单层花瓣，简单直接。

花盆里也有几棵小草长出来，嫩绿活泼，颜色正好，一切都在流淌。

# 满船空载月

## 明归

### 一

2018 年 11 月 27 日，戊戌年十月二十日。父亲离开一百天的日子，也是父亲正式下葬的日子。因一直没有找到合适的墓地，骨灰一直寄存在福山寺。三个月选择墓地，最终选定凤山陵园。面朝陡河水，背靠巍山。稍偏远却安静的一处。总算了了一桩心事。晨起大雾，能见度只有几米，本来约好六点到福山寺取骨灰。大雾不能前行，只能靠在路边休息，天地一片黑暗，阴阳交换着生死符。停车将近一个小时，雾渐小，才能前行。到了福山寺，天依然阴沉，工作人员打开安放骨灰的橱柜门，瞬间泪下，我抱出骨灰盒，觉得好亲，好温暖。骨灰盒上的照片是穿着西装打着领花那张。还是十几年前当婚礼主持人拍的。面带微笑，容颜可亲。谁能想到当年潇洒风采的照片，却是今日挂在此处。拿出事先准备好的大红布包裹好。我抱着父亲上了车。他在我的怀里，臂弯里，眼泪里，飞一样的过往中，一路赶往凤山陵园。

家人们已经在那等候了，阴霾天还是未见天日。一下车，三姨就拿了一柄大黑伞，给我遮住。我抱着父亲，浓雾一团团朝我脸上扑过来。

这多像人的一生啊，大多是在茫茫，不知前路的情况下前行。前行一百多米上台阶，到了墓地。早有工作人员等候了，在墓室上插起了一柄大伞，覆盖了整个墓地。有陵园准备好的有机玻璃盒子，打开盒子，在盒子里铺上一层棉花，放好七枚银钱，然后打开红布，把骨灰盒取出来，放进盒子，扣好盖子。放入墓室。旁边的工作人员调好白水泥，封了墓门。墓门上一个大大的福字。这是我与父亲真正的永别。从此他在这个世上存在的实质的东西再也不可触摸，再无相见的日子。

天上人间，眼泪在风里飞，泪水里群山模糊。此时太阳已经升上了山顶，阳光下的雾已经小了。万物清晰可辨，风声裸露，安静的墓园里一排排的墓碑像规矩被驯化好的人类，整齐地站着。我暂时还是在人间，却不知梦里身是客，满船空载月明归。

## 二

2017年的冬天，农历丁酉年的冬天，已经成了过去，但却给我这少半生很大震撼，让我把视野真正停留在现实世界。父亲从春天开始，走路时间长了就胸闷，后来逐渐发展走一百米左右要歇歇。到工人医院检查，诊断冠心病。心内科医生说要做冠脉造影检查，如果堵塞严重要安放支架。但十几年前有垂体瘤，虽然当时没做手术，也没有并发症，现在也没有任何症状，还是怕对支架手术有影响。让我们去北京阜外医院，请那里医生给个综合方案治疗。工人医院是唐山最权威医院，给出这样的结论我们只得出院。

先到市医保中心办理跨地区转院手续。然后从网上搜索怎样在阜外医院挂号。下载app后挂号，在网上预约挂号，专家号一百元。周三上午十点看病，取号必须八点半前。我和父母前一天晚上就动身了，网上订了酒店。下午四点多钟到的北京，然后倒地铁，在阜成门外下车。出了地铁天已经黑了，转弯向南走了一个路口，找到白塔寺青年旅社，总算安顿下来。虽然不是什么大酒店，整体布置比较有小资情调的。店主是几个年轻人，感觉挺好，三人间。房间干净整洁，一张双人床一张单人床。床头挂着两幅画。五百元钱，皇城根下价格也还合理。然后打听具体离阜外医院多远，店家说并不是太远，走两站，可是两站对于我父亲就很艰难了，他现在走一百米都受不了。而且我不知道明天早晨如果打车的话，能不能打到。

天还没全亮，我和父母就出门了，正是将亮未亮的时候，天空不是全黑色，近乎靛蓝色，东方有云也是蓝色，如同油画，感觉有些诡异的色彩。转身才看清旅社旁边就是白塔寺，远处模糊就是白塔。恍然，才知道为什么叫白马寺青年旅社，有些怀旧的感觉。虽然是一月天气，幸好无风，天气也不太冷。我和父母还是决定步行过去，期间休息了四次。走走停停近半小时到阜外医院。一楼大厅几乎没有站的地方，哪里都是人，任何角落都是攒动的人头。还没有开始取号，取号机器前已经排起了长长队伍。对于取号还是不太熟悉。看到有几个志愿者都被人群围着，实在插不进去，看有一位医生模样的女子，四十几岁，站在旁边，过去打招呼：您好，请问您，应该怎样取号。答曰：问什么问，待会取号就知道了。只得作罢。等到七点半开始取号，每个取号机器前开始喧闹起来。人们围着几个志愿者不停追问怎样取号，虽然机器旁边写着流程，并不够详细。有一个老先生在后边拍一下负责问询的志愿者小姑娘，帮他弄一下。小姑娘横眉冷对：别拍我别拍我，说话可以，别拍。幸好没有向她询问。转头向旁边有一个男生的志愿者，态度还算好，向他咨询让他帮我取得号。如此一个取号的过程，对一个从来没有到那儿看病的人，不知道任何流程的人来说，真的很难。

　　父亲和母亲就站在旁边等着，看着他们的眼神，我心里挺难受的。候诊在二楼第四病区，要十点左右才能到我们，坐下来等。看穿梭的人群来来去去，这么多匆忙的眼神。声音和面容汩汩地涌上来，这个著名的医院就是一台巨大的 x 光机器。能看到人间的病灶和骨头。到十点，终于叫到我们。医生是四十几岁的中年男子，问父亲怎么个情况，父亲说在唐山不给我做这个支架手术，因为有垂体瘤。让来这里给个综合治疗方案。阜外医院的医生听此言语说，那他们不敢做，我也不敢做呀，你赶快到一个神经外科比较权威医院，比如天坛医院，负责神经外科的科室，开一个证明垂体瘤对这个支架没有影响，我才敢给收你住院给你做。从本地医保中心办理跨地区治疗证明手续到买火车票，订酒店，到挂号，来北京治疗近半个月时间，一百块钱挂号，这一句话就结束了。父亲本身就是个禀赋优柔的人，看着他低落的情绪，我和母亲不停开导他。回酒店拿行李，只定了一天，不知行程几天，出来找个小饭店简单吃过午饭，看父亲精神不好，打车直奔天坛医院。到天坛医院一点多点，挂天坛医院的号。因为已经熟悉医院挂号取号流程，很顺利。要 3 点多看病。还要等两个小时。平时中午都午休，只能靠着椅子打盹。候审大厅里也都是如我们一样的外地人。他们都拿着各种在本地医院做的 x 光片儿的资料。有的写着是陕西省什么医院，还有来自云南的。有的拉着行李箱，有的听他们聊天是在附近租房的。这些人看着更辛劳满脸的疲惫，愁苦。相比他们，我们从唐山来到北京还算是幸运。就听两个人两个人在那聊天儿。一个人对另一个女人说，做神经外科手术一定要让年轻的大夫做，因为时间太长。有的手术十几个小时。年龄大的医生根本就做不下来。然后听他讲手术过程，听起来很害怕。好像有了病就是人为刀俎，我为鱼肉。感觉这里每一个人，就像冬天荒草，没有一点希望。我们不是来排着做手术看病的。我们只是想让开个证明，但是实际上，回来以后，才想当时我们是多么幼稚，多么愚蠢呢，哪个医院会开证明说。等到三点多一点，医生还是一句话，我们不会开这样的证明。又给我们打回来了。我们又回到阜外医院，找到那个医生说明情况。他说还是需要证明。我说我们唐山工人医院就是让来您给个综合治疗脑垂体和冠心病的方案啊。他说，你们工人医院也算唐山最好医院，怎么还能说这种话。我这是心内科，阜外医院是心脑血管医院，怎么能综合治疗。赶快回去想办法吧。

我和父母只能出了医院，站在医院门口儿。风有些冷了，已经四点多了，我问爸妈要不要住下来还是回家。母亲说，已经如此，先回家吧。马上网上订票，打车到火车站，赶上了六点半的火车，一个半小时，回到唐山，这就是北京一天看病的经历。

此后父亲在家休养近一个月，保守吃药治疗。症状仍不见好转，决定再去唐山别家医院看看，也许有别的说法儿。这样父亲又住进了唐山市的开滦总院。开滦总院心内科医生说垂体瘤对心脏支架手术没有影响，马上就可以安排冠脉造影检查，如果情况允许，检查同时就放上支架手术。在手术之前一天，负责给我父亲做支架的医生给我们讲了手术风险。父亲是一个原本胆小心细的人，听到这个很害怕，虽然好多人就说支架手术还是非常普通的，但他还同样是很害怕。第二天做冠脉造影检查的时候发现堵塞的部位很不适合放支架，而且还需要多个。堵塞部位放支架难度大，有风险。医生强烈建议外科搭桥手术。而且要搭三根桥，只得放弃支架。随后我详细询问，查了资料。搭桥手术是取病人本身的血管（如胸廓内动脉、下肢的大隐静脉等），将狭窄冠状动脉的远端和主动脉连接起来，让血液绕过狭窄的部分，到达缺血的部位，改善心肌血液供应，进而达到缓解心绞痛症状，改善心脏功能，提高患者生活质量及延长寿命的目的。这种手术称为冠状动脉旁路移植术，是在充满动脉血的主动脉根部和缺血心肌之间建立起一条畅通的路径，因此，有人形象地将其称为在心脏上架起了"桥梁"，俗称"搭桥术"。研究了很多天，搭桥手术还是个很大的手术，还是有一种不放心的心理，觉得大医院会更好些，经过反复思量，还是想去阜外医院。至此，在心内科的治疗，就告一段落。

这次挂了阜外医院心外科。在开滦总院的时候已经做好了冠脉造影的光盘，以视频的形式详细记录了病症哪里堵塞，冠状动脉的情况。我们携带着冠脉造影的光盘又去了北京。期间也联系了几位医生朋友，和阜外医院的医生都不熟悉。谁也不知道哪位医生好，还是专家号，是一位叫作崔斌的医生。下午号，已经熟悉了挂号过程也就不像上次那样匆忙着急，到了我们的号，进了诊室，是一位穿着手术服的医生，戴着帽子，穿着拖鞋，说话时一直习惯抖腿。问了情况，给他冠脉造影的光盘，用他的电脑居然打不开，说格式与他电脑不匹配，我在家里电脑观看得非常好，不知是这个著名医院的电脑高级还是低级。他告诉我们需要去外面找个刻录光盘的地方，修改一下或者转换格式。而且还说，他只有半个小时左右就要去做手术了，不能太等我们。他的语言好像人造机器程序编辑出来的，没有任何温度。我说，大夫一定要等我，我马上就去。已经是第二次来阜外医院了，我父亲走路一百米都不行，来一次不容易。他说，你就快去吧。

出了诊室，我看着父母像两个懵懂的孩子坐在候诊的椅子上，来来往往的人，来来往往的每一颗心脏。不知每个人都装着什么，我不敢有任何情绪变化，安慰他们，说很快就回来，今天一定能住上院。出了阜外医院北门，看到医院的保安问哪里有刻录光盘的，回答穿过阜外医院，从南门出去一拐弯，就有个小店。我怕时间来不及，开启了奔跑模式，整个横穿过阜外医院，也不管别人怎么看我了，气喘到了南门，出了南门是一条不是很宽的街道，路边果然有个刻录光盘的小店。进了门，店铺很小，几乎没有插脚的地方。里面乱七八糟，一位老年妇女，一对年轻人，一个小孩，听说话口音是南方人。说明情况，他们说不能改变格式，再刻录一遍也是和这个一样。只能带着他们的笔记本电脑，然后把你的光盘放在笔记本电脑里边，让医生看，就可以。我说用您的电脑能播放吗？能不能被医生认可呀。那年轻女人拿过我的光盘，装进她的笔记本电脑，又脏又小的破笔记本电脑居然能播放，而且说，能被医生认可的，我们去过。我问一个月大概往阜外医院跑几次这样的活？回答：七八次吧，时常有人带光盘来打不开，然后找到我们，我就带着我的笔记本电脑去，给医生看一下。原来他们是多次承揽这样的业务啊。我说这要多少钱，她说，二百块钱。我瞬间像一座要喷发的火山，但是我也极力克制自己。甚至觉得这是一个圈套，他们是不是经常联合起来做这样的勾当。但是我确信有很多病人经历过如我一样的气愤。我按下心头的火山，讨价还价并没有那个结果，最后我说不能先给你二百，先给你一百做定金，等到医生那里，展示完再给你那一百。这女人还看着勉勉强强地拿着她的笔记本儿电脑和我走一趟。我说要快一点儿，要奔跑，一会儿那医生要做手术怕不等我。那南方女人抱着笔记本电脑也和我跑起来。我们两个一起奔跑到诊室，医生还没走，我们用她的小笔记本儿电脑看了冠脉造影，那笔记本儿电脑非常劣质，屏幕也很小不清楚，只能看个大概的，医生介绍哪里哪里堵得严重，而且远端供血不足。

在此期间有一个很滑稽的事情，我的手机短信响了一下，我把声音关掉了，没装衣兜里，手里拿着手机。然后这个崔斌医生横眉对我就说：别录音别录音，把手机关掉。当时我就蒙了，我说我没录你说话，我只是把手机关静音了，怕有声音打扰您讲话了。他也没有回答，然后就接着说，你有三个解决方案，吃药，支架，搭桥手术。我说您建议哪个好？他说，告诉你了三个方案，你怎么不明白，自己选。我说我们是患者病人，怎么知道哪种更适合，您给个建议。他说你们自己选择。他一直不敢说做搭桥手术。来北京之前，开滦总院给了明确建议是搭桥手术。我也咨询了几位医生朋友也建议搭桥手术，就这样一位我们挂号一百元的专家医生，就这样一百元挂号，却打不开光盘，还需要患者奔跑去外面自己解决的光盘问题，医院不负责。怕逃避万一以后产生的医患矛盾，连一个建议都不敢给，这样的医生，这样的担当。（我现在写字的速度都是快的，现在想起这些，也是血脉偾张）最后我说，我们决定搭桥手术。那能先住院检查吗？他说不行，虽然绝对够入院资格，但必须得住院之前做检查，这种不住院的门诊检查只能自费，不能医保。而且入院之前的检查也要预约排队。当时我们全家就崩溃了，第二次来，到现在为止还是不能住院，而且连检查都不能检查，还要去外面租房等检查，等结果，再等床位，再等手术。母亲不停哀求，先让病人住院吧，病人心理负担很重，我们外面租房没问题，他不住院心里总不踏实，总怕自己啥时心梗。怎样说都不行，把我们轰出来了。语言恶劣，面目烦躁。我这一生都记住了这个名字"崔斌"。

出了诊室，给了那南方女人另外一百元。她说我给你个电话，你和那人联系，他那可以转换光盘格式。我还能说什么，当时气愤的心情不能平静，找到医生办公室就是投诉。心中不停地对自己说，克制克制。怕以后还要在此治疗再来。我说有一个大夫，我不说名字，态度极其恶劣，讲了整个细节。那个负责人当时就说你说的是崔斌大夫吧。可想而知这样一个人，看来这人被投诉已经很多了，为什么还坚守在一线岗位。而且在我们同时治疗的时候，也有两个老年夫妇也在那里等着，等着的时候一起在聊天儿什么的，我们出来，他们进去还没一分钟就出来了，挂号也是一百块钱，说了几句就出来了，也是不能住院。一百块钱可能不算多，但是一百块钱的诊疗挂号费就这么三分钟就没有了，而且几乎没有任何建议。都是问患者你想怎么治疗，只考虑自己千万不要担当什么责任。今天我写出这些文字的时候，我的笔尖儿依然颤抖的愤怒的。原谅我的情不能自已，也同时恨自己的无能。

出了医院，门口到处都是那种发小广告出租房的。一晚二百，或三百一个房间。我们在来之前，其实也做好了要住下来的准备，那时想，父亲能住院，我给母亲租个房子住下来，我回去上班。但是没想到是这样的没有头绪。父亲很悲观，说这个病就无治了吗？父亲也很累，想回家。我说要不找个地方住下来，明天就按医生说的，按部就班地等检查，等住院。父母说太疲惫了，不想住这里。还是想先回家商量再说，幸好北京离唐山不远。此时天已经黑了。急忙打车奔火车站，将赶上火车，一路上窗外点点灯光忽闪而过，我不知擦肩而过了多少人，人间的生命都是这样遇见，或者不曾遇见。

转年 2018 年，过完年的春天，父亲精神状态已经很不好，每天不开心抑郁严重，看了几次精神科，吃了很多治疗精神抑郁的药，也不见好转。同时开始出现腿部浮肿的状况，到医院检查已经引起心衰，输液利尿的药见好转，此后一直住院治疗。医生还是建议想办法赶快治疗。此时已经入夏，天气渐热，又联系了阜外医院，找朋友帮着联系了主管的副院长给父亲看了看，说这病还是应该早早地做手术，现在心衰严重，射血量很低血压高压才 80 多，不能做手术，还是先调理心衰吧，等射血量和血压都提高些才能安排手术。

由于病房紧张，只能先在急诊观察室住下，急诊的观察室是个很大的开放空间。几十张床挨着，中间只是用布帘隔开，都是来自天南海北的病患。这次输液和以前已经完全不一样了，静泵二十四小时不停给药。调理心衰，不能离开床，病床很小就一米宽，翻身都不容易，病人也很多，还有陪床的家属，声音嘈杂。第二天父亲就有些受不了了，这样拴着也太难受了，我找护士说能不能拔掉输液，监测，答案是不能，又假装说上厕所，说也不行只能在床上。如果想下床必须找医生签字。看着父亲父亲抑郁的状态，找了医生签字说，有意外自己负责，拔掉了输液和监测。我扶着父亲慢慢出了急诊楼，外面好热，可是父亲好高兴，拿出手里的半根烟卷，因为冠心病是禁止吸烟，父亲又戒不掉，偶尔还会抽半根，还和我说我抽半根没事吧，我说没事啊，你又不是今天才得的。看着高兴地抽着烟，手背上长期输液已经青紫，心里不是滋味。让父亲受苦了，我却无能为力，深感作为女儿的无力无能与愧疚。父亲抽完半支烟，又陪着他缓慢地在急诊室里散步溜达，尽量避开护士医生，要不就得被逮回去。等回到床位上，早有护士等在那里又给输上液。几天的治疗，输液，病情还是不见好转，血压没有升上来，每天我和母亲轮流陪护这能坐在旁边趴在床栏杆上睡会儿。不在医院时就回去租房的地方，一处居民住宅，三个房间，租了一个房间，两张床一天要240元，卫生间是公共的，厨房也是公共的。两处感觉是一样的恶心。每天早饭是去阜外医院对面的庆丰包子店买小米粥，包子。排队要十几分钟。店面面目狰狞 一副苦大仇深的模样。中午有时去对面的小饭店，点两个菜米饭或者馒头，回医院吃，住到第四天，父亲实在坚持不住了，住不下去了，心衰调理并不见效，也不能安排手术，和父母商量过还是决定先回唐山。办理好出院手续，五天花了九千多，近一万元。

打车出了阜外医院奔火车站，可出租车只能到火车站的西北角，到北京站要走过街天桥。可这几百米的路对父亲已经是很艰难了。我拉着行李箱，后面背着一个背包，前边背着一个小包。母亲提着一个包，下午正是烈日当头，走十几米就要歇歇，好不容易过了过街天桥，有一个肯德基店，进去，根本就没有座位，站着的人很多，买了三个冰激凌甜筒暂时降温。恰好看有人吃完离开，赶紧占了座位，让父亲坐下休息。又休息了十几分钟，父亲觉得平缓了些，出了肯德基，进站检票。面对着喧闹的北京站，只能统称为人类，而每个人都可以忽略不计。

一个小时高铁回到唐山。在家休养一周，住进了唐山工人医院。医生诊断后马上安排住院治疗，给出了治疗方案，也是先调理心衰，然后稳定后安排搭桥手术。工人医院的治疗环境还是不错的，三个人一个病室，有卫生间。左边病床的老人家和父亲是同样病症已经安排手术日期了，很开朗，看父亲心情忧郁，每天开导，父亲精神状态也比过去好多了。调理心衰两周时间，血压和射血量都有所提高。主任医生找我们谈话，联系了北京阜外医院的医生，下周来可以手术。若再拖延下去，手术都不敢给做了。我问主任，如果不做手术会怎样，不做只能是越来越堵塞，最后呼吸困难。生命也就三五个月的时间。如果做了，就是博一次，成功的机会50%。和父母商量几天，到底是做还是不做。这时临床的老人家手术做完已经好几天，恢复得很好。搭了四根桥。也是北京那位医生给做的。给父亲很大鼓舞，终于定下手术。

手术安排在下午八月十六日第二台手术，已经是中午一点，父亲推进手术室，我抱抱父亲："加油，老爸，一定没事的，等你出来。"推进去后，就是无尽的等待。太阳透过落地玻璃窗把影子一点点拉长，两小时，三小时，五小时。漫长的等待，嘈杂的人群夹杂着各地的口音，都模糊成符号。六个小时，终于出来了。一看到父亲，眼泪就流出来了。嘴里插着呼吸机，浑身缠着纱布，插满管子。赶忙送往重症监护室。医生交代，手术并不乐观，当时搭桥血管接好后，血液流动及心脏也不像其他人那么迅速恢复正常，还是很缓慢，心脏也很无力。后面就要看天意了，能不能闯过去。接下来还是漫长的等待。一夜又一天，护士告诉已经苏醒过来，医生说还未脱离危险，整个大循环打不开。到第二天下午可以探望了，进入病房后，看到父亲第一眼，泪如雨下，身上缠着纱布，眼角有干涸泪痕，我一下子没控制住，掩面痛哭，拿湿巾轻轻把他眼角的泪痕擦干。护士在旁边问："看看这是谁？"父亲回答："我闺女。"当时我已经意识到不好的预兆，握着他的手说："让我亲亲你，老爸。"这是我成年后第一次吻他，也是最后的诀别。从监护室出来我已经控制不住自己，痛哭半天。下午父亲又开始发烧，更是不祥的预兆。晚上回到家夜不能寐一夜睡不着，快天亮时睡着了，做梦有护士叫我，快去医院，你父亲不行了。醒来，已经预感不妙，急忙赶往医院。正好医生要找我，说病人病危，要抢救让我签字。我急忙签字。抢救半小时，医生出来宣布抢救无效，最新鲜的死亡轻描淡写。

父亲是个胆小的人，一直不敢做手术，害怕，到了不得不做才下定决心。他一个人进入手术室时得多害怕，最后在重症监护病房弥留之际多害怕。当时我和母亲都已经懵了。父亲推出来，面色祥和，丝毫没有痛苦的表情。我觉得这都是假的，一切都是假的，连我这样现在的活着都是假的，随后是昏天黑地的痛哭与眩晕，黑暗。亲戚们也都到了。我不知怎么走的路。怎么进入电梯，怎么出的医院。然后就是两天如梦的葬礼。流云一般不记得是否真的存在过。

三

父亲离开我已经三个月了。前一段中秋的时候。我依然感觉我们还是一家。感觉他只是出差了或旅行了。母亲在中秋节那天哭了。我强忍着和她说笑。其实我当时也特别想哭，但是没有。窗外的灯火闪亮。每个家都是团圆的 。这两个月，梦到几次父亲。第一次是他去世的第三天，他站在床边叠被，面色白净，微笑着。和我说话："看你要醒了，眼皮动着，还不起来。"我说，让我拉拉你的手。他不说话了，好像不高兴，低着头叠被。第二次梦到父亲，他站在阳台外面，放空调的地方，我说多危险啊，爸你怎么站在那，快进来，他不说话，面目衣着记不清。第三次是我和他在医院，他坐在病床上，说，我还是得做搭桥手术，做完就好，我说不能做，做完就没命了。

恍然醒了知道，他已经不在了。最近的一次是父亲从门外进来，穿着黑衬衣，我拉着父亲的手喊出声：妈，妈。我爸回来了，我爸回来了。我从来都没有说梦话的习惯，这次喊出了声音。哪次梦到醒来，都是大哭不止。死，就是不能再打电话，不能通信，不能相见。即使走遍千山万水，怎么想尽任何办法都不能再见到了。天地大悲莫过于此。写到此，泪湿纸面。

父亲享年68岁。读初中时，好多孩子都直接辍学上班，老爸想多上学考音乐学院，因为上初中时就喜欢趴在墙头看高年级学生排练演出，羡慕得要命。父亲确实是个很手巧的而又耐心的人，就自己用小木块，和晒干的大鱼皮自己做二胡，为了买两根琴弦骑自行车两个多小时到市里买。做好后天天自己瞎练，吵得街坊四邻不安，祖父祖母极其生气，不让练，父亲就带着他自己的二胡到野地里玩。结果那时的初中生不参加工作的就下乡了，父亲被分到滦县下乡，考音乐学院的理想破灭。当时十几岁的孩子一生的命运就此转折了。下乡住在老乡家里，他们被称呼为大洋学生。同学们轮流做饭，想想那个年纪的孩子哪里会做饭，只是混得不太饿就好。父亲说那时夏天玉米刚长出时，他们几个调皮男生就去偷玉米，直接嚼着吃，我从来没有吃过，不知什么味道。父亲还说，偶然一次用玉米饼子蘸着猪油吃，简直像过年。

下乡几年后就是当兵，父亲真正开始逐渐实现他的理想。他是文艺兵，当兵在山西晋城。那时自学了小提琴，五线谱。现在老宅的柜子里还封存着他的第一把小提琴，是探家时北京转车在北京买的。指板上的黑漆都磨出椭圆形拇指模样的原木，可见是怎么苦练。还有几本钢笔手抄的五线谱，极其工整，简直像印刷的。父亲身材也好，舞蹈好，一直是舞蹈队的骨干，可惜好多剧照都在地震时遗失了，我看到的只是零星几张，还被水浸泡了。那时的彩色照片有意思，都是染色，倒是觉得像油画。

父亲还是个很文艺小资的人，军队的裤子都很肥，父亲很瘦。他就自己改裤子，把裤腿翻过来，从里面缝进一块去。把裤腿改瘦了。探家时回来，伯父看到就骂父亲，你这是资产阶级思想浓厚。伯父是个极其开朗的人，平时说话声音好大啊，留着寸头，那时我总愿意站在炕上摸他的寸头，特别好玩。他就哈哈地笑不停。总说，这小丫头不老实。有一点我记忆深刻就是大伯父手颤。尤其是他过年来看奶奶一起包饺子时，我总要笑他，手抖。老爸告诉我，不许再笑大伯父了。他手抖是多年前生气落下的病。原来大伯父娶了个媳妇，长得好看，可是结婚没多久就跑了。后来才娶了现在的伯母。一个说话不停，干活麻利女汉子。那时我还小一直不明白跑了是什么意思。总追问，跑了再让她回来啊，后来才明白啥意思。

该到转业时，部队让他留下，可是他还是想回唐山，有年老的爷爷奶奶在。转业回唐山有三个职业，开滦煤矿，公安局，自行车厂，父亲居然选了煤矿下井，我说为什么不到公安局啊，父亲说公安局那时工资太少，下井煤矿会挣得多些。这样父亲就下井了，他本来就不是那种强悍的人，一股书生气，根本就做不来那些工作，父亲是认真细致的人，慢性子，所以长期被领班的班长批评。井下工作是三班倒，父亲下夜班回来就是夜里 12 点多，大冬天，天寒地冻，早晨还要 6 点多钟起来给我打奶，回来用小奶锅热奶，一定还要早早生炉子。

我是早产生下来，才 4 斤多，母亲奶水又不好，他们生我时已经 29 岁，家里就我一个女孩子，极其珍视。现在想来那个年代，也没有微波炉和各种现在的新潮电器，父母把我这样的坏丫头养大，够不容易的。

我出生转年的春天，也是父亲的春天，学校招聘老师，父亲工作调动到了学校。父亲不用很辛苦地工作了。到了我六岁，开始让我练琴，很讨厌父亲，也很讨厌琴，甚至想把琴砸了。可如今父亲不会再听我弹琴，逼我练琴，也不会再站在庭院里抽烟，没有满院子烟味，也再没有母亲的嗔怪。

琐碎的片段如荒原，很难再缝补成细密平整的田野。这些没条理混乱的文字，也许正适合我这野马一样的性格。以前对父亲也有诸多的看不惯，从不听他的话，随着年龄的长大，有许多后悔与内疚。但我嘴上从不向他致歉，不过很少和他争论了。秋天越来越浓，父亲离开得越来越远，眼泪和疼痛可能会随着时间的流逝慢慢被稀释。但这是一种刺扎在肉里已经拔不出来了。慢慢会和身体长在一起，慢慢地成为身体的一部分，伴我余生。

# 时间之轨

　　北新道上路灯亮起来了，深陷在夜空里，高冷的光芒总有阵阵凉意。虽已是暮春，感觉春天只属于江南，温度还是留在冬日的阴影里。春天在北方只空有温暖的名字。盼着归来的美人总在犹豫不决间耗尽人间四月天。隔窗看到路上车辆川流不息。车灯，路灯，星光编织的夜又把一个白昼沦陷。许多梦在早晨醒来时都遗落在了路旁的灌木丛里。

　　时间之轨无情无义，四季不停歇，一副高僧模样。幸好有偶尔零星的碎语从时间的指缝遗落，被记忆。喜欢这种没有条理的无目的的散乱片段。一切并不规矩，总有一种天然慢慢渗透上来。

　　二〇一三年六月五日

　　芒种，"有芒的麦子快收，有芒的稻子可种"。《月令七十二候集解》："五月节，谓有芒之种谷可稼种矣。一候螳螂生；二候鵙始鸣；三候反舌无声。"在这一节气中，螳螂在上一年深秋产的卵因感受到阴气初生而破壳生出小螳螂。这让我印象最深的是我和堂兄暑假时总喜欢逮蚂蚱，就曾把螳螂卵壳带回家，那是说圆不圆，说扁不扁的形状，土黄

189

色，像白薯糖浆子。拿回家放在高处，人碰不到的隔板上。慢慢地就忘记了，等到来年初夏就会有小螳螂出来，茫然不知的情况下你会发现家里的窗台，床上，书桌上哪都会爬着小螳螂，就会被大人骂一顿。

根据古老的说法，芒种节过后，群芳摇落，花神退位，人世间便要隆重地为她饯行，以示感激。《红楼梦》第二十七回，描写了这个为花神饯行的场面。"言芒种一过，便是夏日了，众花皆卸，花神退位，须要饯行。用花瓣柳枝编成轿马的，或用绫锦纱罗叠成干旄旌幢的，都用彩线系了。每一棵树上，每一枝花上，都系了这些物事。"从这里可以看出古人对大自然的一种亲近。

二〇一三年六月八日

傍晚雷雨，黑若沉夜，雨水厚积薄发肆无忌惮，淹没了北新道，极尽奢侈浪费。车灯烦乱浮躁，车流冷漠热闹，每人都归心似箭，这众矢之的都散落在哪里？

初夏夜一个人随便翻看些旧书，有莫名不可期待的舒服。读《诗经·摽有梅》："摽有梅，其实七兮！求我庶士，迨其吉兮！摽有梅，其实三兮！求我庶士，迨其今兮！摽有梅，顷筐塈之！求我庶士，迨其谓之！"

古风拙朴，情感纯净，自然率真，不矫情不藻饰，诗歌是文学的源头，初形，表达最原始的情愫，是文学中最凝粹的。如今过多的意象纷杂都忘了初心，忘了解构的目的是美，而不只是为了解构而解构，难度并不代表美。

听李健的《心升明月》也是最适合的，能把浓稠暖意的夜溶解的清爽。第一次听到这首歌就极喜欢。从冲淡如水般的音乐开始，整篇如一首五言诗。其实美学中谈到两种美：一种是出水芙蓉，天然去雕饰的美；一种是错彩镂金的美。五言更适合表现开阔大气的自然美。而七言更宜浅唱低吟，于百转千回倾诉柔肠蜜意。可这首歌却以大气之笔写儿女情怀，健笔柔情，与普通情语完全不同。开篇两句"飞鸟归山林，落日入东海"有些王维《辋川集》的味道，如果混迹于"竹喧归浣女，莲动下渔舟"的句子里一定挺合适。

"我心上的人，你从哪里来"即入主题。"青山随云走，大地沿河流。"笔触从上一句的情语荡开，不纠结于个人情感。青山，大地，白云，河流，引入一个更开阔的境界。随后紧跟"这深情一片，等待谁收留。这广阔天地，如何安放我，我如何安放这广阔天地"，心中充满郁积的深厚思慕之情，不能排解，天地之大却不能承载如此深厚浓重化不开的情怀，与李清照的"只恐双溪舴艋舟，载不动许多愁"亦有相通之处。

再往下一段"我心深似海，你宛如明月"并没有细致地描写，完全是一派神态，心灵的感觉，心深似海是怎样的有情人呢？宛如明月，充分给人想象与遐思，怎样的美人呢？明眸皓齿？无人可知，但有一种舒服的美感占领心田。言有尽而意无穷。接下来一句"这般美如画，却遥不可及"顿生点点惆怅，美丽却不可触及，人生八苦之一"求不得"之苦。但这里没有一发不可收拾的发泄，下面笔锋又转"为何要可及，彼此共天地"。这是全篇最美我最喜欢的一句，旋律也在这句随即转调，整个境界顿觉疏朗，把儿女之情升华的大气开阔，不拘泥于相思之苦，却由此豁达地转化为"彼此共天地"。"彼此共天地"已经心满意足矣。"海上生明月，已尽收眼底，这美丽世界，已经拥有你，我已经拥有，这美丽世界。"将这种开阔境界，进一步开拓，人心虽小，承揽巨大，心即宇宙，包容天地，已经拥有这美丽世界，佳人也在胸怀，豪气柔情。然后大段如百转千回如独自徘徊的间奏后进入最后一段。"青山随云走，大地沿河流。这深情一片，等待你收留。这美丽的世界，已经拥有你。我已经拥有，这美丽世界。"如已彻底登上山顶，积郁的感情完全释放出来。那一句"这深情一片，等待你收留"与前面一段中"这深情一片，等待谁收留"的含蓄相比，直接，坦率，情之更开阔，有一种"会当凌绝顶一览众山小"的感觉。

全篇在云端在山岚，清新飘逸，情由起初的平静推及深厚到淡淡哀愁再到彼此共天地的开阔，最后推向拥有世界即拥有"你"的更高境界。"此间有真意，欲辨已忘言。"即使不能拥有，也能如此大气深情。

窗前月光浓郁，所有夏日里的牵连都缠绵在一起，我没见过荼蘼花，可能世上的荼蘼花此时开得正茂盛。

二〇一三年八月十七日

黎明即起，洒扫庭除，早饭毕稍息，细雨，撑伞出门沿北新道而行，购物两小时，归。小区内青石润泽，不泥不泞，不干不燥，微风恰好，有邻家弃石回田，辟一小块地，植瓜菜，青绿枝蔓，承雨泽霖，盈盈饱满，想起"山路元无雨，空翠湿人衣"。连日阴雨路面洗得干净。人间都是新的。遇见很少见的一幕，男孩骑着脚踏车，女孩穿着白色连衣裙坐在后面高高举着雨伞，男孩是白色T恤衫蓝色牛仔裤，两个人都用眼睛笑，恰好也适合我的眼睛。觉得这样的画面只是出现在电视剧里。夏日里的清爽带着青翠的汁液从他们身边升起来，在雨中弥漫。

窗外是底商的屋顶，有大碗形状的装饰造型，雨后碗中积满水，鸟儿们就在此饮水，有小鸟嬉戏散步。我也时常撒些小米，鸟儿来得就更多了。早晨洗漱时就听它们争着在窗外叫很惬意。突然低头看到一只小蛐蛐，是极幼小的，身体不是黑色是棕色，我极力想逮住它，把它放到窗外，可它却很害怕地乱蹦，如同不知剪羊毛会清凉的小羊一般，还怕伤到它，逮了半天才逮到，放到窗外，愿它夜里放歌却不扰我安眠。

二〇一三年八月二十一日

下午陪儿子游泳，二伏很热，骄阳奢侈，原来白净的皮肤变得稍黑，觉得很健康。孩子玩得很开心，原本不认识的小朋友，不一会就玩在一起。我们该向孩子们学习。这是露天游泳馆，周遭有很多法国梧桐，大树荫下当看客还算舒服，知了叫不停，很聒噪，不过这才是盛夏的味道。泳池中有位健硕的父亲，他憋气不换气游好远，双脚如同螺旋桨拍打着水花，好的是对孩子极其有耐心指导。这样的父亲才算成全了父亲这个称呼在家庭中的意义。前些天看到一篇文章，当阳台不再有晾着他的运动服，不再有他的球鞋，孩子已经逐渐的羽毛丰满独自翱翔，想想孩子还能和我在一起几年呢？清醒地来看世界，就是悲观地看世界。清醒等于悲观，滑稽而真实却让人流泪的论点。

吃过晚饭随手翻看《红楼梦》。恰好是宝玉黛玉花树下读西厢那一段，落花枝影，佳词艳曲，通体舒畅。对于红楼梦已经形成多年的习惯，打开哪页就看哪页，并不刻意翻看，也不按着顺序读。还有一集，记不得题目，贾政问宝玉书童在学里都学些什么功课，那书童也回答不清，贾政回答一句话很有意思，"都学了些精致的淘气吧"。如此庄重严肃的老夫子的这句话实在有趣，淘气应该和小孩童懒散顽皮活泼相联系，可这淘气怎么能精致呢？是精细加工过的淘气？讨论研修的淘气？或是把这淘气打点好装在礼品盒里随身携带？应该是专心致志的淘气吧，但精致的淘气实在是简练准确有趣。记起黛玉谈到李义山的诗"留得残荷听雨声"，遗弃赏尽的残荷，按着原本逻辑都没有趣了，偏偏留下听雨，如此翻案的审美，正是诗意产生的缘由，新意而多情，正合我的脾气。

二〇一三年八月二十六

打开电脑，墙纸自动更新，暗暗的底色，几盏方形纸灯里面点着蜡烛发出昏暗的烛光，几个字，八月处暑，池满水灯。有些迷惑，八月处暑明白，今天是处暑节气，池满水灯是什么意思呢，查查资料：

二十四节气中的第十四个节气，每年的 8 月 23 日左右为处暑开始，此时太阳到达黄经 150°。

处暑前后，虽然真正的秋还没有到来，但已经能感受到凉风起于青萍之末。"离离暑云散，袅袅凉风起。池上秋又来，荷花关成子。"到了处暑，暑气少了，就连天上的云彩也显得疏散自如，而不像盛夏时浓云滚滚成团成块。萧红《呼兰河传》中的一段文字："七月十五是个鬼节（处暑时候）死了的冤魂怨鬼，不得托生，缠绵在地狱里非常苦，想托生，又找不着路。这一天若是有个死鬼托着一盏河灯，就得托生。"

看了上面一段话，心里说不出的感觉，看看桌上剥剩下的莲子皮，干瘪的莲蓬还散发着淡淡清香，阳台上风吹过脚趾，手臂，阵阵凉意。皮肤已经不像前些天的湿润，干燥光滑。树影摆得没有规则，追忆盛夏的火热，夜间要盖夹被子。时而会听到蛐蛐的叫声，告诉我已经是秋了。想起早晨梦魇，惊醒静坐。心已经被押解，往事是解差，被放逐到天涯。问哪里是起点，哪里是终点？用高高摞起来的冰块做垫脚石去伸手够那高处想要的东西，等爬到顶端，冰块已经化掉一半，还是不能得到那想要的东西，未免有些失落，薄薄魂魄些微摇荡。其实世上最难以割舍的就是舍弃，曾经美好与痛苦如同白色与黑色，也许黑色可以覆盖白色，白色可以淡化黑色，最终都是灰色。理想如风拂过没有痕迹，静水悠闲没有半点波澜，与之最深厚彻底地忘记与决绝。

我现在想做一盏灯放到河里了，可是城市里没有河，我也不会做灯。

二〇一四年四月六日

今日儿子中午想吃鱼，去超市买，卖鱼师傅称重好，烦请她把那鱼敲晕，免得到家后不敢弄。眼见那师傅把鱼敲晕，可到家后想要打理时，那鱼翻腾乱蹦。我大着胆子一手抓起鱼，一手拿剪刀在它头上敲了一下，还没晕，它浑身滑溜的，一下从我手里挣脱，在水盆里乱蹦。唉，等它彻底死掉再吃它吧，于是随手把它放在水盆里，看着已经鱼肚向上。到了下午，鱼儿黑背向上，头摇尾摆，游得开心，欢腾得很，多顽强的鱼儿啊，它命也不该绝，不如把它放生，也免免最近的灾祸。前些天一次过马路，一辆奥迪车以飞一样的速度从我身后驰过，估计有160迈，离我很近，第一次离死亡就几厘米吧。我知道害怕，很害怕，手心出汗了，心翻了个跟斗，不过也高兴，因为我是如此怕死，是乐生的。

下午把鱼儿从盆里捞出来，怕它死掉用湿手巾包好，开车到南湖，游人太多车流缓慢，停停走走半个多小时，选了不让垂钓的水域，把鱼儿拿出来，甚好，还很欢腾。走下堤岸，把它放于湖中，风吹水面，波浪层叠，湖边柳枝飞横，我站在树下看鱼儿还会不会游泳，起初它只在岸边游，不向里面游，转眼就不见了踪影。

游到湖心深处吧，不要让人再逮到你了。愿自在于春水暖阳，无忧而生。

二〇一四年五月二十四

回家车上一女孩，样子还好，浓妆艳饰，耳环垂肩，天气尚凉，穿着吊带裙，肤色较黑，颈肩裸露，没有美感。路旁有藏民卖弓弩，我在车上，疾驰而过，不得看清那弩的细节处。听着田震的《执着》只喜欢前半部分，硬朗苍凉，适合深夜灯光隐烁时独饮红酒品酌。过北新道，一统飘香的牌匾不知什么时候没有了，店内亦空空，一副萧条。车窗外有穿白纱裙女孩步行，阳光的气息穿过车窗刺伤了我。永远别把自己的希望寄托在别人身上，如同下象棋用炮时，别用别人的棋子当炮架。

晚上在乐购超市闲逛，看有杯子喜欢，如古时候量米面的斗，一下子想起妙玉给宝玉喝茶用的杯子是她日常用的"绿玉斗"。当然这杯子没有玉器的温和润泽，且器形偏大，总不过与绿玉斗形似，倒适合我这样的伪文艺青年。喜欢买杯子，家中我常用的也有四五个，有些犹豫。而且 C 说，别多买杯子，杯具，"悲剧"。想到 C 看看杯子，禁不住诱惑，收入囊中。记得 C 和 Z 同我一起网购时，我说喜欢一条裙子，Z 说："等几天若心里还惦记再买。"C 说："不用，她惦记的必买。"我笑对 Z 说："这裙子已经惦记一月，如今还惦记，还是 C 了解我。"Z 笑而不言。H 曾在评我文章时说，感情细腻，生活虽丰富却烦乱。

二〇一四年十二月十四日

这只是个普通的周日午后，睡醒，阳光已经从房间移除，静物安静端坐，甚至想若是有风吹进来也好，让我的头发被吹起来，或者有一只苍蝇也好，暑假时偶尔混进来的苍蝇会在我看书时落在纸上，搓着手脚，脑袋灵活地晃着，或许它能看懂书上的字。想起村上春树的《猫》，有其羡慕他能有那么多和猫在一起的经历。有时觉得养猫，爱猫的人都温柔，若是男子定是会怜香惜玉。

我这样猜想。呆坐半个小时，穿好羽绒服，雪地靴，帽子，背上半旧的帆布包，像化缘的口袋，可是我没有钵。到书店 3 点半，却极失望，装修的气味，要把脖子掐断。到三层，随便翻看几本书，一本《荆棘王冠》还好，装入帆布袋。

交款时，工作人员拿一寸宽的红纸带把书绕一圈粘好，极其精致。那纸条上是白色古典文案的花藤，与红底交相辉映。上面还印着一句"读书是一种诗意的生存状态"。瞬间我倒想只要这包装的纸带了。我一直喜欢买椟还珠里的那位，真性情。倏忽地想出一句话：所有的遗憾与错过都是恰如其分。

无头无尾，没有联系。突兀的句子是山顶遗留的一株枯树。

二〇一四年十二月二十五

做了一个梦，我一个人旅行在北方极寒的小镇，从来没有看到过那么多清澈明亮的星星，如轮盘漩涡状的顺时针飞快旋转，好像那漩涡中心是个黑洞要把我吸进去。靛蓝色夜空高远辽阔，正空中，圆月硕大无比。月光照亮屋顶树枝，我穿着厚厚的羽绒服，雪地靴，戴着厚厚的手套，站在广场中央，周围只有空荡。空中有斗牛士骑在牛背上，随着愤怒的公牛上下跳跃。天空是个很好的牧场，存在之物都在那里撒欢。其余模糊成落在水里的画册，晕染开了。

醒来窗外已经晶亮。茉莉花又落了一层。梦里的颜色一层层往上涌，汩汩如同油画色刚刚被挤出来。这样一个奇异的梦，它的形状，颜色已经印在脑子里。

看着阳台上挂着的衣服我都羡慕，它们让阳光穿越它们的身体，那么暖。我穿着棉睡衣，棉拖鞋还觉得凉。现在最好不要有朋友来，也不会有人来，否则我这样去开门，会吓到人，散乱的长发乱挽个髻，面目如北方冬日的枝条一样乏味，空旷的想法和身体不知怎样安置。不过整理书橱衣物是冬日午后无聊时最有趣的，好多旧日写过的诗或随笔的纸片，会随手夹在当时正在看的书里。有的居然是写在买药的清单背后。

前面是打印的买的中药 36.5 元，后面是黑水笔胡乱歪扭的字。有的是写在说明书背面。那些句子已经在时光中洗得发白，恐怕还没从衣柜中拿出来已经霉掉，还略带着樟脑油的味道。

有些旧书，烂的不成样子了，丢了好多页，还有多年前留下的茶渍，茶渍其实是很有趣的，像是写意的国画，有些水墨情怀，而且并不是提前设想应该画些什么，只是在你洒上茶水，或打翻茶杯的瞬间就由天意去定格了。如同一个人投生到世界的偶然，都是在没有预想的无意中，完成最有意的偶然。旧事旧人都如同梦一样，也许梦也是真实的一部分，就是应该发生而没有存在发生，在夜里弥补上的。所有生命轨迹中遇到的人和事看似无序，凌乱没有任何缘由可寻，可又是谁安排得这么恰好而没有缝隙。

难以察觉到，古人能发现这一点，说明他们的观察是很细致的。

古人不但观察到了共振现象，还试图对之加以解释，这方面最具代表性的是西汉时期思想家董仲舒。

他在其《春秋繁露·同类相动篇》写道：

具有相同性质的物体可以相互感应，之所以会鼓宫宫动，鼓商商应，就是由于它们声调一样，这是必然现象，没有任何神奇之处。

董仲舒能正确认识到这是一种自然现象，打破了笼罩在其上的神秘气氛，是有贡献的。

两汉时期，人们对共鸣现象有了进一步的认识，其中值得一提的是西晋时期文学家张华，他把共鸣现象范围推广至乐器之外。

据传当时殿前有一大钟，有一天钟忽然无故作响，人们十分惊异，去问张华。

张华回答说这是蜀郡有铜山崩塌，所以钟会响。不久，蜀郡上报，果然如此。

张华把铜山崩与钟响应联系起来，这未必意味着他从共振的角度出发考虑这件事。不过用董仲舒的观点也能解释：钟是铜铸的，铜山崩，钟即应，是由于"同类相动"的缘故。

南北朝时期的志怪小说集《异苑》中提及张华的另一件事，却明明白白是从共鸣角度作解的。

洛阳附近的某人有一个铜洗盆，晨夕自鸣，就问张华。张华说此盆与钟相应，洛阳朝暮撞钟，故铜盆作声响应。张华建议他以铁锉打磨铜盆至稍轻，其鸣自止。此人如法磨盆，果不复鸣。

这里，张华不仅认定这是共鸣现象，找到了共鸣源，而且提出了消除共鸣的方法，制止了共鸣的发生。

至宋代，科学家沈括把古人对共振现象的研究进一步向前做了推进。他用实验手段探讨乐器的共鸣。

他剪了一个小纸人，放在基音弦线上，拨动相应的泛音弦线，纸人就跳动，弹别的弦线，纸人则不动。

这样，他就用实验方法，把音高相差八度时二弦的谐振现象直观形象地表现了出来。

沈括这个实验，比起欧洲类似的纸游码实验，要早好几个世纪。

沈括的实验对后人颇有影响。明代晚期学者方以智就曾在其《物理小识》中明确概括道：声音之和，足感异类。只要声音特性一致，即频率相同或成简单整数比，在不同器物上也能发生共鸣。

他指出，乐器上的共鸣具有同样的本质，都是由于"声音相和"

引起的。

方以智的这些话，标志着人们对共鸣现象本质的认识又深入了一步。

事实上，古人对共鸣现象的最初认识及其逐步加深，伴随着对自然界中波的理解。也就是说，在自然界中共振与波密切相关。

上古时候，人们在渔猎生产中常见到这样的现象：湖泊池沼的涟涟水波，水面上的浮萍、木条却并不随波前进，而是在做上下振动；在纺绳织网中，弹动绳子，"波浪"从一头传至另一头，但绳子上的线头也不随"波"逐流。

对于类似现象，人们经过了长久的思索才有了答案。比如《管子·君臣下》写道：浪头涌起，到了顶头又会落下来，乃是必然的趋势。这是春秋时期人们的回答。

至东汉时期，人们对此有了进一步的认识。东汉时期思想家王充终于发现，声音在空气中的传播形式是和水波相同的。

王充在《论衡·变虚篇》写道：鱼身长一尺，在水中动，震动旁边的水不会超过数尺，大的不过与人一样，所震荡的远近不过百步，而一里之外仍然安然清澈平静，因为离得太远了。

如果说人操行的善恶能使气变动，那么其远近应该跟鱼震荡水的远近相等，气受人操行善恶感应变化的范围，也应该跟水一样。

王充在这里表达了一个科学思想：波的强度随传播距离的增大而衰减，如鱼激起的水波不过百步，在500米之外消失殆尽；人的言行激起的气波和鱼激起的水波一样，也是随距离而衰减的。

可以认为，王充是世界上最早向人们展示不可见的声波图景的，也是他最早指出了声强和传播距离的关系。

至明代，借水波比喻空气中声波的思想更加明确、清楚。明代科学家宋应星在《论气·气声篇》中的结论是：敲击物体使空气产生的波动如同石击水面产生的波。

声波是纵波，其传播能量的方向和振动方向相平行；水波是横波，其传播能量的方向和振动方向相垂直。尽管古代人由于受到时代的局限性，对纵波和横波分不清，但上述认识已经是古人在声学方面的一个巨大进步。

知识点滴

唐代洛阳某寺一僧人房中挂着磬这种乐器，经常自鸣作响。僧人惊恐成疾。

僧人的朋友曹绍夔是朝中管音乐的官员，闻讯特去看望。这时正好听见寺里敲钟声，磬也作响。于是便说："你明天设盛宴招待，我将为你除去心疾。"

第二天宴罢，曹绍夔掏出怀中铁铧，在磬上铧磨几处，磬再也不作响了。僧人觉得很奇怪，问他所以然。

曹绍夔说："此磬与钟律合，故击彼应此。"僧大喜，病也随着痊愈了。

这个故事表明我国古人已具有较丰富的声学知识。

# 对共鸣与隔音的利用

共鸣器是将声音放大，以便听到远处的声音。值得注意的是，那种以竹筒听地声的方法正是后来医用听诊器的始祖。在战争环境下，古代人发明了各种各样的共鸣器，用来侦探敌情。

早在战国初期，勇敢善战的墨家就发明了侦探敌情的方法。《墨子·备穴》就记载了其中的几种。

古代的中国人还发明了隔声的方法，是把声音约束在一定范围内，不让它传播出去。

三国时期，诸葛亮率蜀军南下，来到云南陆良，与南军在战马坡相会。南蛮王孟获特意请深通法术的八纳洞洞主木鹿大王前来助阵。

木鹿大王来到战马坡，命手下官兵挖了两条长不到40米，宽不足1米的山路，叫做"惊马槽"，并将蜀军引到附近。

双方开战后，军南阵营突然响起"呜呜"的号角声，随即虎豹豺狼、飞禽走兽乘风而出。蜀军深入云南，从未见过这阵势，一时无力抵挡，迅速退入山谷。就在这时，意外发生了。

一阵狂风过后，只听周围的岩石、树木一齐作响，发出凄厉的尖啸，似厉鬼呼号，摄人魂魄。蜀军马惊人坠，损失惨重。后来，诸葛亮施展才智，巧用计谋，才降伏了孟获。

此战过后，惊马槽一带从此阴云不散。1000多年来，生活在这里的村民，在一处幽深的山谷中，经常会听到兵器相碰、战马嘶鸣的声音，他们把这种奇怪的现象叫作"阴兵过路"。直至惊马槽的旁边修了一条公路，怪声便很难听到了。

其实，惊马槽的形状很像啤酒瓶的瓶身，如果吹一下啤酒瓶口，可以听到刺耳的响声。吹进惊马槽的风，在与岩壁不断撞击之后，形成了共鸣与声音反射的声学现象，于是村民们传说的怪声出现了。

很显然，这是一个物理现象，在声学上叫"共鸣"。

共鸣是一种物理现象。我国古代对共鸣现象的认识和利用是颇有成就的。比如制造共鸣器，让声音通过它来放大，便能听到远处的声音。这项技术曾经被用于军事上。

早在战国初期，墨家创始人墨翟就发明了几种用共鸣器侦探敌情的方法，并在《墨子》一书中记载下来。

一种方法是：在城墙根下每隔一定距离挖一深坑，坑里埋置一只容量七八十升的陶瓮，瓮口蒙上皮革，让听觉聪敏的人伏在瓮口听动静。遇有敌人挖地道攻城的响声，不仅可以发觉敌情，而且根据各瓮声音的响度差别，可以识别来敌的方向和位置。

另一种方法是：在同一个深坑里埋设两只蒙上皮革的瓮，两瓮分开一定距离。根据这两只瓮的响度差别，来判别敌人所在的方向。还有一种方法：一只瓮和前两种方法所说的相同，也埋在坑道里，另一只瓮则很大，要大到足以容纳一个人，把大瓮倒置在坑道地面，并让监听的人时刻把自己覆在瓮里听响动。利用同一个人分别谛听这两种瓮的声响情形，来确定来敌的方向和位置。

埋瓮测听就是利用了共鸣的原理。《墨子》一书记载的方法被历代军事家因袭使用。唐代军事理论家李筌、宋代军事家曾公亮、明代儒将茅元仪等，都曾在他们的军事或武器著作中记述了类似的方法。

除了埋瓮外，古代军队中还有一种用皮革制成的枕头，叫作"空胡鹿"，让聪耳战士在行军之夜使用，只要敌军人马活动在15千米外，东西南北皆可侦听到。

从宋代起，人们还发现，去节长竹，直埋于地，耳听竹筒口，则有"嗡嗡"若鼓的声音。当声音在像地面、铁轨、木材等固体中传播时，遇到空穴，在空穴处产生交混回响，使原来在空气中传播的听不见的声音变得可以听见。值得我们注意的是，有一种利用竹筒听地声的方法正是近代医用听诊器的雏形。

至明代，抗倭名将戚继光曾用大瓮覆人来听敌开凿地道的声音。戚继光也曾用埋竹法谨防倭寇偷袭。甚至在现代的一些战争中，不少国家和民族还继续采用这些古老而科学的共鸣器。

我国古代对隔声也有认识和利用。

隔声是指声波在空气中传播时，用各种易吸收能量的物质消耗声波的能量，使声能在传播途径中受到阻挡而不能直接通过的措施，这种措施称为"隔声"。

我国古代有的建筑为了隔音，用陶瓮口朝里砌成墙，每个瓮都起隔音作用。这种隔音技术正是利用了共鸣消耗声能的特性。如明代的方以智曾说：私铸钱者，藏匿于地下室之中，以空瓮垒墙，使瓮口向着室内，声音被瓮吸收。这样，过路人就听不见他们的锯锉之声了。

清代初期，人们用同样的方法，把那种在地下的隔声室搬到地面上，以致"贴邻不闻"他室声。可见，我国人最早创建了隔声室。

知识点滴

动物界的共鸣现象比较普遍，比如蝉的鸣叫就利用身体的某些部位共鸣。蝉又称"知了"，它是一种会飞的昆虫。只要一进入夏季，蝉就会利用它的共鸣器，使鸣叫声格外响亮。

蝉有雄雌之分，会叫的是雄蝉。雄蝉腹部两侧各有一个大而圆的音盖，下面生有像鼓一般的听囊和发音膜，当发音膜内壁肌肉收缩振动时，蝉就发出声音来。蝉的后部还有气囊的共鸣器，在发音膜振动时就产生共鸣，使蝉鸣格外响亮。

# 奇妙的古代声学建筑

古代人常常应用声音的一些特性建造一些特殊的建筑物。比如北京天坛中的回音壁、三音石、山西普救寺内的莺莺塔等，以此增加它们肃穆威严气氛。

这些建筑物巧妙利用了声学的一些原理，既有很强的使用价值，也收到了奇妙的艺术效果。表现了我国古代劳动人民的聪明才智。

利用声学效应的建筑在我国已发现不少。北京天坛和山西省永济的莺莺塔是迄今保存完好的具有声音效果的建筑。此外，还有四川省潼南县的石琴、河南省郏县的蛤蟆音塔和山西省河津县的镇风塔等。

北京天坛是著名的明代建筑。其中皇穹宇建于1530年，原名"泰神殿"，1535年改为今名。天坛的部分建筑具有较高的声学效果，使这一不寻常的"祭天"场所，更增添了神秘的色彩。

天坛建筑物中最具声学效应的是：回音壁、三音石和圜丘。

回音壁是环护皇穹宇的一道圆形围墙，高约6米，圆半径约32.5米。内有3座建筑，其中之一是圆形的皇穹宇，位于北面正中，它与围墙最接近的地方只有2.5米。回音壁只一个门，正对皇穹宇。

整个墙壁都砌得十分整齐、光滑，是一个良好的声音反射体。

如有甲、乙两人相距较远，甲贴近围墙，面向墙壁小声讲话，乙靠近墙壁可以听得很清楚，声音就像从乙的附近传来的。只要甲发出的声音与甲点的切线所成的角度大于22度时，声音就要碰到皇穹宇反射到别处去，乙就听不清或听不到。

在皇穹宇台阶下向南铺有一条白石路直通围墙门口。从台阶下向南数第三块白石正当围墙中心，传说在这块白石上拍一下掌，可以听到3响，所以这块位于中心的白石就叫"三音石"。

事实上，情况不完全是这样。在三音石上拍一下掌，可以听到不止3响，而是5响、6响，而且三音石附近也有同样的效应，只是声音模糊一些。

这是因为从三音石发出的声音等距离地传播到围墙，被围墙同时反射回中心，所以听到了回声。回声又传播出去再反射回来，于是听到第二次回声。

如此反复下去，可以听到不止3次回声，直至声能在传播和反射过程中逐渐被墙壁和空气吸收，声强减弱而听不见。

如果拍掌的人在三音石附近，从那里发出的声音，传播到围墙，不能都反射到拍掌人的耳朵附近来，因此听到的回音就比较模糊。

　　圜丘是明清两代皇帝祭天的地方。它是一座用青石建筑的3层圆形高台。高台每层周围都有石栏杆。在栏杆正对东、西、南、北方位处铺设有石阶梯。最高层离地面约5米，半径约11.4米。

　　高台面铺的是非常光滑、反射性能良好的青石，而且圆心处略高于四周，成一微有倾斜的台面。人若站在高台中心说话，自己听到的声音就比平时听到的要响亮得多，并且感到声音好像是从地下传来的。

　　这是因为人发出的声音碰到栏杆的下半部时，立即反射至倾斜的青石台面，再反射到人耳附近的缘故。

　　莺莺塔就是山西永济的普救寺舍利塔。因古典文学名著《西厢记》中张生和莺莺的故事发生在普救寺，所以人称莺莺塔。

　　塔初建于唐代武则天时期，是7层的中空方形砖塔。后毁于明代的1555年大地震。震后8年按原貌修复，并把塔高增到13层50米。

　　莺莺塔最明显的声学效应是，在距塔身10米内击石拍掌，30米外会听到蛙鸣声；在距塔身15米左右击石拍掌，却听到蛙声从塔底传出；距塔2500米村庄的锣鼓声、歌声，在塔下都能听见；远处村民的说话声，也会被塔聚焦放大。

诸如此类奇特的声学效应，原来是由于塔身的形体造成的：塔体中空，具有谐振腔作用，可以把外来声音放大。塔身外部每一层都有宽大的倒层式塔檐，可以把声音反射回地面，相距稍有差别的13层塔檐的反射声音会聚于30米外的人的耳朵而形成蛙鸣的感觉。

石琴位于重庆市潼南县大佛寺大佛阁右侧的一条上山石道中，由36级石梯组成，像一个巨大的石壁。从下半部的主洞口自下而上的第四级石阶，直至第十九级石阶，每一个阶梯像一根琴弦，若拾级而上，就会发出悠扬婉转，音色颇似古琴的声音。

石蹬发音的声学原理是，脚踏石阶产生强迫振动，在空气中形成声波。其中以两侧岩壁最高处的7级石阶发声最响，脚下响声似琴音，令人神往。古人称为"七步弹琴"，并题"石蹬琴声"4个大字。

蛤蟆音塔在河南省郊县。音塔其貌不扬，却以奇声夺人。在塔的任何一面，距塔10米以外，无论拍掌、击石都可以听到蛙鸣的回声。如春天池塘里有千万只蛤蟆在鼓膜低唱，令人遐想。

分析结论是，蛤蟆塔本身排

列有序，而且其塔檐对声音有会聚反射作用，从而产生回音。

镇风塔位于山西省河津县的康家庄，是一座比世界名塔永济莺莺塔回音效果还要好的回音塔。

镇风塔呈平面方形，为密檐式实心塔，共13层，围长18．4米，高约30米，每层檐拱角各悬吊一只小铁钟，风来丁零作响。

塔刹呈葫芦形，顶端有一立式凤凰。站在塔下拍手、跺脚、敲砖、击石，塔的中上部便传出小青蛙、大蛤蟆的不同叫声，还有清脆悦耳的鸟鸣声。如果10多个人一齐拍手，其声犹如群蛙在夏夜池塘边竞相放歌，悦耳动听，妙不可言！

我国古代建筑是利用声学效应的科学宝库，很多声学建筑成就体现了声学与音乐、声学与哲学和声学与建筑、军事等的结合。这也是我国古代物理学发展的根本特点之一。

**知识点滴**

潼南石琴为明宣德年间所凿，距今已有500余年。传说石琴下有一暗河，当游人脚踏石阶，石阶之声与暗河水声发生共鸣而产生琴声。

有人认为凿造者了然回音原理之故，然而也没有人作详释。也有认为石琴濒临涪江，滔滔江水发出轰鸣，当游人脚踏石梯，引起共鸣之音，然而这一说法也不可信，因为水声响彻空间，又距石梯尚远，构不成共鸣体，水声和脚履石梯发出的音响互不干扰。潼南石琴为何发出琴声，值得进一步探讨。

# 古代

　　我国古代对光的认识是和生产、生活实践紧密相连的。它起源于火的获得和光源的利用，以光学器具的发明、制造及应用为前提条件。在光学发展的道路上，我们的祖先在实践过程中学会并总结了大量的光学知识，曾经作出过重大的贡献。

　　古代光学科技，主要体现在对光源的认识和利用、对大气光现象的观测、实验证明小孔成像，以及光学仪器的研制等方面。

　　其中有多项成果具有世界先进水平，既震惊了世界科学界，也给我们留下了深刻的启迪。

# 对光源的认识与利用

　　光源自宇宙形成就有了，比如会发光的星体就是最早的光源。古人对光源的认识和利用，最初是从人造光源与自然光源，热光源与冷光源等开始的。

　　我国古代对光源的认识起步很早，并能及时充分地加以利用，是古代物理学方面的一项重要成果。

汉代时，少年时的匡衡，非常勤奋好学。

由于家里很穷，所以他白天必须干许多活，挣钱糊口。只有晚上，他才能坐下来安心读书。不过，他又买不起蜡烛，天一黑，就无法看书了。

匡衡心痛这浪费的时间，内心非常痛苦。

他的邻居家里很富有，一到晚上好几间屋子都点起蜡烛，把屋子照得通亮。

匡衡有一天鼓起勇气，对邻居说："我晚上想读书，可买不起蜡烛，能否借用你们家的一寸之地呢？"

邻居一向瞧不起比他们家穷的人，就恶毒地挖苦说："既然穷得买不起蜡烛，还读什么书呢！"

匡衡听后非常气愤，不过他更下定决心，一定要把书读好。

匡衡回到家中，悄悄地在墙上凿了个小洞，邻居家的烛光就从这洞中透过来了。他借着这微弱的光线，如饥似渴地读起书来，渐渐地把家中的书全都读完了。

匡衡读完这些书，深感自己所掌握的知识是远远不够的，他想继续看多一些书的愿望更加迫切了。

附近有个大户人家，有很多藏书。

一天，匡衡卷着铺盖出现在大户人家门前。他对主人说："请您收留我，我给您家里白干活不要报酬。只是让我阅读您家的全部书籍

就可以了。"

主人被他的精神所感动，答应了他借书的要求。

匡衡就是这样勤奋学习的，后来他做了汉元帝的丞相，成为西汉时期有名的学者。

这个著名的"凿壁偷光"故事，体现了我国古代劳动人民利用热光源的聪明和才智。

光源是光学研究的基本条件，我国古代对热光源与冷光源，自然光源与人造光源等方面都有一些值得称道的知识。

人造光源是随着人类的文明、科学技术的发展而逐渐制造出来的光源，按先后出现顺序分别有了：火把、油灯、蜡烛和电灯等。

作为自然光源，当然是以太阳为最重要，在夜晚还有月亮。我国古代在甲骨文中表示明亮的"明"字，就是日、月形象的组合。太阳实际上就是一团火。古人十分明确地指出："日，火也。"

月亮也只是太阳光线的反射，《周髀算经》说道："日兆月，月光乃生，故成明月。"所以在甲骨文字里干脆把"光"字写作像是一个人举着一把火的样子。

取火方法的发明，使人们比较自由地获得人造光源，那当然都是热光源。

在冷光源方面，不管对于二次发光的荧光还是低温氧化的磷光，我国古代都有不同程度的认识。

西汉时期的《淮南子》最早记载了栌木发光这件事。栌木含有某种化学物质，能发荧光。其水浸液在薄层层板上确实可以见到紫色、浅黄色等荧光。

《淮南子》的记载可以说是迄今所知对荧光现象的最早记载。此外，《礼记·月令》中也记载过腐败的草发荧光的事实。

对于磷光，《淮南子·氾论训》说道："久血为磷。"高诱注认为，血在地上"暴露百日则为磷，遥望炯炯若燃也"。东汉时期著名的思想家、文学理论家王充的无神论著作《论衡》也指出："人之兵死也，世言其血为磷。"

这些看法是正确的。因为人体的骨、肉、血和其他细胞中含有丰富的磷化合物，尤以骨头中的含量为最高。在一定条件下，人体腐烂后体内的磷化合物分解还原成液态磷化氢，遇氧就能自燃发光。

西晋时期文学家张华所著《博

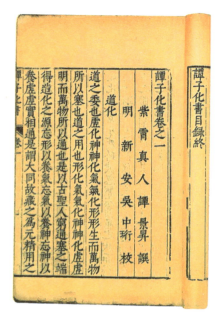

物志》一书对于磷光的描写，尤其细微具体。作者已经不再把磷火说成"神灯鬼火"，而能够细微地观察它，明确指出它是磷的作用。这不能不说是一种有价值的见解。

北宋时期大科学家沈括《梦溪笔谈》也记载了一件冷光现象。记述了化学发冷光与生物化学发冷光两种自然现象。前者是磷化氢液体在空气中自燃而发光；后者咸鸭卵发光是由于其中的荧光素在荧光酶的催化作用下与氧化合而发光，而其中的三磷腺苷能使氧化的荧光素还原，荧光素再次氧化时又发光。

明代诗人陆容《菽园杂记》也记载了荧光与几种磷光的现象，并指出了磷光与荧光都是不发火焰的，因此可以归为一类。

清代科学家郑复光对此有一段很精彩的话："光热者为阳，光寒者为阴。阳火不烦言说矣。阴火则磷也、萤也、海水也，有火之光，无火之暖。"认识又进了一步。

我国古代对于冷光光源的应用，首先是照明。早在西汉时期的《淮南万毕术》中就有"萤火却马"的记载，据这段文字的"注释"说，那时的做法也就是"取萤火裹以羊皮"。

五代时期道教学者谭峭的《化书》中曾言："古人以囊萤为灯"。大约在那个时候专门制备有一种贮藏萤火虫的透明灯笼。

沈括《清夜录》记载这种称为"聚萤囊"的灯笼"有火之用，无火之热"，是一种很好的照明装置。至明清时期，人们把这种冷光源浸入水下以为诱捕鱼类之用。

明代的《七修类稿》记载："每见渔人贮萤火于猪胞，缚其窍而置之网间……夜以取鱼，必多得也。"

清代的《古今秘苑》中记载："夏日取柔软如纸的羊尿脬，吹胀，入萤火虫百余枚，及缚脬口，系于罾之网底，群鱼不拘大小，各奔光区，聚而不动，捕之必多。"

特别令人感兴趣的是，古代曾利用含有磷光或荧光物质的颜料作画，使画面在白昼与黑夜显出不同的图景。

宋代的和尚文莹在《湘山野录》一书记载过这样一幅画牛图：白昼那牛在栏外吃草，黑夜牛却在栏内躺卧。皇帝把这幅奇画挂在宫苑中，大臣们都不能解释这个奇妙的现象，只有和尚赞宁知道它的来历。

赞宁解释说，这是用两种颜料画成功的，一种是含磷光物质的颜料，用它来画栏内的牛；另一种则是含荧光物质的颜料，用它来画栏外的牛，则显出了前述那种效果。这可说是熔光学、化学、艺术于一炉，堪称巧思绝世。

据有关记载，这种技巧的发明至迟在六朝时期，或许可上溯至西汉时期，其渊源也许来自国

外，至宋代初期几乎失传，经赞宁和尚指明，才又引起人们的惊异与注意，其术遂得重光，流传下来。

后世有不少典籍记载这段故事，有的还有进一步的发展。例如南宋时期的《清波杂志》曾记述这样一件事：

画家义元晖，十分精于临摹，有一次从某人处借来一幅画，元晖临了一幅还给藏主，把原件留了下来。

过了几天，藏主来讨还真迹。元晖问他是如何辨认出来的。

那人说，原件牛的眼睛中有一个牧童的影子，此件却没有。

看来，这牛目中的牧童影也是利用掺有磷光物质的颜料画成的，所以一到暗处就显出来了。

这种技巧后来只在少数画家中私相传授，做成的画叫作"术画"。在国外，英国的约翰·坎顿才使用这种技艺，这比起我国要晚1200多年。

**知识点滴**

东晋时期人车胤，年幼时好学不倦，勤奋刻苦。但由于家境贫寒，常常没钱买油灯，书也读不成了。他为此十分苦恼。

在一个夏夜，车胤坐在院子里回忆读过的书上的内容，忽然发现许多萤火虫一闪一闪地在空中飞舞，忽然心中一动。他马上开始捉萤火虫，捉了10多只，把它们装在白纱布缝制的口袋里，挂在案头。从此，他每天借荧光苦读，学识与日俱增。

这就是《三字经》上"如囊萤"的故事。这也是古人利用光的一个很好的史料。

# 对大气光现象的观测

对于大气光现象的观测，是我国古代光学最有成就的领域之一，有任务明确、组织严密的官方观测机构，积累了太阳的10种不同光气等大量天象资料。

古代对视差与蒙气差、虹、海市蜃楼等太阳的光气现象多有研究，其中不乏有价值的光学史资料。

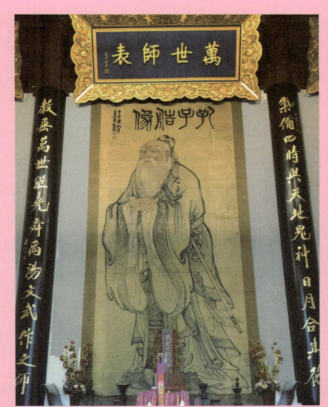

孔子到东方游学，途中遇见两个小孩在争辩，便问他们争辩的原因。

其中一个小孩说："我认为太阳刚升起来时离人近，而到中午时离人远。"

另一个小孩则认为："太阳刚升起时离人远，而到中午时离人近。"

一个小孩说："太阳刚升起时大得像一个车盖，到了中午时小得像一个盘盂，这不是远小近大的道理吗？"

另一个小孩说："太阳刚出来时清凉而略带寒意，到了中午时就像把手伸进热水里一样热，这不是近热远凉的道理吗？"

孔子听了两个小孩的话，一时也不能判定他们谁对谁错。

著名的"两小儿辩日"的故事，是战国时期列御寇所作《列子》中的一篇文章。此书多取材于周秦时期的事实，所以我们可以相信这个故事发生在2000多年之前。

其实，"两小儿"提出了一个复杂的光学问题，它涉及光的折射、吸收、消光、视差以及一些生理上、心理上的问题。

对于"小儿辩日"问题，从西汉时期开始就有人进行研究，很多人都发表过意见。其中说得最全面的大概算是晋代的文献学家束皙，他很明确地提出：视距离的变化与视像变化，都是由于"人目之惑"，"物有惑心"与"形有乱目"。

应当说，这不但已经相当圆满地解决了"小儿辩日"的问题，而且在大气光学中有一定的普遍意义，可以说是我国古代光学上的一项成就。

对于这个问题，后来也还有不少议论，其中后秦精通天文术数的姜岌又有新的创见，他用"地有游气以厌日光"去解释晨昏的太阳色红，中午的太阳色白。这实质上是一种大气吸收与消光现象。

后来还有人提出"浊氛"、"烟气"、"尘氛"等词，都是指空气中悬浮着的水气、尘埃等微粒所构成的一种雾霾，认为这些是太阳颜色变红的原因。

除了对视差的研究，古人对虹格外关注。我国在殷代甲骨文里就把"虹"字形象地写成了弯弯的杠的样子。在周代的上半期，我国劳动人民已经有了这样一条经验：早晨太阳升起时，如西方出现了彩虹，天就要下雨了。

《诗经·蝃蝀》记载："蝃蝀在东，莫之敢指。""朝隮于西，崇朝其雨。"意思是说，一条彩虹出东方，没人胆敢将它指。朝虹出现在西方，整个早晨都是蒙蒙雨。

战国时期的《楚辞》，记载虹的颜色为"五色"。东汉文学家蔡邕在《月令章句》一书中，也说到虹的生成条件及其位置规律。

他说：虹是生成于和太阳相对方向的云气之中，没有云就不会见到虹，但阴沉天气也不会形成虹。这些说法，尽管是十分表面的，但基本上是正确的。

先秦时期，还有人企图以当时的阴阳哲学理论去解释虹的生成。

《庄子》说道："阳炙阴为虹。"在阴阳理论里，太阳属阳，水属阴，把阳光照射水滴，说是"阳炙阴"，是能够自圆其说的。当然，这并没有说到色散的本质上来。不过也可以看到，古人对待科学问题具有独特的思想方法。

至唐代，人们对于虹的认识就大大前进了一步。当时已经知道虹是太阳光照射雨滴而生成的。

唐代学者孔颖达写的《礼记注疏》中，在《月令》"虹始见"条

目下就记载："若云薄漏日，日照雨滴则虹生。"这里已粗略地揭示出虹的成因。

孔颖达的说法跟现代严密而完整的解释相比，尚有较大的距离。但在1300多年前就能提出这样的解释，实在是足以自豪的。

还应特别提到的是，我们祖先非但最早对虹的成因做出了解释，而且创造过一个"人造虹"的实验。

当山间瀑布下泄，水珠四溅，日光照射，即成七彩，犹似虹霓之状，这是人们所容易发现的。在这种现象启发之下，使人们想到了能否人为地造成虹霓之状。

唐代著名道士、词人和诗人张志和写的《玄真子》一书中记载："背日喷乎水成虹霓之状。"意思是说，背着太阳向空中喷水，就可以看到虹霓现象。

这个实验确实是很有意义的。这是人们有意识进行的一次白光色散实验，它直接模拟了虹霓现象，不但可以验证关于虹的成因的解释，而且给了历史上关于虹的种种迷信邪说以毁灭性打击。

除了虹霓以外，古人还注意到许多色散现象，在唐宋时期前后不断被发现并记载下来。这不但丰富了人们对色散的认识，而且有助于对虹霓成因的解释。

人们深入观察了单独一个水滴的色散现象。南宋时期学者程大昌在《演繁露》一书中记载着一个很有趣的现象：

当雨过天晴或露水未干的时候，沾于树枝草木之端的水滴，由于表面张力的作用，总是结为亮晶晶的圆珠之状。

仔细观察其中一个小水珠，在日光照射之下，可以显出五颜六色，这就是白光经过水珠折射反射之后的色散现象。

程大昌能够仔细地深入观察这种现象，是很难得的。更重要的是，他从中得出的结论是很科学的。他说这种颜色，不是水珠本身所有，而是"日之光品着色于水"。这就指出了太阳光之中包含有数种色光，经过水珠的作用可以显出五色来。这可以说接触到了色散的本质问题。

应当指出，搞清楚单个水滴的色散现象，为解释水滴映日成虹现象提供了更扎实的基础，其意义显然是很大的。

从南北朝时期开始，就发现了某些结晶体的色散现象。梁元帝萧绎撰写的《金楼子》里记载着一种叫君王盐或玉华盐的透明自然晶体，"及其映日，光似琥珀"。"琥珀"颜色呈红、黄、褐色，就是说白光通过晶体折射后呈现出几种色光来。这是关于晶体色散的最早记录。

明代科学家方以智在《物理小识》里，对这些知识作了总结性记载。他不但全面罗列了各种各样的色散现象，包括自然晶体的色散，人造透明体的色散，水滴群的色散；更重要的是能够指出虹霓现象和日月晕、云彩等现象是相同的道理，都是白光的色散。

明代中期以后，朝廷对于色散的研究，又是一番情况。西方近代科学家渐渐输入，比如意大利传教士利玛窦来华，就带有棱镜片，并做过色散表演。

我国最早正确介绍近代色散知识的人，是清代翻译家张福僖翻译的《光论》。

这本书对于棱镜的分光、折光、光的合成和色盘等均有所阐述，并以白光在水滴中的折射、反射发生色散的道理，去解释虹的成因，书中又以虹为实例来证明白光可分为七色。这样，使得人们的色散知识更加完整了。

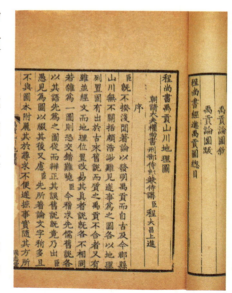

从上面简单的介绍可以看到，我国古代对于虹的色散本质有相当深刻的认识，对于色散的现象有很多发现。

古人还注意到海市蜃楼的现象。海市蜃楼，也称"蜃景"，是光线经过上下差异很大的空气层，发生显著折射与全反射时，把远处景物显示在空中或地面的奇异幻景，它常发生在海边与沙漠。

古代对于海边的蜃景记载较多也较早，在汉晋时期的书上，把它说成是蛟龙吐气的结果，即所谓"蜃气"。

北宋时期文学家苏轼指出，海市蜃楼都只是一种幻景。沈括也对山东登州经常出现的海市蜃楼进行了忠实记录，但不曾解释成因。

明代政治家陈霆在《两山漫谈》中探讨了这个问题，他说："城郭人马之状，疑塘水浩漫时，为阳焰与地气蒸郁，偶尔变幻。"这个见解是很有价值的。

在这些基础上，清代的学者用"气映"来说明蜃景的原理：水面既能反射成像，上升的气的界面也可以像镜子那样反射成像，以此说明蜃景的生成，是明确的。

知识点滴

清代小说家蒲松龄的《山市》描述了蜃楼景象。

有一天，两个人在楼上喝酒，忽见山头有一座孤零零的宝塔耸起，直插青天。两人你看看我，我看看你，又惊奇又疑惑。

没多久，又出现了几十座宫殿、高高低低的城墙、城中的楼阁建筑等。其中有一座高楼，直接云霄，每层有5间房，窗户都敞开着，都有5处明亮的地方，那是楼外的天空。

有早起赶路的人，看到山上有人家、集市和店铺，跟尘世上的情形没有什么区别，所以人们又管它叫"鬼市"。

# 绝无仅有的成像实验

小孔成像是用一个带有小孔的板遮挡在屏幕与烛之间，屏幕上就会形成烛的倒像的现象。如果前后移动中间的板，像的大小也会随之发生变化。古代人民从大量的观察事实中认识到光是沿直线传播的，并通过小孔成像实验证明了光这一性质。这在世界上是绝无仅有的。

小孔成像在我国研究历史久远，前后沿续近2000年，最早涉及该现象的当属先秦时期的墨家，墨家以研究自然现象著称，在其代表作《墨经》中就记述了小孔成像的现象。

在战国末期的诸侯国韩国，有一个人请了一位画匠为他画一张画。画匠告诉他，这幅画需要很长时间，因此让他回家耐心等候。

3年后的一天，画匠终于告诉他，他要的画现在画成了。

这个人来到画匠家一看，只见8尺长的木板上只涂了一层漆，什么画也没有。于是，他非常气愤，认为画匠欺骗了他。

画匠说："请不要生气，看这幅画需要一座房子，房子要有一堵高大的墙，再在这堵墙对面的墙上开一扇大窗户，然后把木板放在窗上。每天早晨太阳一出来，你就会在对面的墙上看到这幅图画了。"

这个人半信半疑，照画匠的吩咐修了一座房子。果然，在屋子的墙壁上出现了亭台楼阁和往来车马的图像，好像一幅绚丽多彩的风景画。

尤其奇怪的是，画上的人和车还在动，不过都是倒着的！这个人端详着这幅画，一时间，不知是喜还是忧。

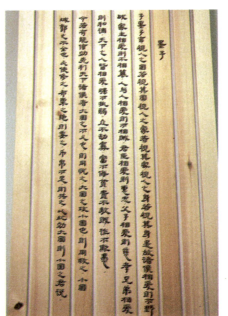

其实，对于倒像现象，此前的墨翟已经通过成像实验，并对之作出了合理的解释。

墨翟是春秋末战国初期著名的思想家、教育家、科学家、军事家，也是墨家学派的创始人。后来其弟子收集其语录，完成《墨子》一书传世。其中就有关于倒像的记述。

墨家的小孔成倒像实验非常有趣：在一间黑暗的小屋朝阳的墙上开一个小孔，人对着小孔站在屋外，屋里相对的墙上就出现了一个倒立的人影。为什么会有这奇怪的现象呢？

墨家解释说，光穿过小孔如射箭一样，是直线行进的，人的头部遮住了上面的光，成影在下边，人的足部遮住了下面的光，成影在上边，就形成了倒立的影。

墨家还利用光的这一特性，解释了物和影的关系。飞翔着的鸟儿，它的影也仿佛在飞动着。对此，墨家分析了光、鸟、影的关系，揭开了影子自身并不直接参加运动的秘密。

墨家指出，鸟影是由于直线行进的光线照在鸟身上被鸟遮住而形成的。当鸟在飞动中，前一瞬间光被遮住出现影子的地方，后一瞬间就被光所照射，影子便消失了；新出现的影子是后一瞬间光被遮住而形成的，已经不是前一瞬间的影子。

对于小孔成像现象，元代天文数学家赵友钦经过精心思索和研究，他设计了一个比较完备的实验程序。

首先在楼下两间房子地板中各挖两个直径4尺多的圆井，右边井深4尺，左边深8尺，在左井里放置一张4尺高的桌子，这样两井的深度就相同。然后做两块直径4尺的圆板，板上各密插1000多支蜡烛，点燃后，一块放在右井井底，一块放在左井桌上。

接着在井口各盖直径5尺，中心开小方孔的圆板，左板的方孔宽1寸左右，右板的方孔宽半寸左右。这时，就可以看到楼板上出现的都

是圆像，只是孔大的比较亮，孔小的比较暗。

赵友钦用光的直线传播的道理，说明了东边的蜡烛成像于西，西边的成像于东，南边的成像于北，北边的成像于南。由于1000多支烛是密集成圆形的，所成的像也相互连接成为圆像。

在光源、小孔、像屏距离不变的情况下，所成的像形状不变，只有照度上的差别：孔大的"所容之光较多"，因而比较亮；孔小的"所容之光较少"，因而比较暗。

如果把右井里东边的蜡烛熄灭500支，那右边房间楼板上的像西边缺半，相当于日月食的时候影和日、月食分相等一样。

如果在左边中蜡烛疏密相间，只燃点二三十支，那像虽是圆形分布，但是各是一些不相连接的暗淡方像。如果只燃一支烛，方孔对于烛光源来说不是相当小，因而出现的是方孔的像；把所有的烛重新点着，左边的像就恢复圆形。

在实验中，赵友钦又在楼板上平行于地面吊两块大板作为像屏，这时像屏距孔近，看到的像变小而明亮。接着去掉两块吊板，仍以楼板作为像屏，撤去左井里的桌子，把蜡烛放到井底，这时左井的光源离方孔远，左边的楼板上出现的像变小，而且由于烛光弱，距离增加后亮度也变弱。

从这些实验结果，赵友钦归纳得出了小孔成像的规律，指出了光源的远近、强弱和小孔、像屏的远近之间的关系：

像屏近孔的时候像小，远孔的时候像大；烛距孔远的时候像小，近孔的时候像大；像小就亮，像大就暗；烛虽近孔，但是光弱，像也就暗；烛虽远孔，但是光强，像也就亮。

实验的最后一步是撤去覆盖井面的两块板，另在楼板下各悬直径一尺多的圆板，右板开4寸的方孔，左板开各边长5寸的三角形孔，调节板的高低，就是改变光源、孔、像屏之间的距离。

这时，仰视楼板上的像，左边是三角形，右边是方形。这说明孔大的时候所成的像和孔的形状相同：孔距屏近，像小而明亮；孔距屏远，像大而暗淡。

赵友钦从实验中得出了小孔的像和光源的形状相同、大孔的像和孔的形状相同的结论，并指出这个结论是"断乎无可疑者"。用如此严谨的实验，来证明光的直线传播，阐明小孔成像的原理，这在当时世界上是绝无仅有的，充分表现了我国古代劳动人民的智慧。

知识点滴

　　春秋时期的墨子关于物理学的研究涉及力学、光学、声学等分支，给出了不少物理学概念的定义，并有不少重大的发现，总结出了一些重要的物理学定理。

　　比如，墨子给出了力的定义，给出了"动"与"止"的定义。在光学史上，墨子是第一个进行小孔成像光学实验的科学家，并对平面镜、凹面镜、凸面镜等进行了相当系统的研究，得出了几何光学的一系列基本原理。此外，墨子还对杠杆、斜面、重心、滚动摩擦等力学问题进行了一系列的研究。

# 对光学仪器的研制

　　凡是利用光学原理进行观察或测量的装置，叫作"光学仪器"。我国古代劳动人民根据平面镜、球面镜及透镜具有的奇特现象制作了大量光学仪器。

　　我国古代曾经制造了世界上最早的光学仪器铜镜和潜望镜。随着对凸面镜和凹面镜的认识，后来又进行了眼镜、望远镜、显微镜、探照灯等光学仪器的研制。

唐开元年间中秋之夜，唐明皇李隆基邀请申天师及方士罗公一同赏月。3个人赏月把酒言欢之际，唐明皇心悦，想到月宫游历一番。

于是，申天师作法，方士罗公远掷手杖于月空，化作一座银桥，桥的那边一座城阙，横匾上书：广寒清虚之府。

罗公远对唐明皇言道："此乃月宫是也！"

唐明皇踏银桥升入月宫，见仙女婀娜多姿，翩翩起舞与广庭之上，看得皇上如痴如醉。他原本精熟乐律，闻听仙乐优美，便默记曲调，决定在他的皇宫奏出此曲。

回到人间后，唐明皇即令主管宫廷乐舞的官员依此整理出一首优美动听，仿佛天外之音的曲子，配上宫廷舞女的舞姿，即为著名的《霓裳羽衣曲》。

唐王游月宫的传说成为了流传千古的佳话，月宫也因此有"广寒宫"之称。辽代时期铸有"唐王游月宫镜"，以纪此事。此镜直径21.8厘米，厚0.75厘米，重达1460克，纹饰采用高浮雕和线雕相结合。

铜镜镜体犹如一轮满月，高低起伏的纹饰之间仿佛映现月中寒宫；月宫的楼阁时隐时现，摇曳的桂树在月影中晃动着枝头；捣药的玉兔分外高兴，迎客的金蟾舒展着身躯；随风的流云，弯曲的月桥，桥下水潭中现身的神龙跃跃欲试；驾云而来的唐王。好一派天上仙境，人间胜景，让人不能不感叹古人的智慧和独具匠心的铸造工艺。

其实，我国在3000年前就制造和使用铜镜，并且很早就对光的反射有深刻的认识。

我国古代造镜技术非常发达，并且对各种镜子成像原理有深入的研究。早在先秦时期，我国就已经使用铜镜，至今仍被人们看作世界文明史上的珍品。

除了铜镜外，古人还利用平面镜反射原理，制成了世界上最早的潜望镜。西汉时期淮南王刘安《淮南万毕术》一书中，有"取大镜高悬，置水盆于下，则见四邻矣"的记载。这个装置虽然粗糙，但是意义深远，近代所使用的潜望镜就是根据这个道理制造的。

在利用平面镜的同时，人们又发现了球面镜的奇特现象。球面镜有凹面镜和凸面镜两种。

认识凹面镜的聚焦特性，利用凹面镜向日取火，在我国有悠久的历史。在古代，我国把凹面镜叫作"阳燧"，意思就是利用太阳光来取火的工具，这是太阳能的最初利用。

早在春秋战国时期，墨翟和他的学生就对凹面镜进行了深入研究，并且把他们的研究成果，记载在《墨经》一书中。

他们通过实验发现，当物体放在球心之内时，

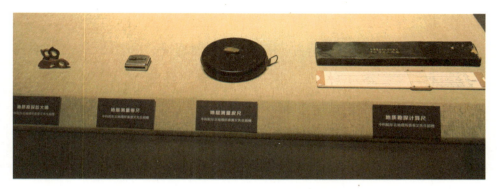

得到的是正立的像，距球心近的像大，距球心远的像小。当时墨家已经明确地区分焦点和球心，把焦点称作"中燧"。

墨家对凸面镜也进行了研究，认识到物体不管是在凸面镜的什么地方，都只有一个正立的像。

宋代科学家沈括在《梦溪笔谈》中总结古代铸镜的技术说：如果镜大，就把镜面做成平面；如果镜小，就把镜面做成微凸，这样镜面虽然小，也能照全人的脸。

沈括还在前人研究的基础上，正确地表述了凹镜成像的原理。他指出：用手指放在凹面镜前成像，随着手指和镜面的距离远近移动，像就发生变化。

沈括用这个事例说明了凹面镜成像和焦点的关系。当手指迫近镜面的时候，得到的是正立的像；渐远就看不见像，这就是因为手指在焦点处不成像；超过了焦点，像就变成倒像。他指出四镜"聚光为一点"，他把这点叫做"碍"，就是近代光学上所谓的"焦点"。

由于我国古代没有应用玻璃，对于透镜的知识比较差。但是具有聪明才智的我国古代人民，通过特殊的方法，还是认识到凸透镜的聚焦现象。

晋代的科学家张华著的《博物志》一书中说："削冰命圆，举以向日，以艾承其影，则得火。"这可以说是巧夺天工的发明创造。

冰遇热会融化，但是古人把它制成凸透镜，利用聚焦，来取得火。这看起来是不可思议的，但是事实上是可能的。

从这里可以看出，当时对凸透镜的聚焦已经有充分的认识。

古人不仅认识到了凹面镜和凸面镜的特点，还利用这一原理制造了望远镜等光学仪器。

望远镜在明清时期称为"远镜"、"千里镜"、"窥远镜"、"窥天镜"等。1631年，科学家薄珏创造性地把望远镜装置在自制的铜炮上。这一创举是很有意义的。后来，望远镜也被配置在天文观测与大地测量仪器上。明代历法家李天经领导的编订历法的"历局"也制造过望远镜。

明代末期光学仪器制造家孙云球最早研制成功望远镜。他曾经和一位近视朋友文康裔同登苏州郊外的虎丘山，使用自制的"存目镜"清楚地看到城内的楼台塔院，就连较远的天平、灵岩、穹窿等山也历历如在目前。

孙云球的"存目镜"据说能"百倍光明，无微不瞩"，大概就是放大镜。他还发明一种"察微镜"。

清代科学家郑复光在其所著的《镜镜詅痴》中对望远镜的种类、结构、原理、用法与保养，介绍得十分详细，而且切于实际，后人给予很高的评价。书中介绍过一种"通光显微镜"，基本上也还是放大镜，只是配上平面反射镜，能够减轻目力负担。

郑复光《镜镜詅痴》专门介绍过"取景镜"，不但有旧式的与改进式的，而且对于它的原理构造以及优缺点一一作出说明并附有装置图。这个取景器是在毛玻璃或在透明玻璃上铺上白纸摄取景物的实像。

大概在1844年至1867年之间，科学家邹伯奇在《镜镜詅痴》所介绍的取景器的基础上，去掉反射平面镜，加上照相感光片和快门、光圈等部件，制成了照相机。这在当时还是十分新奇的技术。

邹伯奇还摸索配制感光材料，又取得了很好的结果。他用自己研制的全套设备材料拍摄了不少照片，这些照片成为我国目前见到的最早的摄影作品之一。

其中一张现存于广州市博物馆，虽历时百余年仍然形象清晰，表明了邹伯奇研制的全套照相设备材料具有很高的质量。

据史籍记载，探照灯在我国明代末期，是将烛焰放在凹面镜附近的焦点上，烛焰所发出的光经凹面镜反射后，照到壁上，犹如月光照到壁上一般。

　　明代末期青年发明家黄履庄也制造出"瑞光镜"，最大的直径达五六尺。据说"光射数里"，"冬月人坐光中，遍体生温，如在太阳之下"。其射程和辐射热量有些夸张渲染。

　　由于当时只有蜡烛之类的光源，凹面镜的口径大，它所能容纳的光源也就大，这就使得人们可以提高光源强度，这样经过反射形成平行光以后，照在身上就有"遍体生温"的感觉，亮度也大大增加了。

　　明清时期我国民间研制的光学仪器还很多，例如万花筒、映画器、西湖景等，这些东西的研制也已经受到西方知识的启发。

　　从上面的介绍可以看出，光学仪器制造是我国古代物理学中的显著成就之一，表明我们祖先对人类科学的贡献。

**知识点滴**

　　清代初期物理学家黄履庄不仅在光学仪器制造方面有很多贡献，还发明了世界上第一辆自行车。

　　据《清朝野史大观》记载："黄履庄所制双轮小车一辆，长三尺余，可坐一人，不需要推挽，能自行。行时，以手挽轴旁曲拐，则复行如初，随住随挽，日足行八十里。"

　　由此可见，他制造的自行车，前后各有一个轮子，骑车人手摇轴旁曲拐，车就能前进，这是史料最早记载的自行车。而发明自行车也是康乾盛世的扬州在科技创新方面领先国内外水平的一个重要标志。

# 古代电磁

这里的电磁不是作为物理概念的电磁学，而是指我国古人研究和记载的电现象和磁现象。我国古代对电的研究是从关注雷电现象开始的，而且在避雷技术上有许多创建。

同时，古代先民还将电现象与磁现象联系在一起，通过对地光和极光等的记载，为今人留下了丰富而有价值的史料。

磁石显而易见的特性就是它的吸铁性。古人利用磁石的这个特性，进而掌握了人工磁化技术，发明了指南针，开世界磁性导航之先河，为人类古代文明作出了巨大的贡献。

# 对雷电现象的认识

　　大自然中的雷电现象，早就引起了我国先民们的关注和研究，并被记载下来，从而大大地丰富了人们对电的认识，并对后世产生了深远影响。

　　我国古代对电现象的认识，是从雷电现象开始的。随后，在建筑物上设置了许多避雷装置，既有传统建筑的艺术魅力，也是电学领域的一个创举。

雷公和电母是神话传说中的一对天神。他们两人司掌天庭雷电。传说雷公视力差，难辨黑白；夫人电母寸步不离，捧着镜子，先行探照，明辨是非善恶后，雷公才行雷。

电母和雷公成了天生的一对。雷公面目狰狞，电母相貌端雅。雷公手持槌楔，电母手持双镜。他们一旦做法，就乌云密布，狂风大作，飞沙走石。

雷公投下一个大响雷，就会"轰隆"一声震耳巨响，恶人便身首异处。

传说雷公住在雷泽，他龙首人身，有一个硕大无比的肚子，他常常拍自己的肚子来娱乐。每拍一下，就会发出"轰轰"的雷声。

雷神因为自己肚子的特别之处被黄帝看中了，于是就被抓来做成一面大鼓。但没有了雷神也不行，黄帝就找了雷神的一个亲戚来充当他的角色。

这个新雷神皮肤的颜色好像朱砂，眼光灼灼如闪电，身上的毛和角有3尺长，形状好像一只狝猴。于是在后来的传说中，雷公最突出的特征就是猴脸和尖嘴，俗称"雷公脸"。

在这个神话中，一方面体现了古人对自然现象最原始的认识；另一方面表达了人们惩恶扬善的愿望。而我国古代学者对于电的认识，恰恰就是从雷电现象开始的。

我国古代对雷电的认识由来已久。远在殷商时期的甲骨文卜辞

中，就已经出现了"雷"字。

"雷"字最上面一横表示天，最长的一竖表示雨，里面的小点也是雨；下面的"田"字表示田野，由于当时实行的是"井田制"，所以写成了"田"。

而整个"雷"字则表示下雨时，在田野上空发出的雷声。

在西周时期的青铜器上，也已经出现了"电"字，繁体"电"字的上面是个"雨"字，下面是个"电"字。整个"电"字不但表示了人们在田野上空所见到的强烈闪光的形状，而且还表示了只有在下雨时才能够看到这种闪光。

虽然这里的"电"字是专指闪电，但是它已经向我们传递了这样一个科技信息：古代的先民们不但用文字的形式，形象地描画了闪电，而且还明确表示了它的出现与下雨有关。

古代对雷电形成的原因也有认识。在汉代以前的书籍中，就已对许多发生过的雷电现象进行了记载，并对其形成的原因及其本质进行了探讨，先后提出过多种不同的解释。

东汉时期的王充在《论衡·雷虚篇》中也用类似的观点来解释雷电的成因。他明确指出：

夏天阳气占支配地位，阴气与它相争，于是便发生碰撞、摩擦、爆炸和激射，从而形成雷电。

王充还用具体的实例来说明雷电就是火，驳斥了当时盛行的雷电为"天公发怒"之说。特别是他能把对各种物质现象的观察联系起来思考，并作出概括，反驳谬论，反映了一个无神论者的思考和判断。

唐代以后，人们关于雷电现象的成因又有了新的认识。唐代的孔颖达在《左传·疏》中说："电是雷光"。

对于雷电的巨大威力，宋代理学家朱熹的解释更有趣，他说雷电是"阴阳之气，闭结之极，忽然迸散出"。用现在的物理语言表示，这就是说当阴阳二气的能量积累达到一定的极限值时，这些能量便会在极短的时间内爆发，于是就见到了闪电，听到了雷声。

元末明初思想家刘伯温在其著作《刘文正公集》中说道："雷何物也？曰雷者，天气之郁而激发也，阴气团于阳，必迫，迫极而迸，迸而声为雷，光为电。"这段话基本上是对前人关于雷电成因所作出的一系列解释的归纳性总结。

对雷击过程中出现的一些现象，我国古代的学者们也曾做过详细的记载，并提出了他们通过仔细观察后所得出的分析结果。

从南北朝中期开始，直至明末清初，这方面的记载屡见不鲜。例如490年编撰的《南齐书·五行志》中就有记载："雷震会稽山阴恒山保林寺，刹上四破，电火烧塔下佛面，而窗户不弄也。"

用今天的电学知识来

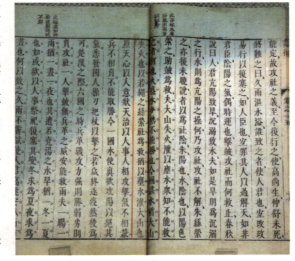

分析，落雷时，云层与地面之间放电，佛面一般涂有金粉，是一层导体，强大电流通过时将产生高温使其发热以致熔化。

木制的窗户其绝缘性能一般都比较好，尤其是刷过油漆的窗户，如不遭受雨淋，一般不会遭受雷击而能保持原样。

北宋时期科学家沈括对上述类似现象的记载更为详细，他在《梦溪笔谈·神奇》中，记述了内侍李舜举家的房屋在遭受暴雷雷击以后，房屋各处都保持原样，只有墙壁和窗纸都变黑了，屋内木架上放置的各种器皿，其中有镶银的漆器，银全部熔化流在地面上，而漆器却没有被烧焦。

有一把质地很坚硬的钢刀，在刀鞘中熔为钢水，但刀鞘却保持原样。于是沈括就用佛家的"龙火"与"人火"来解释这一奇特现象。

这里所谓的"龙火"实指雷火，意思是说雷火因为有水而更"炽"。沈括通过雷电对金石和草木作用的不同效果，实际上已经描

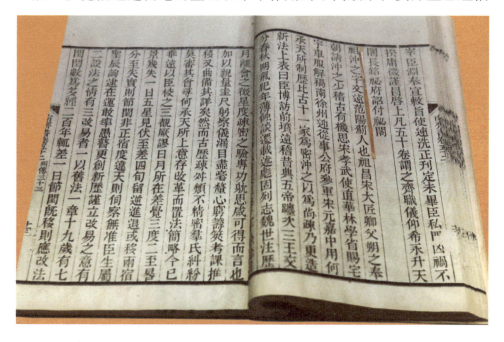

述了导体与绝缘体之间的区别。

明代也有此类记载。明代末期科学家方以智根据这些记载，得出了这样的结论："雷火所及，金石销熔，而漆器不坏。"这比前人讲得就更加明确了。

尖端放电也是一种常见的电现象。古代兵器多为长矛、剑、戟，而矛、戟锋刃尖利，常常可导致尖端放电发生，因而这一现象多有记述。

早在汉代，人们就已经开始

对尖端放电现象进行观察记录了。《汉书·西域传》记载，金属制成的长矛尖端，在一定条件下有放电现象。

这个记载至少证明：我国至迟在东代，就已经观察到雷雨过程中的尖端放电现象，这比西方要早1600多年。

我国早在战国时期就可能知道雷击是可以避免的，根据古代文献记载，其时已经出现了用大青石建造的"避雷室"。

南北朝时期刘宋朝的盛弘之在《荆州记》中对此作过描述："湖阳县，春秋蓼国樊重只国也。重母畏雷，为母立石室以避之，悉以文石为阶砌，至今犹存。"

古代人其实并不知道绝缘避雷的道理。他们建造石室，仅以为大青石坚固，不易为雷所劈裂罢了。但它表明，当时我国已经能采用适当的措施来躲避雷击了。

在《汉书·五行志》中，记有"文帝七年六月癸酉，未央宫东阙灾"、"太初元年，柏梁台灾"等数十条这样的记录。在柏梁台遭雷击后重建时，有个方士向汉武帝提出在屋顶设"鸱尾"的防雷击方法。

"鸱尾"就是在屋脊上安装一些由铜铁所制，状如牛角一样的金属尖端刺向天空的装置。

经过长达数千年的变化，"鸱尾"已有多种外形。有变为龙形物以铁制龙舌或龙须，龙尾刺向天空的；也有呈鸟鹊或雄鸡状。虽然这些安装在屋脊上的装饰物的外形都不尽相同，但是它们都有几条铁制尖端物刺向天空，这就是它们共同的特点。

除了"鸱尾"外，在我国古代的许多建筑物上还设置有各种动物形状的瓦饰，尤其是那些昂首向上伸舌并涂有一层金属涂料的吻兽，实际上已经起到了避雷的作用。

例如，江苏省高淳县固城湖西北有一"保圣寺塔"，建于239年，总高31.5米。塔顶就有4米高的铁制古刹，是由覆钵、相轮、宝葫芦等几部分组成。该塔长期以来虽多次损坏，却未遭雷击，看来塔顶铁刹也起了避雷的作用。

在我国古代的许多高大殿宇的建筑群中，常有所谓的"雷公柱"之类的设置，而这些设置通常是采用一些容易导电的材料直达地下，这实际上就是最原始的"避雷针"。

明代初期朱元璋定鼎金陵之后，曾派大臣到北京去捣毁元帝的旧宫。参与此事的工部侍郎萧询后来写有《故宫遗事》一书，记录了他当时在北京的见闻。

据该书记载，他在北京万寿山顶的广寒殿旁曾亲眼见到了金章宗所立的"镇龙铁杆"。

金章宗在"广寒殿"避暑时，由于夏天多雷，就不能不考虑位于山顶建筑物的防雷问题。铁杆上端的"金葫芦"呈尖端状，铁杆又使金葫芦和大地相通；因而所谓的"镇龙"，实际就是"避雷"。

萧询所见到的就是为"广寒殿"免遭雷击而建造的"镇龙铁杆"，这可以说是世界上最早的"避雷针"。其建造时间要比富兰克林发明的避雷针早数百年。

武当山天柱峰上有一座铜制房屋金殿，在明代建成后，每当雷雨交加时，金殿周围就会出现盆大的火球，来回滚动；雨过天晴后，大殿光亮如新，像被洗过一样。

其实这是自然界的雷电现象。当带有大量电荷的云层与金殿顶部形成巨大的电势差时，就会使空气电离，产生电弧光，这就是闪电。强大的电弧使周围的空气剧烈膨胀而爆炸，在金殿周围滚动，并发出巨大声响。这就是原因所在。后来采取了避雷措施，才从根本上改变了这一现象。

知识点滴

# 磁现象与电现象记载

古代关于磁学的知识相当丰富。我们祖先对磁的认识，最初是从冶铁业开始的。古籍中记载了很多有关磁学知识。磁与电有本质上的联系。古代对于某些静电现象的记载，如摩擦起电、地光与极光的电磁现象等，这恰恰是和磁现象相并列的。

在我国古代，大约在春秋末期成书的《管子·地教篇》、战国时期的《鬼谷子》、战国末期的《吕氏春秋》等，都曾记述了天然磁石及其吸铁现象，还记述了世界上最古老的指南针"司南"。

　　秦始皇统一全国之后，自觉功绩可以与三皇五帝相比。他嫌都城咸阳的宫室太小，不足以展现自己君临天下的威仪，就在公元前212年，下令在王家园囿上林苑所在的渭河之南、皂河之西，建造规模庞大的宫殿群落阿房宫。

　　相传当年秦始皇在建造阿房宫北阙门时，令能工巧匠们"累磁石为之"，故称"磁石门"。磁石门运用了"磁石召铁"的原理，类似现代的安全检查门。

　　磁石门的作用，一是为了防止行刺者，在入门时以磁石的吸铁性能使隐甲怀刃者不能通过；二是为了向"四夷朝者"显示神奇，使其惊恐却步，不敢有异心，故也称"却胡门"。

　　磁石门的营造，反映了秦国高超的科学技术水平。这在我国乃至世界历史上尚属首创，可以算得上是世界科技史上的一大创举。

　　其实远在2000多年前，我国古代劳动人民就开始同磁打交道。人

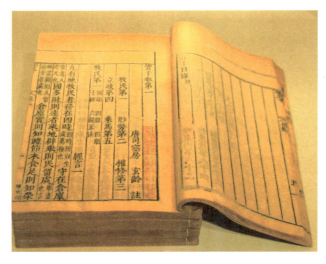

们在同磁石不断接触中，逐渐了解到它的某些特性，并且利用这些特性来为人类服务。

古人在寻找铁矿的过程中，必然会遇到磁铁矿，就是磁石。我国古籍中关于磁石的最早记载，是在《管子·地教篇》中："上有慈石者，下有铜金。"

古代人把磁石的吸铁特性比作母子相恋，认为"石，铁之母也。以有慈石，故能引其子；石之不慈者，亦不能引也"。

因此，汉代初期，都是把"磁石"写成"慈石"。

对于磁石吸铁这一问题，宋代道士陈显微和道教学者俞琰曾经作过探讨，认为磁石所以吸铁，是有它们本身内部的原因，是由铁和磁石之间内在的"气"的联系决定的，是"神与气合"使然。

明代末期地理学家刘献廷在他的《广阳杂记》一书中也认为，磁石吸铁是由于它们之间具有"隔碍潜通"的特性。刘献廷还把铁的磁屏蔽作用理解为"自然之理"。

这种力图用自然界本身来解释自然现象的观点是唯物主义的。考虑到当时的科学水平，也只能作出这样解释。

我国古代还把磁石吸铁性应用于生产上。清代乾隆年间进士朱琰著的《匋说》记有古代烧白瓷器的时候，用磁石过滤釉水中的铁屑。因为素瓷如果沾有铁屑，烧成后就会有黑斑。

磁石也应用于医疗上，明代医学家李时珍的《本草纲目》记载，宋代的人用磁石吸铁作用来进行某种外科手术，如在眼里或口里吸收某些细小的铁质异物。这在现代已经发展为一种专门的磁性疗法，对关节炎等疾病显示出良好的疗效。

我国关于地球磁场可以磁化铁物的记载，也见于一些著作中。如明代方以智的《物理小识》卷8《指南说》的注中引滕揖的话："铁条长而均者，悬之亦指南。"

磁偏角、磁倾角和地磁场的水平分量称作"地磁三要素"。欧洲人对磁偏角的发现是在哥伦布海上探险途中的1492年，磁倾角的发现还要晚一些。而我国对磁偏角、磁倾角的发现都要早得多。

北宋时期官修军事著作《武经总要》所记述的制指南针法，是包含有一定的地磁学知识的。甚至有关磁倾角的知识也反映在这种磁化法中。既然指南针在磁化过程中要北端向下倾斜，这就隐含着当时的人们已经意识到有个倾角的存在。

至今所发现的有关磁偏角的比较权威的文献记载，是北宋时期沈括的《梦溪笔谈》。

沈括在磁学上的贡献有如下3点：一是给出了人工磁化方法，二是在历史上第一次指出了地磁场存在磁偏角，三是讨论了指南针的4种装置方法，为航海用指南针的制造奠定了基础。另外，沈括对大气中的光、电

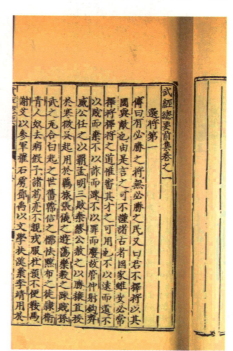

现象也进行了研究。

从后来的地磁学发展知道，磁偏角是随地点的变化而变化的，而同一地点的磁偏角大小又随时间的推移而不断改变。这些变化是由于地磁极不断变动所致。

至南宋时期，磁偏角因地而异的情况有了更明确的记载，并且被应用到堪舆罗盘上。

至元明清时期，堪舆罗盘也都设有缝针，而且不同时期、不同地域所制的罗盘的缝针方位也都不一致。这可以看成是我国古代关于偏角因时、地而变化的原始记录。

在物理学上，磁与电有着本质上的联系。我国古人把磁现象与静电现象联系在一起，并且统一地归结为"气"，是有意义的。后来人们对于静电吸力的观察更加深入了，发现了一些特别的情况。

比如三国时期，人们已经知道"琥珀不取腐芥"。"琥珀"是一种树脂化石，绝缘性能很好，经过摩擦后就能吸引轻小物品。这个现象，汉代以来就为人们所熟知。

"腐芥"是指腐烂了的芥籽，必定满含水分，因而具有黏性，容易粘着别的物体上，难以吸动。

另外，腐芥上蒸发出水气使周围空气以及和它接触的桌面都潮湿，以致易于导电。当腐芥接近带电体，因感应而产生的电荷，容易为周围的潮湿空气传走，所以静电吸力一定很小。

可见"琥珀不取腐芥"不但是事实，而且是符合电学原理的，也是人们深入观察研究摩擦起电现象所得到的一个结论。

古人认为，琥珀经过人手的摩擦，容易起电，才是真的琥珀。可见，古人已经知道以是否具有明显的静电性质，作为鉴别真假琥珀的标准，这是初步的电学知识的实际应用。

摩擦起电在一定条件下，能够发生火星，并伴随轻微的声响。这种称为"电致发光"的现象，在古代也时有发现与记录。

晋代张华《博物志》记载："今人梳头、脱着衣时，有随梳、解结有光者，也有咤声。"这里记载了两个现象，一个是梳子和头发摩擦起电，另一个是外衣和不同原料的内衣摩擦起电。

古代的梳子，有漆木、骨质或角质的，它们和头发摩擦是很容易起电的；丝绸、毛皮之类的衣料，互相摩擦也容易起电。当天气干燥，摩擦强烈时，确实能有火星与声响。

当然这火星与声响是十分微弱的，古人能觉察到，说明十分仔细、认真。

古代观察到的电磁现象，比较有代表性的除了雷电以外就是地光与极光。

我国古代关于地光的记载，以各地方志里为最多，例如：《成都志》记载，293年2月4日，成都发生地震之前，"有火光入地"；《正德实录》记载，1513年12月30日，四川"有火轮见空中，声如雷，次日戊戌地震"；《颍上县志》记载，1652年3月24日，安徽颍上地震发生时，"红光遍邑"等。

所有这些文字里的"火光"、"火轮"、"红光"等都是古人形容地光的名词。

上述这些记载是如此确切、生动，它们是科学史上极其珍贵的资料。它们的意义在于地光能够反映岩层的活动，和地震有着密切的内在联系，尤其是有助于临震预报。

极光分为北极光和南极光。我国地处北半球，故只能看到北极光。高纬度地区看到极光的机会比较多，但在中低纬度地区偶尔也可以看到，不过亮度要弱得多。

一般认为极光的原因在于：太阳发射出来的无数带电粒子受到地球磁场的作用，运动方向发生改变，它们沿着地球磁力线降落到南、北磁极附近的高空层，并以高速钻入大气层，这些带电粒子跟大气中的分子、原子碰撞，致使大气处于电离并发光，这就是极光。

各种原子发出不同的色光，所以极光呈现五彩缤纷的颜色，一般为黄绿色，但也有白色、红色、蓝色、灰紫色，或者兼而有之。

我国古代关于极光的记载很早。远在几千年前传说的黄帝时期曾出现过"大电光绕北斗枢星"。

战国时期的《竹书纪年》记录了大约发生在公元前950年的一次极光："周昭王末年，夜清，五色光贯紫微。其年，王南巡不返。"描述了极光的时刻、方位和光色，是我国最早而翔实的极光记载，比西方早了600多年。我国古代关于极光的记载是很丰富的。当时没有极光的名称，而是根据各种极光现象的形状、大小、动静、变化、颜色等分别加以称谓。

这种分类命名法，最早见于《史记·天官书》，可见至少已有2000多年的历史了。

极光是研究日地关系的一项重要课题，它跟天体物理学和地球物理学都有密切的关系。古代记载下来的极光史料，可以帮助人们了解过去太阳活动、地磁、电离层等变动的规律，还可以探讨古地磁极位置的变迁过程。

知识点滴

附宝是有娇氏部族的女子，有熊国国君少典的妻子，黄帝公孙轩辕的母亲。

附宝与少典成婚后，某夜在郊外田间散步，抬头仰望星空，突然天空发出一道万丈光芒，如闪电，似银蛇。围绕北斗七星旋转不停。最后这道光芒从天而降，竟然落在附宝身上，附宝只感到腹中有动，自此就有了身孕。

附宝感极光而有身孕，显然是神话传说。但大自然的这一奇观震撼着人们的心灵，困惑着人们的认知力，人们就将它和伟大人物的诞生联系在一起。

# 人工磁化法的发明

我国很早就发现了天然磁石能够指示南北的特性，进而掌握了人工磁化技术。这在磁学和地磁学的发展史上是一件大事，也对指南针的应用和发展起了巨大的作用。

人工磁化方法，是我国古代劳动人民通过长期的生产实践和反复多次的试验而发明的，这在磁学和地磁学的发展史上是一个飞跃。

汉武帝好神仙，所以汉武帝一朝涌现出了许多有名的术士。当时有个方士栾大，这个人喜欢说大话，夸海口时连眼睛都不眨。

有一天，栾大对汉武帝说："我曾经出海神游，和仙人相见。这些仙人身藏仙药，人吃了可以长生不老。"

汉武帝对栾大的话将信将疑。栾大自告奋勇先表演一个小方术，让汉武帝验明正身，开开眼界。

栾大表演的是斗棋。他事先用鸡血、铁屑和磁石掺在一起，捣好后涂在棋子上面。表演的时候，他把棋子摆放在棋盘上，故意念念有词，棋子由于磁力吸引，互相撞击不停。

不知就里的汉武帝和在场的人看得眼花缭乱，以为有神力驱使，禁不住连声喝彩。遂拜栾大为"五利将军"，并让栾大赶紧去东海向神仙求长生不老药。

焦灼的汉武帝询问栾大何时入海。

栾大不敢冒着生命危险入海，就到泰山做法事去了。

栾大欺骗汉武帝的本领确有独到之处，他能让棋子在磁棒牵引下互相撞击，但同时也说明他对磁铁很有认识的。

其实，栾大斗棋所用的方法，是古书中记载的人工磁化法之一，即"磁粉胶合法"。

古人对于磁铁的认识和利用由来已久，而且掌握了一定的人工磁化法。我国古籍中有关人工磁化法的记载，基本上有3种：磁粉胶合法、地磁感应法和摩擦传磁法。

磁粉胶合法始于汉代。西汉《淮南万毕术》说"慈石提棋"，其做法是用起润滑作用的鸡血磨针，将磨针时所得的鸡血与铁粉混合物中拌入磁石粉末，涂在棋子表面。晾干后摆在棋盘上，会出现棋子相互吸引或相互排斥现象。

很明显，这种棋子已成为人造磁体。

从理论上看，每颗磁石粉末均具有极性，掺入铁屑能大大增强磁畴。将磁粉与铁粉粘在棋子上，放在地磁场中慢慢晾干，在晾干过程中，每个磁石与铁的小颗粒必循着地球磁感应线作有规则的排列，棋

子会显极性，它能与磁石相吸或相斥。

南宋时期庄绰在《鸡肋篇》就曾写道："捣磁石错铁末，以胶涂瓢中各半边"，"以二瓢为试，置之相去一二尺，而跳跃相就，上下宛转不止。"

明代方以智也记载过类似的事。结合起来看，古代也许确实使用磁粉胶合法制成的人造磁体。

地磁感应法最典型的应用就是北宋《武经总要》所记述的制指南鱼法。这个关于地磁感应法，是世界上人工磁化方法的最早实践。

这一方法的原理是：首先把铁叶鱼烧红，让铁鱼内部的分子动能增加，从而使分子磁畴从原先的固定状态变为运动状态。

其次，铁鱼入水冷却时必须取南北方向，这时铁鱼就被磁化了。现在分析起来是很有道理的。因为这样使鱼更加接近地磁场方向，最大限度地利用地磁感应。可见在这里已经意识到地磁倾角的存在。

再次，"蘸水盆中，没尾数分则止"，使它迅速冷却，把分子磁畴的规则排列固定下来，同时也是淬火过程。

最后，指南鱼不用时要放在一个铁制的密闭盒中，以形成闭合磁路，避免失磁，或者顺着一定方向放在天然磁石旁边，继续磁化。

这种磁化法完全是凭经验得来的，但是它是磁学和地磁学发展的

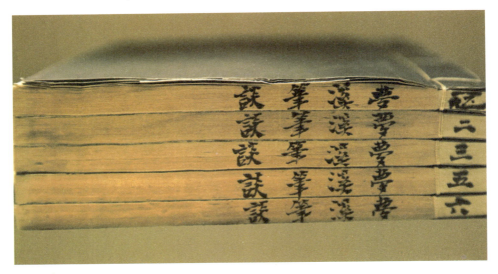

重要一环，比欧洲用同样磁化方法早了400多年。

利用地磁场进行人工磁化所得到的磁性还是比较低的，这就限制了这种人工磁体的实用价值。后来，人们又发明了摩擦传磁法。这种人造磁体的方法最早见于北宋沈括所著的《梦溪笔谈》。

沈括《梦溪笔谈》说道："方家以磁石磨针锋，则能指南。"意思是说，专门研究物理的人用磁石摩擦针锋，能够使铁针带上磁性。这种方法，简便易行，它的发现与推广，对于磁体的获得与应用，首先是指南针的生产、应用，起到重大的作用，其价值是无可估量的。

在现代电磁铁出现以前，几乎所有的指南针都是用这种方法制成的。就是在今天这种方法仍然有人使用。

在西方，直至1200年古约特才记载了利用天然磁石摩擦铁针制作的指南针的方法，比北宋时期沈括的记载晚了一个多世纪。

由于对磁体性质认识的深化和人造磁体的发明，使得磁体的应用成为可能。古代对于磁体的用途是相当广泛的，除了上述磁指南器外，磁体也被用到军事上去。

晋武帝时，鲜卑首领秃发树机能攻陷凉州。晋武帝命名将马隆为讨虏护军。马隆受命后，于道路两旁堆积磁石，吸阻身着铁铠的秃发树机能部众，使其难以行进。而晋军均被犀甲，进退自如。马隆军转战千余里，杀秃发树机能，凉州遂告平定。马隆以磁石吸阻披甲敌军是否属实，当然还要研究，但至少可以当作设计思想来看。

在生产上，磁体被用于制陶、制药等工艺中，以吸去掺在原料中的铁屑，保证产品的纯净洁白。

我国是世界上采用磁疗治病最早的国家。公元前180年，汉代史学家司马迁在《史记·扁鹊仓公列传》中记载："齐王侍医遂病，自炼五石服之，口中热不溲者，不可服五石。"其中的"五石"是指磁石、雄黄、曾青、丹砂和白矾。

以上史实说明，我国古代在认识和应用磁石方面，相当长的一段时间里，是走在世界前列的。

太阳黑子是一种宇宙磁现象。宇宙磁现象所涉及的空间范围和时间尺度都远超过地球，其中就包括太阳释放黑子这一磁活动。我国古代对太阳黑子的观测和记载走在了世界前列，为世界天文事业的发展作出了卓越贡献。

我国先人早已发现了太阳黑子，并对太阳黑子的活动情况进行了记载。根据我国研究人员收集与整理，自公元前165年至1643年，史书中观测黑子记录为127次。这些古代观测资料为今人研究太阳活动提供了极为珍贵、翔实可靠的资料。

知识点滴

# 指南针的发展与演变

指南针是我国四大发明之一。它经过漫长的岁月，跨过了司南和指南鱼两个发展阶段，最终发展成一种更加简便、更有实用价值的指向仪器。

我国是最早将指南针用于航海的国家。南宋后，罗盘在航海中普遍使用，约12世纪末13世纪初，我国指南针由海路传入阿拉伯，又由阿拉伯传到欧洲。

最初的指南针古人称它"司南"。"司南"是指南的意思。它是用天然磁石制成的。

磁石的南极磨成长柄，放在青铜制成的光滑如镜的地盘上，再铸上方向性的二十四向刻纹。这个磁勺在地盘上停止转动时，勺柄指的方向就是正南，勺口指的方向就是正北，这就是传统上认为的世界上最早的磁性指南仪器。

随着社会生产力的不断发展，科学技术的不断进步，航海业的不断扩大和发展，制造出一种比司南更好的指向仪器不但成为必要，而且也有了可能。

在经过劳动人民长期的生产实践和反复多次的试验之后，人们终于发现了人工磁化的方法，这样就产生了更高一级的磁性指向仪器。

北宋初年已经出现了指南鱼和指南针。指南鱼在行军需要的时候，只要用一只碗，碗里盛半碗水，放在无风的地方，再把铁叶鱼浮在水面，就能指南。但是这种用地磁场磁化法所获得的磁体磁性比较弱，实用价值也比较小。

指南针是以天然磁石摩擦钢针制得。钢针经磁石摩擦之后，便被磁化，也同样可以指南。

南宋时期学者陈元靓在他所撰的《事林广记》中，也介绍了当时民间曾经流行的有关指南针的两种装置形式，就是木刻的指南鱼和木刻的指南龟。

木刻指南鱼是把一块天然磁石塞进木鱼腹里，让鱼浮在水上而指南。

木刻指南龟的指向原理和木刻指南鱼相同，它的磁石也是安在木龟腹，但是它有比木鱼更加独特的装置法，就是在木龟的腹部下方挖一小穴，然后把木龟安在竹钉子上，让它自由转动。

这就是说，给木龟设置一个固定的支点。拨转木龟，待它静止之后，它就会南北指向。

正如在使用司南时需要有地盘配合一样，在使用指南针的时候，也需要有方位盘相配合。

最初，人们使用指南针指向可能是没有固定的方位盘的，但是不久之后就发展成磁针和方位盘联成一体的

罗经盘，或称"罗盘"。方位盘仍是汉时地盘的二十四向，但是盘式已经由方形演变成环形。

罗盘的出现，无疑是指南针发展史上的一大进步，只要一看磁针在方位盘上的位置，就能定出方位来。

南宋时期学者曾三异在《同话录》中说道：

地螺或有子午正针，或用子午丙壬间缝针。

这里的"地螺"就是地罗，也就是罗盘。这是一种堪舆用的罗盘。这时候已经把磁偏角的知识应用到罗盘上。

这种堪舆罗盘不但有子午正针，即以磁针确定的地磁南北极方向，还有子午丙壬间的缝针，即以日影确定的地理南北极方向。这两个方向之间有一夹角，这就是磁偏角。

当时的罗盘，还是一种水罗盘，磁针还都是横贯着灯芯草浮在水面上的。北宋时期书画家徐兢的《宣和奉使高丽图经》中说，在海上航行时，遇到阴晦天气，就用指南浮针。

旱罗盘大概出现在南宋。旱罗盘是指不采用"水浮法"放置指南针磁针的罗盘，通常是在磁针重心处开一个小孔作为支撑点，下面用轴支撑，并且使支点的摩擦阻力十分小，磁针可以自由转动。

显然，旱罗盘比水罗盘有更大的优越性，它更适用于航海，因为磁针有固定的支点，而不会在水面上游荡。

旱罗盘的这种磁针有固定支点的装置法，最初的思想起源很早。因为司南就有一定的支点，另外沈括的磁针装置试验，也有设置固定支点。

指南针作为一种指向仪器，在我国古代军事上，生产上，日常生活上，地形测量上，尤其在航海事业上，都起过重要的作用。

我国的指南针大约是在12世纪末至13世纪初经过阿拉伯传入欧洲的，对世界经济的发展起到了积极作用。

知识点滴

明代初期航海家郑和率船队"七下西洋"，之所以安全无虞，全靠指南针的忠实指航。

郑和船队从江苏刘家港出发到苏门答腊北端，沿途航线都标有罗盘针路，在苏门答腊之后的航程中，又用罗盘针路和牵星术相辅而行。指南针为郑和开辟我国到东非航线提供了可靠的保证。

# 古代力学

　　力学知识源于对自然现象的观察和劳动。我国古代劳动人民在长期的生产实践中，积累了丰富的力学知识，取得了丰硕成果。

　　古代力学所取得的成就是多方面的。不仅掌握了基本的力学法则，对物体的动静状态及重心和平衡有着深刻的认识，还在简单机械运用方面涌现了许多关于斜面、杠杆、滑轮的发明创造，又在固体物理学方面发现了弹性定律和研究了晶体。

　　这些科技成果，拓宽了物理学研究领域，有力地推动了社会和科学技术的进步。

# 对力的认识与运用

力是物理学中很重要、很基本的概念，它的形成在物理学史上经过了漫长的时间，后来物理学家才对它作出准确的定义。

我国古人通过对力的研究，掌握了基本的力学法则，还认识到浮力原理、水的表面张力、虹吸现象及大气压力等，并留下了丰富的史料。

曹冲是曹操的儿子，自小生性聪慧，五六岁的时候，智力就和成人相仿，深受曹操喜爱。

有一次，东吴的孙权送给曹操一头大象，曹操带领文武百官和小儿子曹冲，一同去看。曹操的人都没有见过大象。这大象又高又大，光说腿就有大殿的柱子那么粗，人走近比一比，还够不到它的肚子。

曹操对大家说："这头大象真是大，可是到底有多重呢？你们哪个有办法称它一称？"

这么大个家伙，可怎么称呢？大臣们纷纷议论开了。大臣们想了许多办法，一个个都行不通，真叫人为难了。

这时，从人群里走出一个小孩，对曹操说："父亲，儿有一法，可以称大象。"

曹操一看，正是他最疼爱的儿子曹冲，就笑着说："你小小年纪，有什么法子？"

曹冲把办法说了。曹操一听连连叫好，吩咐左右立刻准备称象，然后对大臣们说："走，咱们到河边看称象去！"

众大臣跟随曹操来到河边。河里停着一艘大船，曹冲叫人把象牵到船上等船身稳定了，在船舷上齐水面的地方，刻了一条痕迹。

再叫人把象牵到岸上来，把大大小小的石头，一块一块地往船上装，船身就一点儿一点儿往下沉。等船身沉到刚才刻的那条痕迹和水面一样齐了，曹冲就叫人停止装石头。

大臣们睁大了眼睛，起先还摸不清是怎么回事，看到这里不由得连声称赞："好办法！好办法！"

现在谁都明白，只要把船里的石头都称一下，把重量加起来，就知道象有多重了。

曹操自然更加高兴了。他眯起眼睛看着儿子，又得意洋洋地望望大臣们，好像心里在说：你们还不如我的这个小儿子聪明呢！

曹冲称象的方法，正是浮力原理的具体运用。其实在浩瀚的我国史籍中记述了各种各样的力，其中不乏有趣的故事，古人对力的认识是值得称道的。

在甲骨文中，"力"字像一把尖状起土农具耒。用耒翻土，需要体力。这大概是当初造字的本意。

《墨经·经上》最早对力作出有物理意义的定义：力是指有形体的状态改变；如果保持某种状态就无需用力了。

墨家定义力，虽然没有明确把它和加速度联系在一起，但是他们从状态改变中寻找力的原因，实际上包含了加速度概念，它的意义是极其深刻的。

战国初期成书的《考工记·辀人》最早记述了惯性现象。它描述赶马车的经验：在驾驭马车过程中，即使马不再用力拉车了，车还能继续住前行一小段路。

对重力现象最早作出描写的是《墨经·经下》。它指出，当物体不受到任何人为作用时，它做垂直下落运动。这正是重力对物体作用的结果。

在力学中有一条法则：一个系统的内力没有作用效果。饶有趣味的是，我国古人发现和这有关的现象惊人地早。

《韩非子·观行篇》中最早提出了力不能自举的思想："有乌获之劲，而不得人肋，不能自举。"据说是秦武王宠爱的大力士，能举千钧之重。但他却不能把自己举离地面。

东汉时期王充也说，一个身能负千钧重载，手能折断牛角，拉直

铁钩的大力士，却不能把自己举离地面。然而，这正是真理所在。

力气再大的人，也不能违背上述那条力学法则。因为当自身成为一个系统时，他对自己的作用力属于内力。系统本身的内力对本系统的作用效果等于零。

在我国关于浮力原理的最早记述见于《墨经·经下》，大意说：形体大的物体，在水中沉下的部分很浅，这是平衡的缘故。这一物体浸入水中的部分，即使浸入很浅，也是和这一物体平衡的。表明墨家已懂得这种关系。他们是阿基米德之前约200年表达这一原理的。

浮力原理在我国古代得到广泛应用，史书上也留下了许多生动的故事。据记载，战国时燕国国君燕昭王有一头大猪，他命人用杆秤称它的重量。结果，折断10把杆秤，猪的重量还没有称出来。他又命水官用浮舟量，才知道了猪的重量。

除了用舟称物之外，用舟起重是我国人的发明。这方面的例子也有很多。

对于液体的表面张力现象古人也有认识。表面张力是发生在液体表面的各部分互相作用的力，它是液体所具有的性质之一。表面薄膜、肥皂泡、球形液滴等都是由于表面张力而形成的。

据记载，明熹宗朱由校玩过肥皂泡，当时人称它"水圈戏"。方以智说："浓碱水入松香末，蘸小蔑圈挥之，大小成球飞去。"

水的表面张力虽然不算大，但是如果把像绣花针那样的比较轻的物体小心地投放水面，针也能由于水的表面张力而不下沉。

我国古代的妇女们就利用这种现象于每年农历七月初七进行"丢针"的娱乐活动。

明代学者刘侗的《帝京景物略·春场》中在记述"丢针"时写道，由于"水膜生面，绣针投之则浮"。这些话表明当时的人们已经提出了表面张力的物理效应的问题。

古人对大气压力也有认识。虹吸管一类的虹吸现象，就是由于大气压力而产生的。虹吸管，在古代叫"注子"、"偏提"、"渴乌"或"过山龙"。

东汉末年出现了灌溉用的渴乌。西南地区的少数民族用一根去节弯曲的长竹管饮酒，也是应用了虹吸的物理现象。

宋代曾公亮在《武经总要》中也有用竹筒制作虹吸管把被峻山阻隔的泉水引下山的记载。

在生产和生活的实践中，我国古代还应用了唧筒。宋代苏轼的《东坡志林》中，曾经记载四川盐井中用唧筒来把盐水吸到地面。

正是由于广泛使用了虹吸管和唧筒一类器具，有关它们吸水的道理也就引起了古代人的探讨。比如南北朝时期成书的《关尹子·九药篇》中说：有两个小孔的瓶子能倒出水，闭住一个小孔就倒不出水。

这个现象完全是真实的。因为两个小孔一个出水，一个可以同时进空气，如果闭住一个小孔，另一个小孔外面的空气压力就会比瓶里水的压力大，水就出不来了。

唐代医学家王冰曾经用增加一个小口的空瓶灌不进水的事例，说明是因为瓶里气体出不来的缘故，这也是符合实际的。

宋末元初道教学者俞琰在《席上腐谈》卷上中又补充了前人的发现。他说在空瓶里烧纸，立即盖在人腹上，就能吸住。

这就是现在大家熟知的拔火罐，由于纸火把瓶里的一部分空气赶出瓶外，火熄灭后瓶里就形成负压，也就是说造成一定的真空，瓶外的空气压力就把瓶紧紧地压在人腹上。如果把这种造成一定真空的瓶放进水里，水就立即涌入瓶里。

明代学者庄元臣在《叔苴子·内篇》又补充了一个例子，他说把空葫芦口朝下压入水中，就会发现水并没有进入葫芦里，这是因为葫芦里有空气的缘故。

**知识点滴**

据史籍记载，蒲津大桥是一座浮桥。它用舟做桥墩，舟和舟之间架板成桥。唐代为加固舟墩，在两岸维系巨缆，特增设铁牛8头作为岸上缆柱。宋仁宗时因河水暴涨，桥被毁坏，铁牛也被冲入河中。

有人提出打捞铁牛，重修蒲津桥。精于浮力原理的僧人怀丙，在水浅时节，把两艘大船装满土石，两船间架横梁巨木并系铁链铁钩捆束铁牛。待水涨时节，把舟中土石卸入河中。本来就水涨船高，卸去土石后船涨得更高，于是铁牛被拉出了水面。

# 对斜面原理的运用

斜面是简单机械的一种，可用于克服垂直提升重物之困难。距离比和力比都取决于倾角。如摩擦力很小，则可达到很高的效率。

我国先民发现，通过斜面牵引重物到一定高度，可以比直接将该物举到同样高度要省力。因此，古人将这一原理运用到建筑、农具制造和农田整治等生产实践中。

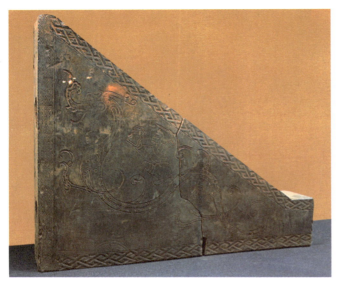

在古代建筑中，常应用木楔或金属楔。楔子是尖劈的一种，人们常用它加固各种建筑物和器具。

据记载，在唐代苏州建造重元寺时，工匠疏忽，一柱未垫而使寺阁略有倾斜。若是请木工再把寺阁扶正，费工费事又费钱。寺主为此十分烦恼。

一天，一位路经此地的外地僧人对寺主说："不需费大劳力，请一木匠为我做几十个木楔，可以使寺阁正直。"

寺主按照他的话，一面请木工砍木楔，一面摆酒盛宴外地僧人。饭毕，僧人怀揣楔子，手持斧头，攀梯上阁顶。

只见他东一楔西一楔，几根柱子楔完之后，就告别而去。10多天后，寺阁果然正直了。

小小几个尖劈，作用却这样巨大！

尖劈是斜面的一种具体形式。原始社会时期，人们打制或磨制的各种石制或骨制工具中，都不自觉地利用了尖劈的原理。

尖劈能以小力发大力，以小力得到大功效。而且尖劈两面的夹角越小，以同样大的原动力就可收到更大的功效。因此，尖劈发展成为尖利的锋刃，如针、锥、铁钩等物。随着建筑材料的进步，各种尖劈也以青铜、铁或钢铁制成。

王充在《论衡·状留》篇中写道：

> 针锥所穿，无不畅达；使针锥末方，穿物无一分之深矣。

可见人们在理论上也知道尖劈原理。

尖劈在机械工程中应用普遍。古代榨油机被称为"尖劈压机"就是一例。在该机架上垒叠方木，在方木的间隙打入长楔，以挤压预先置于方木油槽中的油料。

尖劈原理的另一个重大历史应用是犁的发明。犁中的铧是翻土的主要部件。犁铧以铸铁为之，多为等边三角形，两边削薄成刃，其前端交为犁锋，也即尖劈。

铧多为抛物线形斜面，其功用在于将犁铧所起之土翻向一侧。在犁这一农耕工具中，尖劈与斜面都用上了。今天，虽然犁的外形、大小、质地、发动力等方面有所改进，而犁铧、犁的基本形状及机制却

没有改变。

斜面的力学原理和尖劈相同。人们在推车行走于平地和上坡时，就会发现用力不同。

成书于春秋战国之际的《考工记·辀人》记载：推车上坡，要加倍费力气。用双手举重物到一定高度和用斜面把同样的重物升到同一高度，自然后者容易得多。

《荀子·宥坐》记载：人们不能把空车举上3尺高的垂直堤岸，却能把满载的车推上高山。这是为什么？因为高山的路面坡度斜缓。这正是斜面物理功用的最好总结。

古人对斜面原理的运用还体现在农田整治上。作为一个农业古国，我国古代劳动人民在治理坡耕地方面采取了很多有效措施，而修筑梯田就是山丘地的农民运用斜面原理的典型例子。

梯田最早出现在史前时期。起初人们清除森林或小山顶，以便种植一些粮食作物，或者作为防御工事。如广西龙脊梯田，始建于元代，完工于清代初期，在机械普及以前就很有规模了。

**知识点滴**

修整梯田不是为了好看，而是要让庄稼长得更好。因为落在山坡上的雨水会沿着山坡很快流走，肥沃的表层土壤也会随着流水一起流失。

因此，古人就把山坡分成一段一段的，整理成一个个平面，就像楼梯的台阶一样，就把一个斜面变成了很多个小的水平面，这样就可以蓄积水分，种植农作物了。

# 对杠杆原理的运用

　　物理学中把在力的作用下可以围绕固定点转动的坚硬物体叫作杠杆。我国古代的农业、手工业、建筑业和运输业是比较发达的，因此简单机械的成就也是辉煌的，杠杆的应用非常广泛。

　　杠杆的使用可以追溯到原始人时期。石器时代，人们所用的石刃、石斧，都用天然绳索把它们和木柄捆绑在一起，或者在石器上钻孔，装上木柄。这表明他们在实践中懂得了杠杆的经验法则：延长力臂可以增大力量。

　　桔槔在春秋时期就相当普遍，是我国农村历代通用的旧式提水器具。是在一根竖立的架子上加上一根细长的杠杆，当中是支点，末端悬挂一个重物，前段悬挂水桶，用于汲水。

杠杆是最简单的机械，杠杆的使用或许可以追溯至原始人时期。当原始人拾起一根棍棒和野兽搏斗，或用它撬动一块巨石，他们实际上就是在使用杠杆原理。

石器时代人们所用的石刃、石斧，都用天然绳索把它们和木柄捆束在一起；或者在石器上钻孔，装上木柄。这表明他们在实践中懂得了杠杆的经验法则：延长力臂可以增大力量。

杠杆在我国的典型发展是秤的发明和它的广泛应用。在一根杠杆上安装吊绳作为支点，一端挂上重物，另一端挂上砝码或秤锤，就可以称量物体的重量。

南朝宋时的画家张僧繇所绘的《二十八宿神像图》中，就有一人手执一根有个支点的秤。

可变换支点的秤是我国古代劳动人民在杆秤上的重大发明，表明了我国古人在实践中已经完全掌握了杆秤的原理。

迄今为止，考古发掘的最早的秤是在湖南省长沙附近左家公山上战国时期楚墓中的天平。它是公元前4世纪至公元前3世纪的制品，是

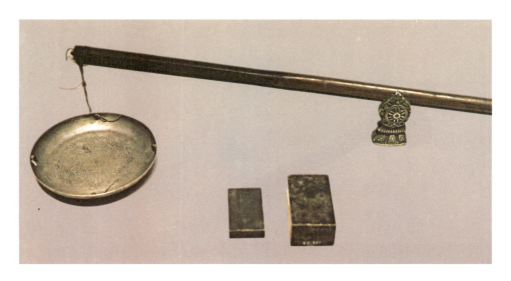

个等臂秤。不等臂秤可能早在春秋时期就已经使用了。

唐宋时期，民间出现一种铢秤，它有两个支点即两根提绳，可以不需置换秤杆，就可称量不同重量的物体。这是我国人在衡器上的重大发明之一，也表明我国先民在实践中完全掌握了杠杆原理。

《墨经》一书最早记述了秤的杠杆原理。《墨经》把秤的支点到重物一端的距离称作"本"，今天通常称"重臂"；把支点到杆一端的距离称作"标"，今天称"力臂"。

《墨经·经下》记载：称重物时秤杆之所以会平衡，原因是"本"短"标"长。

它指出，第一，当重物和权相等而衡器平衡时，如果加重物在衡器的一端，重物端必定下垂；第二，如果因为加上重物而衡器平衡，那是本短标长的缘故；第三，如果在本短标长的衡器两端加上重量相等的物体，那么标端必下垂。

墨家在这里把杠杆平衡的各种情形都讨论了。他们既考虑了

"本"和"标"相等的平衡，也考虑了"本"和"标"不相等的平衡；既注意到杠杆两端的力，也注意到力和作用点之间的距离大小。

虽然他们没有给我们留下定量的数字关系，但这些文字记述肯定是墨家亲身实验的结果，它比阿基米德发现杠杆原理要早约200年。

桔槔也是杠杆的一种，是古代的取水工具。作为取水工具，一般用它改变力的方向。为其他目的使用时，也可以改变力的大小，只要把桔槔的长臂端当做人施加力的一端就行。

桔槔是在一根竖立的架子上加上一根细长的杠杆，当中是支点，末端悬挂一个重物，前段悬挂水桶。一起一落，吸水可以省力。当人把水桶放入水中打满水以后，由于杠杆末端的重力作用，便能轻易把水提拉至所需处。

桔槔早在春秋时期就已相当普遍。如下两条记载反映了春秋战国时使用桔槔的地区主要是经济比较发达的鲁、卫、郑等国。

桔槔的结构，相当于一个普通的杠杆。在其横长杆的中间由竖木支撑或悬吊起来，横杆的一端用一根直杆与汲器相连，另一端绑上或悬上一块重石头。

当不汲水时，石头位置较低；当要汲水时，人则用力将直杆与吸器往下压。

与此同时，另一端石头的位置则上升。当汲器汲满后，就让另一端石头下降，石头原来所储存的位能因而转化，通过杠杆作用，就可能将汲器提升。这样，汲水过程的主要用力方向是向下。

这种提水工具，由于向下用力可以借助人的体重，因而给人以轻松的感觉，也就大大减少了人们提水的疲劳程度。

桔槔延续了几千年，是我国古代社会的一种主要灌溉机械。这种简单的汲水工具虽简单，但它使劳动人民的劳动强度得以减轻。

汉代的刘向著有《说苑》共20卷，按各类记述春秋战国至汉代的逸闻趣事。其中的《反质》一篇记载郑国大夫邓析推广农业灌溉机械桔槔的事。

有一次邓析过卫国时，见有5个男子背着瓦罐从井里汲水浇灌韭菜园子，从早至晚只能浇一畦。

邓析路经这里，看到他们笨重的劳动，便下了车，教他们说："你们可以做一种机械，后端重，前端轻，名叫'桔槔'。使用它来浇地，一天可浇百畦而不觉累。"

这是邓析对桔槔工作效率较全面的描述。

知识点滴

# 对滑轮原理的运用

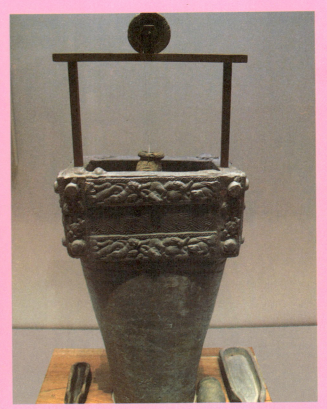

滑轮是一个周边有槽，能够绕轴转动的小轮。由可绕中心轴转动有沟槽的圆盘和跨过圆盘的柔索所组成，是可以绕着中心轴转动的简单机械。

我国古代很早就出现了滑轮，至少从战国时期开始，滑轮在作战器械、井中提水等生产劳动中被广泛应用。

大禹铸九鼎后，夏、商、周三代，帝王皆以其为天下之神器，传国之重宝。失宝器而亡国，得九鼎而有天下，故九鼎，成了当时操控天下的象征。后来，传说秦始皇东巡后，路过徐州彭城的泗水，见到水中露出一周鼎，心中大喜，随命其随从设法捞鼎。汉画像石中有《泗水捞鼎》的场面。

在画面上，总管捞鼎的高官站在桥上，指挥秦人在周鼎出没的位置安装上很大的架子，上有一个横梁，横梁上面贯穿着一只滑轮。

更有意思的是，这次捞鼎，运用了高竿双滑轮联动法。河中树立两支高竿，每竿顶部都装一大滑轮，各有一群人在拉滑轮上的绳子。两滑轮间，两绳各吊一只鼎耳，向上起吊一只三足大圆鼎。

可惜，当时秦人只得到8座鼎。传说那一座神鼎即将要打捞上来时，鼎内一龙头伸出，咬断了系鼎的绳索，鼎复沉入水下，再也无法找到。秦始皇命令千人深入水底打捞，终于不得，留下了终生遗憾。

周鼎自刘邦入咸阳，项羽烧秦宫，之后便无踪迹，成为我国历史上的千古谜案。不过，汉代的《泗水捞鼎》画像石告诉我们，九鼎之形，系三足大圆鼎，这应该是当时的共识。

我国古代的滑轮运用，在秦汉时期就开始了。当时有许多大工程，滑轮被广泛应用。

滑轮，古代人称它"滑车"。应用一个定滑轮，可改变力的方向；应用一组适当配合的滑轮，可以省力。

滑轮的另一种形式是辘轳。把一根短圆木固定于井旁木架上，圆木上缠绕绳索，索的一端固定在圆木上；另一端悬吊水桶，转动圆木就可提水。只要绳子缠绕得当，绳索两端都可悬吊木桶，一桶提水上升，另一桶往下降落，这就可以使辘轳总是在做功。

辘轳大概起源于商周时期。据宋代曾公亮著《武经总要·水攻·济水府》，周武王时有人以辘轳架索桥穿越沟堑的记载。

最早讨论滑轮力学的还是《墨经》。《墨经·经下》把向上提举重物的力称作"挈"，把自由往下降落称作"收"，把整个滑轮机械称作"绳制"。

《墨经》中说：以"绳制"举重，"挈"的力和"收"的力方向相反，但同时作用在一个共同点上。提挈重物要用力，"收"不费力。若用"绳制"提举重物，人们就可省力而轻松。

在"绳制"一边，绳比较长，物比较重，物体就越来越往下降；在另一边，绳比较短，物比较轻，物体就越来越被提举向上。

如果绳子垂直，绳两端的重物相等，"绳制"就平衡不动。如果这时"绳制"不平衡，那么所提举的物体一定是在斜面上，而不是自由悬吊在空中。

墨家对滑轮力学的讨论，使我们不能不赞佩其丰富的力学知识。

知识点滴

考古工作者曾经采用绞车、滑轮等机械装置，在江西省贵溪仙岩把一口重约150千克的"棺材"吊进了一个离上清河水面约20多米的悬崖洞中。专家认为，此举"重现了2000多年前古人吊装悬棺的壮观场面"，从而"解开了中国悬棺这一千古之谜"。

也就是说，古人曾经利用绞车、滑轮等简单机械，完成了当时从地面起吊悬棺数十米的这一工程。表明古人对滑轮机械的运用已经炉火纯青。

# 古代

我国古代的热学知识大部分是生活和生产经验的总结。这些知识包括：获得热源的方法，对热学理论的探讨和实践，对温度和湿度的测量，以及对物质三态变化的研究。

我国古代对火的利用和控制，使社会文明大大前进了一步，同时它也是古人对热现象认识的开端。对冷热的认识，古代学者进行了深入研究，并在实践中创造了很多方法来判别温度的高低。在物质三态方面也积累了知识，解释了日常生活中的水、冰、水气和自然界中的雨雪露霜等现象。

# 获得热源的妙法

热源是发出热量的物体。人类在一两百万年之前就开始利用热源，其中取火就是主要的途径。

古代在实践当中总结了许多行之有效的取火方法，如钻木取火，利用凹透镜获取太阳光热源等。这些方式和方法，提高了生活的质量，推动了社会的发展。

在上古洪荒时期，人们不知道有火，也不知道用火。到了黑夜，四处一片漆黑，野兽的吼叫声此起彼伏，人们蜷缩在一起，又冷又怕。由于没有火，人们只能吃生的食物，经常生病，寿命也很短。

在一个雷雨天，雷电劈在一大片树林的树木上，树木燃烧起来，整个树林很快就变成了熊熊大火。雷雨停后，人们又发现不远处烧死的野兽，发出了阵阵香味，便聚到火边，分吃烧过的野兽肉。

人们感到了火的可贵，有个年轻人拣来树枝，点燃火，保留起来。每天都有人轮流守着火种，不让它熄灭。可是有一天，值守的人睡着了，火燃尽了树枝，熄灭了。人们又重新陷入了黑暗和寒冷之中，痛苦极了。

一天夜里，年轻人在梦中遇到神人，神人告诉他去燧明国可以取回火种。年轻人醒了，想起梦里大神说的话，决心到燧明国去寻找火种。

在燧明国有一棵大树，名叫"燧木"。这棵树真是异常之大，它的树枝伸展到了10多千米以外的地方。而且大树下到处闪耀着美丽的火光，把四下里照耀得如同白昼。

燧明国百姓，就在这种灿烂的美丽的火光中，躬耕劳作，怡然自得，优哉游哉地靠这种火光生活。

年轻人翻山过河穿森林，历尽艰辛，终于来到了燧明国。他发现

在燧木树上，有几只大鸟正在用短而硬的喙啄树上的虫子。只要它们一啄，树上就闪出明亮的火花。年轻人看到这种情景，脑子里灵光一闪，有了主意。

他立刻折了一些燧木的树枝，用小树枝去钻大树枝，树枝上果然闪出火光。年轻人不灰心，他找来各种树枝，耐心地用不同的树枝进行摩擦。终于，树枝上冒烟了，然后出火了。

年轻人回到了家乡，为人们带来了永远不会熄灭的火种，并带回了钻木取火的办法。

从此，人们再也不用生活在寒冷和恐惧中了。人们被这个年轻人的勇气和智慧折服，推举他做首领，并称他为"燧人"，也就是取火者的意思。

人工取火的发明结束了人类茹毛饮血的时代，开创了人类文明的新纪元。所以，燧人氏一直受到人们的敬重和崇拜，并尊他为三皇之首，奉为"火祖"。

"燧人取火"是我国古人利用热源的传说。

综合历来资料的取火方法，可分为以摩擦等手段发热取火，用凹球面镜对日聚集取火，用化学药物引燃。这3种开发和利用热源的手段，伴随了人类生产和生活数千年。

通过摩擦、打击等手段发热取火始于旧石器中晚期，当时已经知道用打击石头的方法产生火花，后来又发明了摩擦、锯木、压击等办法。古书上所谓"燧人氏钻木取火"，"伏羲禅于伯牛，错木作火"，"木与木相摩则燃"等，都不是子虚乌有，只是借华夏民名人来体现古代先民获取热源的智慧。

铁器使用之后，人们也用铁质火镰敲打坚硬的燧石而发生火星，使易燃物着火。这一些都是利用机械能转换成为热能，当然是十分费力而且很不方便的。

关于利用凹球面镜对日聚集取火，凹球面镜在古代被称为"燧"，有金燧、木燧之分。金燧取火于日，木燧取火于木。

夫燧，是古人在日下取火的用具。它是用金属制成的尖底杯，放在日光下，使光线聚在杯底尖处。杯底先放置艾、绒之类，一遇光即能燃火。因此，夫燧即金燧。另外，《考工记》记载了用金锡为镜，其凹面向日取火的方法。可见，我国在4000年前已有使用光学原理取火的技术了。

汉代，仍用金燧取火。当时也叫"阳燧"，即用铜镜向日取火，也用艾引火燃烧。至宋代，仍然流行金燧取火之法。实际上这就是今天的凸面玻璃镜。

如果我们拿这玻璃镜，向着太阳，镜也会聚如豆，再用易燃物放在底下，顷刻

间即可得火。古代没有玻璃，故用金镜。现代的太阳灶就是从这一道理发展而来的。过去古人出门，身边都带着燧。因为那时的燧为尖顶杯，体积很小，都佩带腰间以备用。但以阳燧取火，有个不足之处，就是天阴或夜晚就不能取到火。

比如古时人们在行军或打猎时，总是随身带有取火器，《礼记》中就有"左佩金燧"、"右佩木燧"的记载，表明晴天时用金燧取火，阴天时用木燧钻木取火。阳燧取火是人类利用光学仪器会聚太阳能的一个先驱。

除古籍记载，考古文物也有这方面证明。考古工作者曾经在河南省陕县上村岭虢国墓出土一面直径7.5厘米的凹面镜，背面有一个高鼻钮，可以穿绳佩挂。

值得注意的是，和这面凹面镜一起出土的还有一个扁圆形的小铜罐，口沿与器盖两侧有穿孔，用以系绳。这大概是供装盛艾绒和凹面镜配对使用的。这可以说是人类早期利用太阳热能的专用仪器，距今已有2500多年的历史了。

凹面镜取火的具体使用方法，东汉时期经学家许慎的一段话说得比较详细：

必须在太阳升到相当高度，照度足够时才能使行；引燃物是干燥的艾草；所用的凹面镜的焦距只有"寸余"，聚光能力应当很好；艾草温度升高到一定程度，起先只是发焦，要用人为方法供给足够氧气助燃，才使艾草燃烧发明火。

自战国以来，还曾有过"以珠取火"之说，可能是利用圆形的透明体对日聚集取火，它的效能等于凸透镜聚焦。不过使用一直不太普遍。

我国利用化学药物引燃较早，南北朝时期，北周就发明的"发烛"。它是以蜕皮麻秸做成小片状，长五六寸，涂硫磺于首，遇火即燃，用以发火。在南方，发烛则用松木或杉木制成。

据元代学者陶宗仪的《辍耕录》上说，这种"发烛"实际上是在松木小片的顶部涂上一分来长熔融状的硫磺。就是利用燃点很低的硫磺，一遇红火即可燃成明火。

从南北朝时期发明"发烛"开始，就有专门制造作为商品供应，后来各地所用的材料略有不同，也有"发烛"、"粹儿"、"引光奴"、"火寸"及"取灯"等不同的名称。

这种东西沿用时间很长，直至19世纪欧洲发明的依靠摩擦直接发火的火柴传入我国，才逐步地取代了传统的引火柴。

知识点滴

周代，钻木取火之法已经大行。古代所钻之木，一年之中，根据不同季节，还要随时改变。因为古人认为：只有根据木的颜色，与四时相配，才能得火，反之则不能得火。也就是说，每逢换季之时，就要改新火。

至南北朝时期，当时仍行钻木取火，但取消过了"更火"这一风俗，不实行改木。唐代钻木取火之法，更加广泛流行。唐代皇帝在每年清明要举行隆重的赐火仪式，把新的火种赐给群臣，以表示对大臣的宠爱。

# 热学理论与实践

　　对于热的本质，古代学者进行了深入研究，提出了颇有见地的见解，在物理学历史上留下了宝贵财富。

　　古代学者研究了热传播与热保温，热膨胀与热应力，并将这些热学理论应用到日常器具的制造及工程等实践中。

有一次，宋徽宗拿了10个紫琉璃瓶给小太监，让小太监命令工匠在瓶里面镀一层金。

工匠都表示无法做到，说："把金子镀在里边，应该用烙铁熨烙使金子平整才行。但是琉璃瓶的瓶颈太窄，烙铁无法到达应到的位置。而且琉璃瓶又脆又薄，耐不住手捏，一定要镀金的话，瓶子肯定要破碎。我们宁愿获罪，也不敢接这个活。"

后来小太监在民间看见锡匠给陶器镀锡的工艺很精巧，就试着拿了一个琉璃瓶请他们帮他在内壁镀金。锡工让小太监第二天去取。

果然，第二天琉璃瓶已镀好。小太监让锡匠和自己一同入宫，并向皇帝禀报了此事。

皇上把宫中工匠全部召集起来，又拿了一个琉璃瓶给锡匠，观看锡匠如何镀金。

锡匠取金凿至薄如纸，然后裹在瓶外。

宫中工匠说："如果这样，谁都能做。我们本来就知道你是俗工，何必来宫中献丑！"

锡匠也不辩解，只见他剥掉所裹金箔，压在银筷子上，插入琉璃瓶中，再输入水银，掩住瓶口，左右摇动，以使水银涂镀在瓶胆上，没有一点缝隙。

这时，宫中工匠方始愕然相视。皇上大喜，重重赏赐了锡匠。

这条史料出自《夷坚志》，是目前所能找到的我国古代水瓶保温技术的最早的记录。而锡匠的做法大体是符合保温瓶制作技术的。

在我国古代，热保温与热传播不仅是工匠们十分重视的一项技术，更是研究者关注的研究课题。事实上，对于类似的热的本质，我国的"五行学说"与"元气论"都有自己的说法。

"五行说"认为构成自然的5种基本元素中就有"火"，而"火"有"燥热"之性，就是热的具体化。

在《墨经》一书中，墨家根据"五行说"解释自然现象，认为木是由水、土、火元素组成的。这是根据树木的生长必须要有水分、土壤与阳光这一农业生产的长期经验所得出的结论。

墨家把燃烧看成"火"元素脱木而出的表现。这个解释后来一直流传着。例如北宋时期学者刘画在《刘子·崇学》中也明确指出：

"木性藏火……钻木而生火。"属于相类似的思想认识。

"元气论"把热看成是一种"气"，它的集中表现是燃为火。所以《淮南子·天文训》有"积阳之热气生火"的说法。

王充《论衡·寒温篇》解释冷热也说是"气之所加"。而关于热的传播，王充试图对热传播的本质加以解释。

王充认识到热是从高温向低

温传播的，并且是通过某种
物质的；受热物体所得到热
的多少跟它距离热源的远近
有关，近热源者得热多，远
热源者得热少。

曾侯乙墓出土的两件保
温的盛酒器，已有2400多年
的历史。这种保温的盛酒器
由内外两个独立的容器组
成，里面的方形容器是盛酒
的，外面的方形容器在冬季用来盛热水。

由于外面容器的容积很大，所以热容量也十分大，能有大量的热
传给里面容器中的酒，使酒温很快升高，并达到一定的温度，趋于热
平衡。这样，壶中的酒得以保温。

在夏季，外容器储冰，同样也可以保温。有了它，在寒天可以喝
到暖人肠胃的汤浴温酒；在热天则可以喝到沁人心脾的冰镇美酒。

对于热膨胀与热应力问题，我国古代制造精密器具时，为了避免
器具受温度和湿度的影响而发生形状和体积的变化，很注意选料。

把热膨胀与热应力用之于工程也很常见。战国时期蜀郡太守李
冰，在今宜宾一带清除滩险用火烧石，再趁热浇冷水之法。

东汉初四川武都太守虞诩，曾主持西汉时期水航运整治工程，为
了清除泉水大石，也用火烧石，再趁热浇冷水，使坚硬的岩石在热胀
冷缩中炸裂，以便开凿。

这种"火烧水淋法"后世也有应用。比如明清时期也曾用"火烧

法"或叫"烧爆法"来开矿。

在金属冶炼技术中，由于温度变化范围大，热应力问题最值得注意。殷商时代的青铜铸造工艺中，就设法尽量减少热应力。

例如殷代中期的盛酒青铜器"四羊方尊"，它的羊角头采用"填范法"铸成中空，泥胎不拿出。这种方法不仅节省了青铜，更重要的是可以避免在冷缩过程中由于厚薄关系而引起缩孔和裂纹。

同时期一些青铜器的柱脚或粗大部分，也采用这种方法，只有柱脚最末端一二十厘米是铸成实心的。这种填范法是为了减少热应力。

3000多年前减少热应力的"填范法"与后来增大热应力的火烧法，都从不同侧面显示了我国古代对于热膨胀与热应力的认识。

知识点滴

李冰在修建都江堰的施工中，曾经将木柴架在石头上，点火烧之，当把石头烧得火热时，马上将冷水或醋猛浇其上，热石突然遇冷爆裂，甚至炸成碎片，最后清除了岩障。

李冰运用的这种用火烧岩石的方法，被后人称为"烧石沃醯法"，并一直沿用。

唐代为发展黄河漕运，就用此"烧石沃醯法"，在今山西省的垣曲、夏县和平陆三县的黄河航道北岸开凿成栈道。还用此法在三门峡以东岩石崖开凿成一条"于元新河"，也就是民间俗称的"娘娘河"。

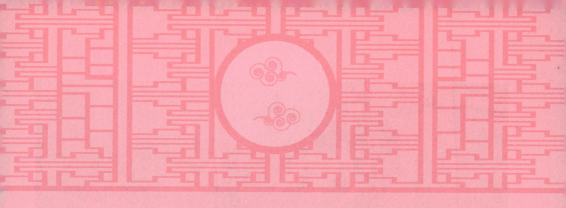

# 对温度与湿度的测量

温度与湿度是热学中两个很重要的概念。温度与湿度的变化使物体形状发生变化，但不同物质的变形程度又是不同的。所以古人在此中也得到了不少有关的知识。

我国古代不仅对温度和湿度有一定的观察和记载，而且制造了一些测温、测湿仪器，表现了古代劳动人民对温、湿度计量的热忱。

　　冷热的概念自古已有，古人以寒、冷、凉、温、热、烫等术语所表示的温差范围，会随人而异，有极大的主观性。即使如此，古人还是找到了一些较为客观地判别冷热程度的办法。

　　在温度计出现以前，人们常凭自己的感官的感觉。例如用手触摸物体来判别物体是冷是热，冷热的程度如何等。这种以体温为基础的触摸感觉法，只能判断一定范围内的温差，而不是特定的温度概念。

　　还有通过观察水的结冰与否来推知气温下降的程度。如《吕氏春秋·慎大览·察今》就记载："见瓶中之冰而知天下之寒。"这种做法被后世人们所认可。

　　汉代的《淮南子·兵略训》就有几乎同样的记载："见瓶中之水，而知天下之寒暑"。这是因为，通过观察瓶中水结冰或冰融化，确实可以大致知道气温的寒暖变化。

　　古代人们想了不少隔热保温的方法，把冬天的自然冰保存至次年夏天。从周代开始就有"夏造冰"的说法，但当时怎么造法，还有待研究。

至于对温度的观察、测定更有多种方法，在节令、体温，以及冶炼和制陶等工作中，各自摸索出一套观测温度的方法。

古人对自然规律缺乏了解，认为反常节令是上天对帝王卿相失德的"告诫"。所以，要把节令记录下来，写到官修的史籍中去以占验吉凶。同时，对一些特定日期例如冬至时的气候状况，古人也比较注意记录。

至迟从11世纪起，官方就已经习惯记录冬至后9个九天当中每日的天气，这叫作"数九寒天"。在明清时期，人们常把这些日子的天气每天记录下来。

有关这方面的记录在清代汇编的《古今图书集成》中，有4卷之

多。现在，我们从这些记载中可以看到中国古代气候的温度变化情况。体温又是古代最恒定的"温度计"。因为正常人的体温基本相同。古代人就充分地认识了这种特殊的"温度计"，并在制奶酪、豆豉、养蚕、茶叶的加工工艺中应用。

北魏农学家贾思勰曾指出，牧民制奶酪，使奶酪的温度"小暖于人体，为合时宜"；他又指出，做豆豉，"大率常令温如腋下为佳"，"以手刺堆中候，看如腋下暖"。

宋代农学家陈旉在论及洗蚕种的水温时说："调温水浴之，水不可冷，亦不可热，但如人体斯可矣。"

宋代茶学专家蔡襄曾说过，茶叶"收藏之家，以蒻叶封裹，入焙中两三日，一次用火常如人体温，温则御湿润，若火多则茶焦不可食"。

元代农学家王祯在论及养蚕的最佳室温时指出，养蚕人"需著单衣，以为体测：自觉身寒，则蚕必寒，使添熟火；自觉身热，蚕亦必热，约量去火"。

古人还通过观察发热物体的火焰颜色，掌握了高温目测技术。"火候"一词最初的本意是，观察发热物体的火焰颜色。

在金属冶炼或烧制陶瓷过程中，历代工匠都以火焰颜色来判别炉体内温度的高低。因此，火候实际上是古人创造的一种经验的高温目测技术。虽然，它具有很大的经验性，也不能标出温高的具体数值，但它有充分的科学性。

战国时著作《考工记》，最早记述了冶铸青铜的火焰颜色：

在熔炉中加入铜矿和锡矿而进行熔化的过程中，首先熔化挥发的是那些不纯杂物，它们的燃烧呈现黑焰色；然后，熔点较低的锡或杂物硫熔化并挥发，呈现黄白焰色；随炉温升高，铜熔化并挥发，铜与锡成为青铜合金，呈现青白颜色，进而炉火纯青，便可开炉铸造。

历代冶铸、陶瓷等工匠常用火候观察法，炼丹家和药物学家对此也有所发展。

古人为我们留下了许多物质的火焰颜色的记载，这些记载表明通过观察火焰颜色来判断温度的高低以及炉内气氛，确实是古人常用的判别温度高低的方法。这与近代物理学中用光谱学原理，对不同物质的不同特征火焰及其所对应的温度，来鉴别物质的方法是一致的。

在西汉时期，有人曾试图制作一个测温装置。《淮南子·说山训》记载：在瓶中盛了水，当它结冰，可以说明气温低，如其溶解为水，又可以说明气温之升高。这个观测或许可以认为是一种关于测温器的设想的萌芽。

真正称得上温度计的发明，是17世纪的事。1673年，北京的观象台根据传教士南怀仁的介绍，首次制成了空气温度计。但我国民间自制测温器的不乏其人。

据清代初期文学家张潮编辑的短篇小说集《虞初新志》记载，清代初期的黄履庄曾发明一种"验冷热器"，即温度计。

据记载，"此器能诊试虚实，分别气候，证诸药之性情，其用甚广，另有专书"。只是验冷热器的"专书"和实物都已失传，我们难以判断其具体原理和结构，估计是气体温度计之类的装置。但它的结构与原理没有被记录下来，也可能是毛发式或天平式湿度计，但也有可能是气压计，因为空气的湿度与气压的关系是十分密切的。清代光学家黄履也曾自制过"寒暑表"，据说颇具特色，但原始记载过于简略，难知其详。

由于原始记载过于简略，我们对于这些民间发明的具体情况，还无从加以解说。但可以肯定的是，他们的活动，表现了我国人对温度计量的热忱。

湿度是一个似乎很难捉摸的概念，它的变化与天气晴雨的关系十分密切，这在古人是有经验的。

古代测定燥湿的方法有多种，王充在《论衡》中记述了另一种判断燥湿的方法："天且雨，蝼蚁徙，蚯蚓出，琴弦缓。"其中"琴弦缓"属于人们可以测量的物理现象，据此可以预报晴雨天气。王充还对寒温的传播，从"气"的角度探讨热的传导的问题。他明确指出，热是靠气来传导的，越远，热在传导中损失就越大，因而渐微。

西汉时期曾经有一种天平式的验湿器。《淮南子·天文训》记载："燥故炭轻，湿故炭重。"可见当时已经知道某些物质的重量能随大气干湿的变化而变化。又记载："悬羽与炭而知燥湿之气。"说的就是天平式验湿器。

天平式湿度计的构造很简单：只要用一根均匀的木杆，在中点悬挂起来，好像一架天平秤。

两边分别挂上吸湿能力不同的东西，例如一端石子，另一端为咸海带；或者一端用淡水浸过又经晒干的棉花球，另一端为盐水浸过又经晒干的棉花球等。再使两端等重，天平平衡。

当大气里湿度大了，吸湿能力强的一端因吸入较多的水分而变重了，天平就倾斜，这就预示着可能要下雨了。这种湿度计具有简便易做的优点，而且也还灵敏，是人类最早的湿度计。

对于这种验湿器的结构与原理，《前汉书·李寻传》中说得尤其具体：把两个重量相等而吸湿能力不同的物体如羽毛与炭，或土与炭，或铁与炭分别挂在天平两端，并使天平平衡。当大气湿度变化，两个物体吸入或蒸发掉的水分多少互不相同，因而重量不等，天平失去平衡发生偏转。

这种验湿器简单易制，使用时间很长，甚至在20世纪的农村气象站也还沿用，可见它具有很强的生命力。在欧洲也有过这种验湿器，那是15世纪才发明的，比我国迟了1600多年。

大气湿度变化引起琴弦长度的变化是很微小的，难于察觉的，但反映在该琴弦所发的音调高低的变化却是十分明显的。这里可以说已经孕育着悬弦式湿度计的基本原理了。

黄履庄在1683年制作成功了第一架利用弦线吸湿伸缩原理的"验燥湿器"，即湿度计。

它的特点是："内有一针，能左右旋，燥则左旋，湿则右旋，毫发不爽，并可预证阴晴。"黄履庄发明的"验燥湿器"有一定的灵敏度，可以"预证阴晴"，具有实用价值。"验燥湿器"可以说是现代湿度计的先驱。

我国古代除了这些仪器以外，民间还用某些经验方法来测知湿度的变化。

比如明代科学家徐光启的《农政全书》引有一首农谚说："檐头插柳青，农人休望晴；檐头插柳焦，农人好做娇。"

"做娇"指酿酒，檐头的柳枝如保持常青，说明水分难以蒸发，必是大气湿度大，天气不能放晴；柳枝如易枯焦，说明水分蒸发很快，必是大气干燥，天气易晴，气温升高，利于发酵酿酒。这些测量大气湿度的经验，是有科学根据的。

知识点滴

# 对物质三态变化的研究

物质有固态、液态、气态3种状态，温度的变化能使三态之间相互变换。在这方面，我国古代人民积累了丰富的知识。

古代炼丹家通过自己的实践，在物质三态方面积累了知识。另外，人们对在日常生活中水、冰、水气，以及自然界中雨雪露霜等现象也作出某种解释。

程颢是北宋时期唯心主义理学的重要哲学家。在哲学上，程颢认为，知识、真理的来源只是内在于人的心中，"更不可外求"。他的学说后来为朱熹所继承。

程颢曾寄宿在一僧寺里。深夜，他听到一阵"嚓嚓嚓"的声音。点火一照，只见一只老鼠钻在大佛像肚脐内，嘴里含着一本书，正准备爬出来。

老鼠见了人，便丢下书，逃入佛脐内。程颢捡起书一看，原来是一本炼丹书。他随即把它抄下来，把书放回佛像腹里。

第二天，程颢叫来塑工把佛脐孔补好。后来，程颢按书上所讲的方法炼丹，有一个多月之久。

邻居们见他屋里有火光，以为他家失火，都争相跑来灭火，来到一看，却见程颢正在聚精会神地炼丹。程颢将已炼好的丹涂在银器上，涂处就变成金色。有人劝程颢服下此丹，据说服丹可以长生不老。

程颢说："我的腹内哪能容纳这种东西啊！"

事实上，古代炼丹最初是为制取长生不老药，后来为了制取黄金，长年累月地把一些药物拿来加热、冷却、火煅、水煮，使物质的状态不断地变化。

据记载，炼丹有"火法"和"水法"。"火法"包括："煅"，即长时间的高温加热；"炼"，即干燥物质的加热；"炙"，即局部烘烤；"熔"，即加热熔解；"抽"，即蒸馏；"飞"，即升华；"伏"即加热使药物变性。

"水法"包括："化"，即溶解；"淋"，即用水溶解固体物质的一部分；"封"即封闭反应物质长时间地静置；"煮"，即物质在

大量的水中加热；"熬"，即有水的长时间高温加热；"养"，即长时间的低温加热；"浇"，即倾出溶液，让它冷却；"渍"，即用冷水从容器外部降温。此外还有"酿"、"点"等方法。

在这么多过程中，物质状态有各种各样的变化，必然要积累大量的知识。在日常生活中，最常见的物态变化，是水、冰、水气三者之间的变化。

对于气、水之间的变换，远在先秦的《庄子》、《礼记》等书已有"积水上腾"、"下水上腾"等说法。

"上腾"指水的蒸发，即气化。对于水气凝结成水的过程也是十分注意的。自从春秋战国以来，和"阳燧取火于日"，相配对的有所谓"方诸取水于月"。

"方诸"有不同的说法，有说是"大蛤"，有说是铜盘，有说是方解石，总之是一个对水不浸润的物体，夜晚把它放在露天，结上露水。

为什么说要"方诸取水于月"，大概是因为既是有月，必是无云，地表没有隔热层，热量易于发散，气温容易下降，到了露点之下，可以得到露水。

这样取得的露水，叫作"明水"，据说有神奇的功效，汉武帝很喜欢饮用这种水，并名之为"甘露"。

这个"方诸取水"在古代是十分郑重的事，所以人们要进行研究，从中得到不少关于凝结方面的知识。

晋代张华的《博物志》记载了一个有关气化的实验：油水混合物在受热过程中，由于沸点不同，水先沸腾，犹如冒烟，当水气化完毕，则无烟。加热停止，油不再沸腾，此时如加水，由于油温尚高，水即急剧气化，又见焰起；气化完毕，也就"散卒而灭"了。

至于冰、水之间的熔解、凝固，更是人们常见的。《考工记》就指出：水有时以凝，

有时以泽，这是自然现象。这一观点把温度高低与状态变化联系起来。

从上述这些记载中可以发现，古人获得许多物态变化的知识，有了这方面的知识，就无怪乎能对雨雪露霜等现象作出某种解释。

雨雪的形成，是很有代表性的物态变化过程：地面上的水，蒸发而为水气，升到高空积而为云，当温度下降而又有了凝聚核心的时候，就会凝结为水滴；达到一定重量时，下降而为雨；如温度低至零度以下，再加其他气象条件，则凝为固态的雪或霰、雹等。

我国古代劳动人民对这个过程有过某些探索。例如，汉代董仲舒解释雨、霰、雪的成因时说：阴气之水受阳气之日光的照射，蒸发上升，处于"若有若无、若实若虚"之状。接着指出，雨、雪、霰就是水汽遇冷在不同条件下凝结而成。

这些解释虽然也有错误的地方，但总的说来，是根据温度的升降而引起物态变化的道理，大方向是正确的。在这一段叙述中，把蒸发、液化、凝固3种过程都说上了，确实是很有意义的。

后来，唐代的丘光庭和宋代的朱熹，都用煮饭作比喻，说明雨的成因。朱熹所说的大意是：雨的形成，就好像煮饭时，水凝结在盖子上，落下来便是水滴，相当于雨。

这个说明不但具体生动，而且也很大胆，居然敢把某些人视为上帝旨意的现象，比作为煮饭。这也说明朱熹确实对于气化、液化这些过程有较深刻的了解。

露与霜的成因，又有不同。地面上的空气中含有水汽，当水汽的含量达到饱和时就会凝结出水滴来，这就是露；如果地表气温低至零摄氏度或零度以下，则水汽直接凝结为固体，即为霜。所以露与霜，都是在地面空气中直接形成的，并不是从高空下降的。

远在周代《诗经》里，就有"白露为霜"的诗句，说明当时人们已经认识到霜就是固态的露。东汉时期大文学家蔡邕曾明白地指出："露，阴液也。释为露，凝为霜。"《五经通义》更直接地说霜是"寒气凝"结出来的，是从地面上来，并非从天空下降的。

就这一点，朱熹指出，古代的人说露凝结而为霜，现在观察下来，那是确实的。但程颐说不是，不知什么道理。古人又说露是"星月之气"，那是不对的。高山顶上

天气虽然晴朗也没有露，露是从地面蒸发来的。

南北朝时期的贾思勰的《齐民要术》一书总结了许多科学知识，其中就有关于防止霜冻的办法："天雨新晴，北风寒彻，是夜必有霜。此时放火作煴，少得烟气，则免于霜矣。"这几句话很切合物态变化的道理。

如在田野上烧些柴草，一则发热提高气温；二则使地面蒙上一层烟尘，可以隔热，不使地面热量发散，保证温度不至降至零度以下，那就不会有霜了。这种行之有效的防霜办法，为历代广大农村所沿用。

知识点滴

孙思邈是唐代民间医生。他崇尚炼丹，经常亲自进行药物的修合炼制。在炼丹过程中，总结了前人的炼丹方剂和常规方法。孙思邈总结出硝石、硫磺、木炭混在一起，极易起火爆炸，炸塌丹房，伤及人群。

为了减轻金石药物的毒性，曾总结出"伏火"方法。即在使用硫磺、砒霜等金石药物时，为了减轻这些药物的毒性，有意使药物自己起火燃烧，借以去其毒性。

孙思邈的炼丹实验，从一个侧面证明了我国古人对物质三态的认识。